講談社文庫

信長の二十四時間

富樫倫太郎

講談社

目次

信長の二十四時間

はじめに

天正《てんしょう》九年（一五八一）九月三日、四万五千の織田《おだ》軍が伊賀《いが》に攻め込んだ。迎え撃つ伊賀衆の兵力は一万ほどだったが、これは老若男女が混じり合った数であり、年端《としは》もいかぬ子供も数に入っている。数では劣っていたが、伊賀衆には自信があった。二年前に織田信長《のぶなが》の二男・信雄《のぶかつ》の指揮する一万の織田軍を撃退した経験があったのである。山国の伊賀には広い平地が少なく、狭隘《きょうあい》地や森林が多いので大軍を広く展開するのは難しい。伊賀衆は地の利を生かして織田軍を山間部に引き込んで兵力の分断を図り、得意の奇襲戦法で苦しめ、織田軍を這々《ほうほう》の体《てい》で逃げ帰らせた。今度も同じ作戦が通用するだろうと高を括《くく》った。

しかし、さすがに歴戦の信長は、信雄の轍《てつ》を踏むほど愚かではなかった。伊賀を攻めるに当たって、諸将に焦土作戦を命じた。この当時、伊賀者は幻術《めくらまし》を使って何にでも化けると信じられていたので、生けるものは、人も犬も猿も殺せ、隠れ場所がたくさんありそうな森があれば、焼き尽くしてしまえ、と命じたのである。

織田軍の徹底的な皆殺し作戦によって、さしもの伊賀衆も苦戦し、わずか半月ほどで伊賀から人の姿が消えた。捕らえられた者は首を刎《は》ねられ、死体は見せしめとして遺棄された。数千の骸《むくろ》が野晒《のざら》しにされ、カラスの餌になった。伊賀全土が死臭に覆われたといっていい。

十月になると、信長が安土《あづち》からやって来て、数日、各地を巡見した。戦果に満足して安土に戻ったのが十三日である。

その同じ十三日、阿拝《あへ》郡にある佐那具《さなぐ》城のそばに二人の修験《しゅげん》僧がいた。城といっても焼け落ちた廃墟が残っているに過ぎず、廃墟の周辺には白骨化した死体が無数に散乱している。織田軍による佐那具城攻めは、一連の戦いの中で最大の激戦といってよく、織田軍の被害も少なくなかった。その報復で、城が落ちた後の虐殺も熾烈《しれつ》を極めた。乳飲み子だろうが出家だろうが容赦なく殺された。この修験僧たちも織田兵に見付かれば殺されるであろう。

「ここは地獄か……」

若い修験僧がつぶやき、うつむいて唇を噛んだ。目に涙が滲《にじ》んでいる。

「見るのだ、文吾《ぶんご》。目を背けてはならぬ。しっかり目に焼き付けろ。信長に殺された仲間たちの無念の声に耳を傾けよ。恨みの声を胸に刻むがいい。辛いかもしれぬが、殺された者たちは、もっと辛かったに違いないのだぞ」

「はい。お師匠さま」

文吾と呼ばれた青年がうなずく。

父は百地《ももち》党の忍びで、まだ文吾が母の胎内にいるときに死んだと聞かされて育った。どういう仕事をしていて、いつ、どこでどういう状況で死んだのか、何も詳しいことはわからないが、それが忍びの宿命というもので、伊賀の里では、さして珍しいことではない。

忍びだった母は、文吾が生まれて間もなく死んだ。

どういう事情で死んだのか、やはり、それはわからない。

両親の顔すら知らずに育ったにもかかわらず、文吾がひねくれたりせず真っ直ぐに育ったのは伊賀の仲間たちのおかげだ。石川《いしかわ》村の者たちは大きな家族のような強い絆で結ばれていた。だから、文吾も仲間たちの愛情を注がれて、すくすくと育つことができた。無造作に遺棄されているのは、つまり、文吾の家族の死体なのである。

この二人が伊賀に入ったのは二日前で、柘植《つげ》や壬生野《みぶの》、荒木、上野といった土地を巡ってきた。どの土地でも目にする光景は、この世の地獄絵図というしかなかった。

「この年齢《とし》になるまで幾多の修羅場を潜ってきたが、これほど酷《ひど》い光景を、わしも見たことがない。しかも……」

老いた修験僧がごくりと生唾を飲み込む。

「しかも、この死体は、わしらの身内や知己《ちき》なのだからな」

当然ながら、この二人は本物の修験僧ではない。年輩の方は世間では里村紹巴《さとむらじょうは》という連歌師《れんがし》として知られている。年齢は五十七。若い方は、石川村生まれの文吾、後に五右衛門《ごえもん》を名乗ることになる。二十五歳である。

「道順《どうじゅん》に感謝しなければならぬな」

「なぜですか？」

「道順が信長を殺し損なったおかげで、わしらの手で信長を殺すことができるではないか」

楯岡《たておか》道順は、敢国《あえくに》神社で休息を取っている信長を鉄砲で狙撃した伊賀の忍びである。狙撃は失敗し、捕らえられた道順は鋸《のこぎりび》引きの刑に処された。

「わたしは信長を殺しません」

「何だと？」

「そんな楽をさせるつもりはないという意味です。生きたまま地獄を味わわせてやる。打ち捨てられ、獣や鳥たちに食われ、念仏をあげる者すらいない……ここで死んだ仲間たちの無念は信長の命をひとつ奪ったくらいでは晴れますまい。ここに捨てられている骨をひとつひとつ信長に拾わせ、穴を掘って葬らせます。誰が楽に死なせるものか……」

「まず、わしらが念仏を唱えてやろう」

「はい」

紹巴と文吾は、胸の前で両手を合わせた。

そこに、

「おい」

と声をかけられた。二人が顔を上げると、八人ほどの織田兵に囲まれていた。槍を構えた足軽たちと、それを指揮する足軽頭である。

「伊賀の者だな」

「いいえ、この姿の通り、旅の者でございます。近江《おうみ》から山城へ抜けていく途中なのですが」

紹巴が怯えた表情で答える。

「怪しい奴らめ。そこに坐れ。縄をかける。素直に従わねば、ここで死ぬことになるぞ」

「無体《むたい》なことは、おやめ下さいまし。修行のために各地の霊山を回っているだけなのですから。おお、そうじゃ。ここに滝川《たきがわ》さまからいただいた書き付けがございまする。これを見ていただけば、われらが怪しい者でないとわかるはず」

「滝川さまの書き付けだと？」

それが信雄の側近・滝川雄利《かつとし》だとすれば、あまり無体なことはできぬな、と足軽頭は考え、

「どれ、見せてみよ」

と、紹巴に近付きながら、右手を伸ばした。

「これでございまする……」

紹巴が手にしていた杖が一閃《いっせん》する。足軽頭の右手が手首から切断され、傷口から血が噴き出す。出血の激しさに目を奪われ、足軽たちが、一瞬、棒立ちになる。その隙に、文吾も杖に仕込んであった刀を抜き、一気に足軽たちとの間合いを詰める。槍という武器は、ある程度、離れている敵には有効だが、接近戦には向かない。敵が目の前にいれば、柄の部分で殴るしかないが、その余裕はない。ぶすっ、ぶすっ、と文吾は足軽たちの脇腹に刀を突き刺し、まるで踊るような足取りで次々と足軽たちを倒していく。文吾が四人、紹巴が三人倒した。凄まじいばかりの殺人業《わざ》といっていい。

「あわわわっ……」

足軽頭が尻餅をつき、右腕を胸に抱えながら後退りする。

「女子供を平気で手にかけたくせに自分の命は惜しいというのか！」

吠えるように言うと、文吾が刀を横に薙《な》ぐ。足軽頭の首がころりと地面に落ちた。

「少しは気が晴れたか?」

「いいえ、一向に。信長への憎しみが増しただけのことでございました」

文吾がにこりともせずに答える。

その三日後……。

紀州雑賀根来寺《さいがねごろじ》に、紹巴と文吾の姿があった。その二人以外に三人の姿がある。

一人は道林坊《どうりんぼう》宗哲という物読み坊主だ。大徳寺や建仁寺で修行したという経験こそあるものの、それは仮の姿に過ぎず、伊賀では高山太郎次郎の名で知られている。年齢は四十。

もう一人は、十六歳の少女、夏南《かな》である。伊賀の忍びの名人・神戸《かんべ》の小南《こなん》の孫娘だ。その横に坐っているのは夏南のひとつ下の弟、八之助《はちのすけ》だ。仲間内では狢《むじな》の八百《やお》というあだ名の方が知られている。この三人に文吾を加えて、俗に「百地丹波《たんば》の四天王」という。そして、連歌師・里村紹巴こそ、伊賀の忍び集団・百地党を率いる百地丹波であった。

そもそも伊賀というのは、ひとつにまとまった国ではない。大小の土豪たちが各地に割拠して狭い土地を支配しているだけだ。織田軍のような外敵が攻め込んでくると力を合わせて戦うが、普段は、取り立てて強い繋がりはない。

数多く存在する土豪たちの中で、古来、服部《はっとり》、百地、藤林《ふじばやし》という三家が特に有力だったが、このうち服部家は三河《みかわ》の徳川《とくがわ》家に仕えるようになって伊賀を去った。その後は、北伊賀を百地家が、南伊賀を藤林家が緩やかに支配するようになり、それぞれの配下は百地党、藤林党と呼ばれるようになった。藤林党は織田家が版図を膨張させるのを見て、早い時期から誼《よしみ》を通じ、織田の手足となって各地に忍びを供給した。一方の百地党は、織田家とは距離を置き、むしろ、信長に敵対する勢力に力を貸すことが多かった。それというのも、百地家は、平安時代、白河《しらかわ》法皇の命令で北面《ほくめん》の武士を務めたほどに古くから朝廷との繋がりが深いため、朝廷の意を受けて動くことが多いからであった。天下統一の道筋が見えてきた頃から信長は朝廷に無理難題を強要するようになってきており、信長を牽制するべく朝廷は百地党を反信長勢力のために働かせた。そのことが信長の逆鱗《げきりん》に触れて伊賀の焦土作戦が実行されたのだ。

織田軍の攻撃を避け、命からがら北伊賀から脱出した者もいる。彼らの多くは三河の服部党を頼った。地理的なことを考えれば、南伊賀の藤林党を頼ればよさそうなものだが、藤林党は信長の命令で国境を封鎖し、落ち延びてきた百地党の者たちを捕らえて織田軍に引き渡した。それ故、同じ伊賀者とはいえ、百地党と藤林党は憎み合っている。

「ここにも長くはいられませぬぞ。すぐに織田の手が回るでしょうからな。支度を調えて、順繰りに京に送りますか？」

道林坊が紹巴に訊く。北伊賀から逃れた者の中には、服部党を頼らず、藤林党の追及の目もかわし、この雑賀に辿り着いた者もいる。数十人ほどに過ぎないが、いずれも腕利きの忍びたちである。

「いや、都には行かせぬ」

紹巴が首を振ると、

「わしら五人だけでやるということだ」

横から文吾が口を出した。

「五人だけで信長を……？」

「数が多ければいいわけでもない。かえって目立つことになる。都には藤林の忍びがうようよしているからな。秘密を知る者は少ない方がいい。誰かが口を割れば、すべてが水の泡だ」

「孔雀王《くじゃくおう》は安土にいると聞いたぞ」

夏南が言う。孔雀王というのは、藤林党の忍びを束ねる上忍である。二十年以上も昔のことだが、それまで藤林党を率いていた長門という頭が非業の死を遂げ、その後を長門の片腕だった孔雀王が継いだのである。

「安土にいるのではなく、信長のそばにいると言った方がいいだろう」

文吾が言うと、

「ならば、信長と共に孔雀王の命ももらえばいいさ」

八之助が吐き捨てるように言う。

「うむ。藤林を、もはや同じ伊賀者とは思わぬ。奴らは信長の走狗に成り下がり、仲間の命を奪った。決して許すことはできぬ。まずは信長と孔雀王を血祭りに上げ、それから配下の忍びたちを始末する」

道林坊がうなずく。

「五人でやるのはいいけど、他の人たちはどうするの？　せっかく、ここまで逃げてきたのに」

夏南が小首を傾《かし》げる。

「服部半蔵《はんぞう》に預かってもらうしかあるまい。一人一人が勝手に動いたのでは、信長の支配する土地で生きていくことはできぬ。三河ならば、信長の目も届くまい」

紹巴が言うと、

「そんなことをしたら、百地党がなくなっちゃう……」

夏南がふたつの目を大きく見開く。配下の忍びを他家の棟梁に預けるというのは、その忍びを譲渡するのと同じ意味である。ほとぼりが冷めた頃に、やっぱり、返してくれというわけにはいかない。それが忍びの世界の掟というものだ。

「わしら五人が百地党だ。わしらがいる限り、百地党はなくならぬ」

文吾が言う。

「つまり、あの計画は生きているということですかな、お頭?」

道林坊が訊く。

「話は進んでいるが、こうなったからには、あまり悠長なこともしておられぬ。急がねばならぬ。そのための話し合いだ。話がまとまったら、すぐにでも、ここを発つ。夏南と道林坊は都へ行ってもらう。わしと文吾、八之助の三人は安土に向かう」

「何のために安土などに?」

「その説明をこれからしようというのだ」

紹巴がじろりと道林坊を睨《にら》む。

第一部

三職推任《さんしきすいにん》

天正《てんしょう》十年（一五八二）四月二十一日。

琵琶湖の畔に、壮麗で美しい安土《あづち》城が聳《そび》え建っている。

安土城には、他のどんな城にも存在する天守がない。その代わり、天主というものがある。

天守は本丸の最高部にある櫓《やぐら》で、戦時においては最後の砦となる場所であり、平時には権勢の象徴となる。天に最も近い場所で、神仏に加護を請い願うという宗教色の濃厚な場所でもあるので、日常的に使われる場所ではなく、普段は誰も立ち入らず、何も置かれることのないがらんと殺風景な空間に過ぎない。それが普通の天守なのである。

ところが、安土城の天主は、そうではない。城の最上層にある五層と六層を信長《のぶなが》は自らの居住空間として使っていた。五層は八角堂になっており、柱や縁側には色鮮やかに朱漆が塗られ、内部には狩野永徳《かのうえいとく》の手による金碧障壁画《きんぺきしょうへきが》が描かれていた。壁や襖に金箔を貼り、その上に絵を描いたと思えばいい。六層も、外壁や高欄、軒瓦に至るまで金箔が貼られている。窓と扉は黒漆塗、高欄は朱漆塗である。金閣も顔負けの派手さ加減で、ざっと十万枚の金箔が惜しげもなく使われている。まさに絢爛《けんらん》豪華というしかない。

そもそも、天主とは神のことである。天守は人間が神仏に加護を請い願う場所だが、安土城の天主は神が住まう場所だということになる。その神が織田《おだ》信長という男であった。

信長は六層の縁側に立ち、左手を高欄に置き、右手でワイングラスを揺らしていた。眼下に広がる琵琶湖を眺めながら、口許に笑みを浮かべている。

信長の長男・信忠《のぶただ》を総大将とする織田軍は二月から武田《たけだ》討伐作戦を開始し、三月十一日に勝頼《かつより》を自害に追い込んで武田氏を滅亡させた。その数日前に信長は安土を出発し、信忠が戦後処理に忙殺されているときに信濃《しなの》に着いた。その後、新たに織田領となった甲斐《かい》・信濃をゆるゆると巡見して、安土に戻ったのが今日である。端《はた》から見れば、まるっきり物見遊山同然の旅だったが、諏訪《すわ》に滞在中、信長は重大な発表をした。『信長公記』には、「天下の儀も御与奪なさるべき旨仰せらる」とある。平たく言えば、織田政権を信忠に譲る、という意味だ。信長が隠居するわけではなく、政権を引き継ぐ道筋を示すことで、逆に政権の基盤を固めようとしたのである。後に、徳川《とくがわ》家康《いえやす》がこれを真似て、自分の目が黒いうちに征夷大将軍の座を秀忠《ひでただ》に譲ることで徳川幕府の土台を固めることに成功した。

「上様、肌寒い風にさらされながらいつまでも南蛮酒などを飲んでおられますと、お体によろしくありませぬ」

廊下に片膝をついて、森蘭丸《もりらんまる》が注意する。下々の者たちから鬼神の如くに畏怖《いふ》され、織田家の武将ですら、まともに信長と目を合わせることができぬ者が多いというのに、この十八歳の華奢《きやしや》な若者は、少しも信長を怖れる様子がない。

「ふふふっ……」

「思い出し笑いでございますか」

「城介《じようのすけ》がわしに口答えしおったぞ」

「え、中将さまが？」

蘭丸が驚く。城介というのは信忠のことで、従四位秋田《あきた》城介、従三位左近衛中将といった官位を歴任している。今は二十六歳だ。

「諏訪にいたときでございますか？」

「うむ。城介に、これからは天下の仕置きも汝がするようにと命じたとき、では、これから父上は何をなさるのですかと訊くから、わしが何を考えているかじっくり話してやった。それを聞いて、城介め、顔色を変えて、わしに諫言しおった。いくら何でもやりすぎでございます、どうか考え直して下さいませ、とな」

「それが嬉しいのでございますか？」

蘭丸が不思議そうに小首を傾《かし》げる。

「嬉しいではないか。わしの言いなりになっているだけでは、わしが死んだ後、天下を保つことなどできぬ」

「中将さまの諫言に従って、上様は考えを改められたのですか？」

「それとこれとは話が別よ。あとひと月もすれば、城介も安土に戻ってくる。その頃には、落ち着きを取り戻して、もっと素直にわしの言葉に耳を傾けることができるようになるであろうよ。城介は、こう言ったぞ。そのようなお考えを持っていることが知れたら、父上のお命はいくつあっても足りませぬ、とな。つまりは、諫言といっても、わしの身を案じてのことなのだ」

「何者かが上様のお命を狙っているのでございまするか？」

蘭丸の表情が引き締まる。

「かもしれぬ」

信長がうなずく。

「それは、お蘭、おまえかもしれぬぞ」

「上様！　何ということを……」

蘭丸の顔から、さっと血の気が引く。

「森家の領地をすべて召し上げると言ったら、どうする？　わしを殺したくなるのではないか」

「わが一族の者が、何か上様のお怒りを買うような不始末をしでかしたのでございましょうか」

「いいや、何もしておらぬ」

信長が首を振る。

「わしがそうしたいから、そうするだけのことでな。おまえだけではない。諸国の大名たちの領地をすべて召し上げるつもりでおる」

「越後の上杉《うえすぎ》、四国の長宗我部《ちょうそがべ》、中国の毛利《もうり》、九州の島津《しまづ》……そういう大名たちのことでございましたか」

蘭丸がホッとしたように吐息を洩らす。

「それは言わずもがなであろう」

「では……？」

「たった今、話したではないか。森家の領地を召し上げる、と。それだけでないぞ。柴田《しばた》、滝川《たきがわ》、羽柴《はしば》、明智《あけち》、丹羽《にわ》、長岡《ながおか》、前田《まえだ》、蒲生《がもう》、稲葉《いなば》……」

「それでは織田家に仕える者たちの領地まで召し上げるのでございますか？」

「おお、肝心なことを忘れていた。もちろん、織田家の領地も返上する」

「返上？　先程、上様は領地を召し上げると申されましたが」

「そうよ。この国の大名たちの領地をすべて召し上げ、それを朝廷に返上してしまうのだ」

「…………」

蘭丸は絶句した。信長が何を言っているのか、まったく理解できなかった。

「少し冷えてきた。中に入るか」

「は、はい」

信長は部屋に入ると、もうひとつのグラスを取り出してテーブルに置いた。デカンタを持ち、グラスに注いでやる。

「さあ、飲むがいい。顔色が悪いぞ」

「畏れ入りまする」

蘭丸が両手でグラスを持ち上げ、ごくりごくりとワインを飲む。信長は、壁際の棚に置いてある地球儀を手に取った。イエズス会の宣教師から贈られた美しく装飾された地球儀である。それをテーブルに置くと、

「わしらがどこにいるかわかるか？」

と、蘭丸に訊いた。

「ここでございまする」

蘭丸が極東の島国を指差した。

「ちっぽけだとは思わぬか」

「はい、確かに」

「こんなちっぽけな国の中で百年もの間、わずかな土地を巡って争いを続けてきた。それもこれも足利尊氏《あしかがたかうじ》が悪いのだ。鎌倉の北条《ほうじょう》氏を倒した後、配下の武将たちに気前よく土地を与えすぎたために足利氏は力がなくなり、その揚げ句、この国は未曾有の混乱に陥った。南蛮船のやって来るのが、あと何十年か早ければ、この国はイスパニアかポルトガルのものになっていたことであろう。鎌倉幕府も室町幕府も諸国に力のある大名を残したことが仇となって滅びた。わしは、その轍を踏むつもりはない」

「しかし、上様が武家の棟梁となり、将軍となられて幕府を開けば、諸国に大名を封じることになるのではありませんか？」

「わしは将軍にはならぬし、城介も将軍にはせぬ。幕府など開いたところで、何代かすれば、源《みなもと》氏や足利氏の二の舞になるに決まっている」

「だから、国替えをお命じになるのですね？」

「うむ、わしの考えていることがうまくいくかどうか試しているのだ」

武家社会では古くから御恩と奉公という慣習が成り立っている。主人が土地を与え、その土地を敵から守ってやる見返りに、配下の武士は命懸けで主人に奉公するという関係である。武士たちは与えられた土地に根付き、子々孫々、その土地を少しでも広げることに励んだ。

信長は、これを嫌い、頻繁に武将たちに国替えを命じ、土着勢力と結びつくことがないように腐心した。更に、武将たちから徴税権を奪い、新たに獲得した領地には信長の代官を派遣して徴税し、それを武将たちに渡すようになっている。財布の紐を握ることが武将たちの首根っこを押さえることになるとわかっていたのである。

天下統一が秒読み段階に入った今、信長が志向しているのは、実験的に行ってきた施策を全国規模で行おうということであった。そのためには一度、すべての領地を朝廷に返上し、その上で、諸国に朝廷の任命する代官を派遣する。言うなれば、郡県制度の施行といっていい。大名を廃して、強力な中央集権体制を構築するのだ。

もちろん、今の朝廷には、諸国を治めていくような能力も意欲もない。朝廷に統治能力があったのは平安時代末期の院政時代まで遡らねばならず、かれこれ四百年も昔の話になる。それ故、形としては朝廷が政治を行うことになるが、黒子として実務を担うのは信長である。

「そのようなことが……」

蘭丸がごくりと生唾を飲み込む。

「できるものなのでしょうか？　もちろん、上様のお指図であれば皆も従うでしょうが、中には……」

「納得しない者もいる、と言いたいのだな？」

「はい」

「足利尊氏に比べると、漢の高祖《こうそ》は偉い男だ。尊氏も『史記』をしっかり学べば、愚かな振る舞いをしなくても済んだかもしれぬな」

「項羽《こうう》を滅ぼし、諸国の争乱を鎮めた後に功臣たちを誅《ちゅう》したことを指しておられるのですか？」

「高祖が天下を平定できたのは自分のおかげだなどと傲《おご》った者を残しておいたのでは、後々、災いの種にしかならぬ。高祖が韓信《かんしん》や黥布《げいふ》を誅したのは理に適ったやり方だ。そう思わぬか？」

「は、はい……」

蘭丸は額の汗を拭った。

「わたしのような者にはよくわからぬ難しい話でございます」

「難しい、か。今まで、そんなことを考えた者はおらぬ故、誰もが驚くであろうな。城介も、そうであったわ。城介は、わしが将軍になって幕府を開くと思い込んでいたのだな。敵だけでなく、味方にまで憎まれることをするべきではない、そんなことをすれば、きっと誰かに命を狙われることになる、と諫言された。おまえ自身、わしを殺して将軍になりたいのではないかと言うと、城介め、真っ青な顔になりおったぞ」

　ふふふっ、と信長が愉快そうに笑う。

「意外と図星だったのかもしれぬな」

「佐久間《さくま》殿や林《はやし》殿を追放なさったのも、その布石だったのでしょうか？」

　二年前の八月、信長は、尾張時代からの重臣・佐久間信盛《のぶもり》と、その嫡男・信栄《のぶひで》を高野山に追放している。その直後、同じく重臣の林秀貞《ひでさだ》、安藤守就《あんどうもりなり》、丹羽氏勝《うじかつ》らも織田家から追放した。

「あの者たちが働いたのは、はるか昔の話だ。その後は何の手柄も立てず、古くから織田に仕えているという家柄や過去の手柄だけを誇って高禄を食《は》んでいた。わしが幕府を開けば、あのようなろくでなしどもを増やすだけのことだ。ろくでなしが死んで代替わりすれば、愚か者が家を継ぐ。鎌倉幕府も足利幕府も、そんなことが繰り返されて屋台骨が腐っていったのだ。大名などに諸国の仕置きを任せるから、そんなことになる。大名ではなく、代官を諸国に置けば、ろくな働きもせずに怠ける者は、すぐに首をすげ替えることができる。家名によりかかってふんぞり返っていられぬとわかれば、誰もが額に汗して働くようになる」

　信長の額に青筋が浮かぶ。佐久間信盛や林秀貞の顔を思い出すだけで不快なのであろう。

「…………」

いきなり蘭丸が椅子から立ち上がり、襖をがらりと開ける。そこに小柄な少年が蹲《うずくま》っている。

「ペドロではないか。そこで何をしている？　まさか盗み聞きをしていたのではあるまいな」

蘭丸が険しい表情で見下ろす。ペドロといっても外国人ではない。洗礼を受けた日本の少年である。安土にはカトリック教会があり、その教会に神学校が併設されている。それをセミナリオという。セミナリオには良家の子弟が集められ、ラテン語や神学、西洋音楽、数学、銅版画などを学んでいる。そこで学ぶ生徒たちの中から、学業に優れ、容姿も整った少年たちが特に選ばれて、交代で信長の給仕係を務めている。ペドロは、睫毛《まつげ》が長く、頬が薔薇色で、唇が濡れたように赤い。まるで少女のように美しい十五歳の少年で、信長のお気に入りだ。

「滅相もございませぬ。上様に南蛮酒をお持ちしたのでございまする」

なるほど、床に置かれた盆にはワインのデカンタが載せられている。

「頼んだ覚えはないぞ」

「命じられてはおりませぬが、最初にお持ちした南蛮酒がそろそろなくなる頃ではないかと存じまして……」

「お蘭」

信長が呼ぶ。

「は」

蘭丸が肩越しに振り返ると、信長が空のデカンタを持ち上げて振っている。

「代わりを頼もうと思っていたところだ。それくらい気が利かなくては給仕など務まらぬ。叱るのではなく、誉めてやるがよい」

「よく気が付いた、ペドロ。下がってよいぞ」

蘭丸が言うと、

「はい」

ペドロが平伏する。


その夜……。

礼拝堂の片隅に告解室《こっかいしつ》がふたつ並んでいる。告解室といっても、木製の直方体の箱を置いてあるだけだ。ひとつには司祭が入り、もうひとつに信者が入る。信者が司祭に罪を告白し、許しを請うのである。その告解室から人の声が聞こえる。礼拝堂には正面に蠟燭《ろうそく》が灯されているだけだから、外にいるのと変わらないほど暗い。告解室に目を凝らしても、そこに人がいることなどわからないが、確かに話し声が洩れている。もっとも、よほど近付いて耳をそばだてなければ聞き取ることができないほどの囁き声に過ぎない。

「上様は、こう申されました……」

一人は、ペドロであった。ペドロは、信長と蘭丸の会話を機械のように正確に淡々と語った。

その語りは四半刻《しはんとき》（三十分）ほども続いた。

「信じられぬな……」

そうつぶやいたのは、黒装束に身を包んだ文吾《ぶんご》だ。

「急いで戻らなければ疑われます故……」

ペドロが腰を上げようとする。

「待て」

「何か？」

「囲まれたようだ。何か疑われるようなことがあったのか？」

「そう言えば、森蘭丸に……」

ペドロが震える声で説明する。

「ばれたな。くそっ、囲まれるまで気が付かなかった。藤林《ふじばやし》の者たちに違いない。逃げられるか？」

「無理ですよ。元々、幻術も武芸も得意ではないし……」

「仕方ないか。人には得手不得手がある。おまえの得意技のおかげで信長の秘密を知ることができたのだしな。敵との戦いは、わしの領分だ。わしが時間を稼ぐから、その隙に何とか逃げろ。もし逃げ切れぬとわかれば……」

「覚悟はできています。仲間に迷惑はかけません」

「よう申した。行くぞ」

文吾は懐から細長い筒を取り出した。吹き矢の道具だ。告解室の蛇の目から筒先を出すと、礼拝堂の蠟燭に向かって、立て続けに二本の矢を放つ。それが蠟燭の火を消した。礼拝堂が真っ暗になる。文吾は告解室の戸口から転がり出た。たちまち、いくつもの白刃が迫る。忍びは夜目が利くのだ。文吾は床を転がりながら、懐から鶏卵ほどの大きさの地雷火《じらいか》を取り出した。戦に用いられるものを、もっと小型に改良したものだ。表面に黄燐《おうりん》が塗付されており、固いもので強く擦ると点火する仕組みになっている。地雷火を床に叩きつけて目を瞑《つむ》る。周囲に閃光が迸《ほとばし》る。一瞬、礼拝堂の中が真昼のように明るくなる。が、すぐにまた暗闇に覆われてしまう。文吾が目を開ける。目を瞑っていたので、文吾は夜目が利く。しかし、閃光を見た者たちは何も見えなくなっている。

刀を抜くと、文吾は、自分と同じような黒装束の者たちに次々と斬りつけながら囲みを突破した。暗闇の中に濃厚な血の匂いが満ちる。

「追え！」

鋭い声が発せられる。

「いや、待て。追ってはならぬ。それよりも明かりだ。ペドロを探せ」

すぐそばで別の声がする。

「は」

明かりが灯され、礼拝堂の中が明るくなる。床に三人が倒れている。文吾に斬られたのだ。

「なぜ、止める、左文字《さもじ》？」

そう訊いたのは、藤林五人衆の一人、犬笛《いぬぶえ》だ。伊賀《いが》国阿拝《あへ》郡下柘植《しもつげ》村生まれの忍びである。

「あれほどの業を使う忍びに勝てるはずがない。死人を増やすだけだ」

左文字が答える。こちらは阿拝郡上野村の出だ。

百地《ももち》党と対立する伊賀の忍び集団・藤林党を束ねるのは孔雀王《くじゃくおう》だが、その配下の忍びで、特に腕利きの五人を藤林五人衆と呼ぶ。犬笛、風笛《かざぶえ》、天竺斎《てんじくさい》、左文字、水蜘蛛《みずぐも》の五人である。そのうちの二人がここにいる。

「おい、ペドロは見付かったか？」

「おりませぬ」

「やはり、な」

左文字がうなずく。

「何が、やはり、なのだ？」

「ペドロも忍びだったということよ。本物のペドロは、とうに始末されて、どこかに埋められているか、それとも琵琶湖に沈められたか……」

「馬鹿な」

犬笛が顔を顰《しか》める。

「あれはペドロに間違いない。わしらの目をごまかせるものか。そんなことができるとすれば……」

「思い当たったか、わしらの目をごまかせる忍びがいることに？」

「くそっ、狢《むじな》の八百《やお》か。あいつめ、生き延びて、こんなところに現れるとは……。すると、さっきの奴は？」

「吹き矢や地雷火を自在に使い、剣術も凄腕となれば、石川《いしかわ》村の文吾の他にはおるまいよ」

「おのれ、文吾か」

犬笛が歯軋《はぎし》りする。犬笛と文吾は、幼い頃から互いの存在を認め合う仲だった。どちらにも、われこそは伊賀随一の忍びである、という自負がある。

「迂闊《うかつ》だったな。ペドロの動きが怪しいから見張るように森さまから命じられたものの、まさか、百地党が安土城に入り込んでいたとは想像もしていなかった。そうとわかっていれば、わしらだけで踏み込んだりはしなかったものを……」

「仕方あるまい。百地党は伊賀で根絶やしにされ、かろうじて生き延びた者たちは服《はっ》部《とり》を頼って三河《みかわ》に落ちたと聞いていたのだから」

「このことを急いでお頭に伝えなければならぬ」

その四半刻（三十分）後……。

礼拝堂で起こった騒動について、森蘭丸が信長に報告していた。

「百地の忍びがペドロに化けていたというのか？」

さすがに信長は驚いた顔をした。

「そのようでございまする。百地党には狢の八百とかいう忍びがおり、その者は誰にでも化けることができるのだとか……。姿だけでなく、声音や仕草までも巧みに真似るのだそうです」

「信じられぬ、と言いたいところだが、信じなければなるまいな。伊賀の忍びは、人ではなく、物《もの》の怪《け》の類よ。だからこそ、皆殺しにしてしまえと命じたが、生き延びた者がいたのだな」

「上様のおそばに百地の忍びが入り込むことを許したのは、わたしの罪でございます。いかようにも罰して下さいませ。そして、藤林の者たちにも罰をお与え下さいますように」

蘭丸が襖を開けると、そこに黒装束の忍びが平伏していた。孔雀王である。体だけでなく、顔も隠している。たとえ信長の面前であっても、孔雀王は素顔を晒すことはない。それを信長も認めている。

「改めて聞くが、礼拝堂にいたのは百地の忍びなのだな？」

信長が問うと、

「間違いございませぬ」

孔雀王が平伏したまま答える。野太い、低い声だ。

「百地党が生き残っているとして、今は誰のために働いているのだ？」

「あの者たちは己の考えだけで誰かに雇われるということはございませぬ。必ずや朝廷の意向に添って動きまする。ここ数年は武田に合力《ごうりき》していたようでございますが、武田が滅んだ後、他の大名に合力しているという話を聞いておりませぬ」

「ということは、朝廷のために働いていると考えてよいのだな？」

「そう考えてよろしいかと思いまする」

「ふうむ、朝廷か……」

「なぜ、朝廷が上様のおそば近くに忍びを送り込んだりするのでしょうか？」

蘭丸が小首を傾げる。

「朝廷に武力はない。それ故、誰かを唆《そそのか》して、わしを討たせようとするはずだ。武田を使って、わしを討とうとしてしくじった故、他の何者かを動かそうとしているのであろう」

「では、越後の上杉あたりを？」

「かもしれぬな」

信長がうなずく。

「しかし、天下を治めて後、わしが何をしようとしているかを知れば、上杉や毛利、島津、長宗我部などという者たちだけでなく、わしに従っている者たちも牙を剝《む》くやもしれぬ。城介が忠告してくれたように、誰もがわしの命を狙うようになるということだな」

「上様……」

「朝廷の命令で探っていたとすれば、百地の忍びたちは都に向かったのであろうな？」

信長が孔雀王に訊く。

「そう思いまする」

「ならば、汝らも都に行け」

「百地の残党を片付けまする」

「殺せというのではない。まずは、朝廷が誰に繫がっているのか、それを知りたい。それ故、百地の忍びを生け捕りにせよ」

「難しいことではございますが……」

「言い訳は許さぬ！」

信長の額に青筋が浮かぶ。腹を立てている証だ。

「承知いたしました」

孔雀王が額を床に擦りつける。おとなしく命令に従うしかない。信長の命令は絶対なのだ。


四月二十二日。夜。

京都四条烏丸《からすま》町の東、鴨川に近い一画には貧民たちの小屋が建ち並んでいる。屋根は藁葺《わらぶ》きで、入り口には筵《むしろ》が垂らしてあるだけだ。床も裸土で、その上に藁を敷いてある。雨が降ると雨漏りがひどいし、強い風が吹くと倒れそうになる。人が住むには粗末すぎる掘っ建て小屋だ。

そんな小屋のひとつに道林坊《どうりんぼう》の姿があった。真剣な表情で縫い針を操っている。その傍らには夏南《かな》がいる。眉間に小皺を寄せ、心配そうな顔で道林坊の手許を見つめている。藁の上に横たわっているのは八之助、すなわち、狢の八百である。安土の礼拝堂で藤林の忍びに襲われて負傷した八之助は、命からがら、この隠れ家に帰り着いた。しかし、そこで気力も体力も尽きて昏倒してしまった。

八之助は、だらだらと脂汗を流しながら歯をがちがちと鳴らしている。肩や腹、背中に刀傷を負っている。どれも命に関わるほどの深手ではないが、放っておいて自然に治癒するほどの軽傷でもない。傷口を縫い合わせて消毒しないと、そのうちに傷口が腐って、命も危険になる。それに出血がひどい。八之助が震えているのは体から血液が大量に失われている証であった。

「ねえ、早くやってよ。苦しんでるじゃない」

「うるさい。わしは医者ではない。そう簡単にいかぬわ。手許を照らせ。暗くて見えぬぞ」

道林坊が額の汗を拭いながら夏南に言う。夏南が紙燭《しそく》で道林坊の手許を照らす。傷がぱっくりと口を開け、肉と脂肪が断ち切られて骨が見えている。なるほど、ひどい傷であり、素人が縫い合わせるのは難しいに違いない。

いきなり、垂れ筵が撥《は》ねあげられる。

夏南は素早く懐剣を取り出して身構える。

「わしだ」

「何だ、文吾か」

夏南がほっと安堵の吐息を洩らし、懐剣をしまう。文吾が小屋に入る。それに続いて紹巴《じょうは》も姿を見せる。大名家や公家屋敷にも自由に出入りすることのできる天下の名士が貧民街をうろつくのは不自然だから、紹巴は物売りに変装している。服装を替えているだけでなく、顔を泥で汚してある。文吾は地面にあぐらをかいて坐り込むと、

「やはり、八之助は斬られたのか。ひどい血だな。助かるのか？」

「何とか助けようとしている」

「それにしては手際が悪そうだな。あんたの手にかかったら、助けるどころか死なせてしまうのではないのか」

「ならば、おまえがやれ」

道林坊が文吾に縫い針を突き出す。

「わしがやろう」

紹巴が腕まくりして、縫い針を受け取る。すぐに傷口を縫い始める。医の心得があるらしく、かなり手慣れている。

「八之助に何か噛ませるのだ。舌を噛んでしまう」

「はい」

夏南が手拭いを八之助に嚙ませる。

「やはり、孔雀王の仕業なのか？」

道林坊が文吾に訊く。

「八之助から何も聞いてないのか？」

「ここに辿り着くなり、ばったりと倒れたからな」

文吾は、安土の礼拝堂で藤林の忍びに襲われた顚末《てんまつ》を、ざっと説明した。

「孔雀王がいたら、八之助は死んでいただろう。わしも、どうなったかわからぬ。犬笛がいたのは確かだ。もう一人は左文字か天竺斎だったと思う。それ以外に下忍が六人か七人いた。恐らく、向こうには、ペドロの正体がわかっていなかったのだな。だから、油断していたのだろう。おかげで助かった」

「おまえが安土まで行ったのなら、いっそ信長を殺してしまえばよかったではないか。八之助は信長に近侍していたのであろうが。二人で何とかできなかったのか？」

道林坊が言う。

「無茶なこと言わないで。八之助は文吾とは違うんだ。殺し合いなんかできないよ」

夏南が道林坊を睨《にら》む。

「夏南の言う通りだ。安土にいるとき、八之助は身も心もペドロになりきっていたはずだ。そうでなければ、誰かに正体を見抜かれていただろうからな。信長のそばには孔雀王がいるから、八之助が信長を殺そうなどと考えれば、その殺気を読み取られて正体がばれていただろう」

「安土城にいる信長を殺すことはできないということか……。やはり、何とか城から誘《おび》き出さなければならぬな。かといって織田軍に囲まれていたのでは、やはり、手出しができぬしのう」

道林坊が腕組みして小首を傾げたとき、

「さあ、これでよかろう」

紹巴がふーっと息を吐いた。

「何日か、じっと養生させることだ。できるだけ精のつくものを食べさせろ。夏南、もう八之助のことは心配ないから、文吾と一緒に行け。しばらくは都に戻れぬぞ」

「夏南をどこに行かせるのですか？」

道林坊が訊く。

「備中《びっちゅう》・高松に行ってもらうことになった」

「ということは羽柴筑前守《ちくぜんのかみ》殿のもとに？」

「うむ」

「お頭のなさりように異を唱えるつもりはありませぬが、頼りにするのであれば、朝廷を敬う心が篤く、信義にも厚い明智惟任日向守《これとうひゅうがのかみ》殿に力添えを願うべきではありませんか？　よりによって信長麾下《きか》の武将たちの中で最も胡散臭《うさんくさ》い男を頼りにするとは……」

「だからこそ、筑前殿なのだ。なるほど、惟任殿は道理をわきまえた立派な御方だ。朝廷が窮地に追い込まれていると知れば、きっと親身になって心を砕いてくれるに違いない。だからといって、信長に諫言するだけの度胸があるとは思えぬし、ましてや、信長に刃を向けられるとも思えぬ。信義に厚く、道理をわきまえているからこそ信長に反旗を翻すような真似などできぬであろうよ。その点、筑前殿は道理に縛られることはあるまい。元々が夜盗あがりで、己の才覚ひとつを頼りに今の地位に昇った男だ。算盤《そろばん》勘定に長《た》けている故、信長にすべてを奪われると知りながら、おとなしく首を差し出すとも思えぬ。そこが惟任殿とは違う。わしは筑前殿のことも惟任殿のことも、どちらもよう知っておるが、主を殺して平気な顔で高笑いできるのは筑前殿だと思う。いや、織田の家中を見回しても、そんな思い切った真似ができる者は他におるまい。柴田にも滝川にもできぬであろうよ。さあ、夏南、支度をしろ」

「支度ならば、とうにできております。あとは、これを持っていくだけ」

小屋の片隅に何か大きな箱が置いてあり、筵がかけられている。夏南が筵をめくると、くーっ、くーっ、という声が箱の中から聞こえた。鳩であった。

四月二十三日。

信長は、安土城本丸御殿の大広間で、正親町《おおぎまち》天皇の勅使と対面した。勅使《ちよくし》は、甘露《かんろ》寺《じ》経元《つねもと》ら三人で、それに武家伝奏《てんそう》の勧修寺《かじゆうじ》晴豊《はれとよ》が従っていた。

すでに二日前、信長が甲斐から安土に凱旋した二十一日には、都から何人もの公家たちがやって来ていた。甲斐・信濃を平定した信長を祝するためであった。そういう公家たちに、信長はいちいち対面しなかった。おべっか使いの相手をするほど暇ではないからだ。

しかし、勅使ともなれば、そうはいかない。信長自身、正二位《しようにい》の位階を持ち、すでに辞したとはいえ右大臣に任じられたこともある。正装し、畏《かしこ》まって勅使を迎えた。

儀礼的な応答が為されると、勅使は大広間から出ていき、後には勧修寺晴豊だけが残った。これまでも朝廷の窓口として、しばしば信長と会っているせいで、晴豊は、すっかり信長と気心が知れた気になっている。

儀礼的な挨拶が済んだので、晴豊は姿勢を崩し、

「武田討伐、ようございましたなあ。帝もたいそうお喜びどしたで」

と、くだけた口調になった。

「ありがたきお言葉でございまする」

「信玄《しんげん》が死んでから、武田は弱うなったいう者もおるけど、それにしても武田は武田や。何というても東の強国やからな。それを滅ぼしたんやから大したもんですわ。そんでな、信長はん……」

晴豊は信長の方に前屈みになり、声を潜める。

「帝が何ぞ信長さんにお祝いをしたいと言わはりましてな。いや、もちろん、信長はんは天下一の物持ちで、名品と呼ばれる茶器をほとんど持っとられるくらいやから、信長はんに差し上げて喜んでもらえるようなものは朝廷にもないわけやけど、そこはまあ、何と言いますか、帝の気持ちを汲んでもらいたいということでしてな。どうやろ、右大臣を辞して、かれこれ四年になります。そろそろ、また任官を考えてはどないですか？」

「………」

信長は無表情に黙りこくっている。

「順序から言うたら、やっぱり、左大臣になるべきやとは思いますけど、信長はんは武家やし、今更、左大臣になってもつまらんやろと思います。ここだけの話ですけど、将軍にならはるお気持ちはありませんか？」

「将軍ですと？」

信長がじろりと晴豊の顔を見る。

「いややなあ、そんな怖い顔をして」

白粉《おしろい》を塗って真っ白な顔の晴豊は、お歯黒で真っ黒の口を開けて、ほほほっ、と笑いながら、信長をぶつ真似をする。

「ここだけの話と言うとるやないですか。その気があるのなら、帝のお耳に入れようということですわ。もちろん、今すぐいうわけにはいきませんで。足利の将軍さんが毛利に匿《かくま》われとるわけやから、信長はんを将軍にしたら、この国に将軍が二人いることになりますからな。そやから、先の話」

「…………」

「そもそも征夷大将軍の仕事いうのんは東国の騒ぎを鎮めることが第一です。武田を滅ぼしたことで信長はんは見事に、その仕事をやり遂げたといえます。越後の上杉が残っとるけど、あそこも謙信《けんしん》はんが死なはってから勢いが衰えとるらしいから、あまり心配せんでもええやろし、あとは毛利を屈服させれば、足利の将軍さんをおとなしく信長はんに引き渡すんと違いますか。それで足利幕府はおしまいや。信長はんは堂々と織田幕府を開いたらええ。どうですか、帝に話してみましょか？」

「お心遣いには感謝いたしますが、ありがたすぎる話なので、すぐには返事のしようもございませぬ」

口ではそう言いながら、信長は少しも嬉しそうな顔をせず、むしろ、不機嫌そうに眉間に小皺を寄せている。

「はあ、そうですかあ……」

晴豊は興醒めしたような顔で何度も瞬《まばた》きした。征夷大将軍にしてやると言えば、必ずや信長は大喜びするに違いないと決め込んでいたので肩透かしを食わされた気がしたのである。


同じ頃、文吾と夏南は西に急いでいた。二人とも山伏姿である。夏南は髪を短くして、わざと顔を汚して男のように見せかけている。

京都から大坂に淀川を船で下り、大坂から明石に向かっていた。目指しているのは備中・高松、秀吉《ひでよし》の本陣だ。紹巴が織田軍の通行手形を手に入れてくれたおかげで、誰に怪しまれることもなく旅をすることができた。


四月二十四日。午後。

太政大臣《だじょうだいじん》・近衛《このえ》前久《さきひさ》は早朝から内裏《だいり》に出かけ、昼過ぎに帰宅した。屋敷では里村《さとむら》紹巴が待っていた。前久は、すぐに紹巴と対面した。

前久は朝廷の第一人者という立場にあり、信長との関係も深い。信長の使者として九州に下向したり、信長が本願寺と和議を結ぶに当たって、その調停工作に奔走したりしている。三月の武田討伐にも随行しているし、その政治力と行動力は図抜けている。お飾りの公家とはわけが違う。年齢は四十七。

座敷の上座にどっかり腰を下ろすと、前久は脇息《きょうそく》にもたれて、そのまま目を瞑った。やがて、目を開けると、面《おもて》を上げよ、と紹巴に言い、

「あんたの言うた通りのようやな」

と深い溜息をついた。疲労の滲む表情である。

「信長は、はかばかしい返事をしなかったのでございますな？」

紹巴が顔を上げる。昨日、勧修寺晴豊が勅使として安土に赴いた。昨夜遅くに晴豊は京都に戻り、その報告をもとに朝議が開かれた。

そもそも晴豊が征夷大将軍への就任を信長に持ちかけたのは、八之助が安土城で探り出した信長の計画を紹巴が前久に知らせたことが伏線になっている。

いずれ信長は幕府を開くために征夷大将軍への就任を願うであろうし、毛利と長宗我部を屈服させれば、その願いを拒むことはできまいというのが朝廷の考えであった。しかし、武田を滅ぼした段階で、ましてや朝廷側から就任を持ちかけるつもりなどなかった。朝廷は武力を持たない代わりに外交力や交渉術には長けている。相手がほしがっているものを簡単に渡さず、できるだけ大きな見返りを得ようとする。信長が財政的な援助を始めるまでの数十年というもの、朝廷は困窮に喘《あえ》いできた。帝が崩《ほう》

御《ぎょ》してもすぐには葬儀を営むこともできず、新たな帝の即位式もしばらく挙行できないほど財政が逼迫《ひっぱく》していた。そんな惨めな状態に戻らないためにも、将軍職を与える見返りとして信長から一ヵ国か二ヵ国をもらわなければならぬ、というのが前久を始めとする公家たちの一致した考えだった。その目論見の根底には、武家たる者の究極の目標は征夷大将軍となって幕府を開くことであり、信長とて例外ではない、という思い込みがあった。

ところが、二日前、紹巴は、驚くべき知らせを前久にもたらした。信長は将軍になるつもりも、幕府を開くつもりもないというのだ。そんな馬鹿な……最初、前久は鼻で笑った。だが、紹巴から詳しい話を聞くにつれて、みるみる顔から血の気が引いた。信長の本音は諸国の大名から領地を取り上げ、それを朝廷に返上させることなのだという。織田家の領地すら例外ではないという。それだけ聞けば、朝廷にとって、ありがたい話に聞こえるが、世の中、そんなうまい話があるはずもない。政治的な嗅覚に優れているだけに、前久は、信長が何を考えているか即座に理解した。

(信長はん、朝廷を乗っ取るつもりやな……)

ということであった。朝廷を隠れ蓑にして、この国を支配しようという魂胆に違いなかった。

あり得ない話ではなかった。

それどころか、ここ数年、信長は着々と準備を進めてきたといっていい。信長の計画の核心部分に存在するのは誠仁《さねひと》親王であった。誠仁親王は正親町天皇の第一皇子《みこ》で、この年、三十一歳である。信長は誠仁親王に肩入れし、三年前には、誠仁親王のために自らの宿所としていた二条御所を進上したほどだ。その際、信長は、

「これまで以上に親身にお世話させていただきたい」

という理由で、誠仁親王の皇子を猶子《ゆうし》にすることを願った。正親町天皇を崇敬し、朝廷を重んじる姿勢を示す信長を誠仁親王は深く信頼し、更に朝廷と信長の絆を深めることができるのであれば、と信長の申し出を了承した。信長の猶子となった五の宮は、そのとき四歳だった。

懸案の本願寺問題が片付くと、信長は朝廷に対して、掌を返したように高圧的な態度で臨むようになり、去年の三月一日には、誠仁親王への譲位を正親町天皇に要求した。天皇が譲位を拒むと、馬揃《うまぞろえ》を行うという名目で京都に織田軍を呼び入れ、朝廷に軍事的な圧力をかけた。臆病な公家たちは腰を抜かすほどに驚き、朝廷は大混乱に陥った。信長は改めて譲位を要求した。織田軍に包囲された状況で、さすがの正親町天皇も頭ごなしに拒否することもできず、かといって、そう簡単に譲位などできるはずもなく、窮した揚げ句、公家たちが知恵を絞り合って、

「親王が住まう二条御所と内裏の方角が悪いので、すぐに譲位すると災いが起こる」

と陰陽道《おんみょうどう》の解釈を楯に譲位を拒んだ。その回答を伝えたのが前久だったが、信長は執拗に、

「ならば、いつなら譲位できるのか」

と詰め寄り、前久は苦し紛れに、来年になれば星の位置関係も変わって、運気がよくなるはずだ、と答えざるを得なかった。

「ふうむ、来年のう……」

信長がそこで矛《ほこ》を収めたのは、本願寺と和睦《わぼく》したとはいえ、まだ東西に多くの敵を抱えていたせいだった。年が明ければ譲位するというのなら、それまで待ってやろう、こっちは、その間に天下平定を進めるまでのことだ……そう考えたのである。

それほどまでに信長が譲位にこだわったのは、誠仁親王を天皇にすることによって、猶子である五の宮を皇太子にすることが目的だった。皇太子の父というだけでも信長の重みは増すことになるが、将来、信長の娘を五の宮に娶《めあわ》せ、その娘が生んだ皇子が天皇になれば信長の血が皇室を支配することになる。かつて藤原道長《ふじわらのみちなが》や平清盛《たいらのきよもり》がやったのと同じことを信長もやろうというわけであった。源氏にしろ、足利氏にしろ、幕府を開いた武家の寿命はさして長くはない。力のある武将たちに圧迫され、最後には惨めに滅んでいく。その点、皇室の寿命は長い。幾多の戦乱や政変に揉まれながら脈々と生き続けている。皇室に入り込むことが織田家を末永く生き延びさせる道

だと信長が考えても不思議はない。

猶予を得た朝廷が手をこまねいていたわけではない。何とか信長を翻意させてくれるように信長麾下の武将たちに助力を請い、反信長勢力にも助けを求めた。だが、信長のやり方に異を唱えることのできる武将などいなかった。明智光秀《みつひで》は同情的だったが、それは言葉だけの同情に過ぎず、何も行動しようとしなかったし、羽柴秀吉は冷淡だった。損得勘定に長けた秀吉は、自分の得にならないことには無関心だったのである。柴田勝家《かついえ》や丹羽長秀《ながひで》には端《はな》から相手にしてもらえなかった。武田、毛利、長宗我部、島津などの大名たちは目の前の織田軍との戦いで手一杯で、朝廷に手を貸す余裕はなかった。織田家の諸将や、織田家に敵対する大名たちと朝廷との連絡役を務めたのは伊賀の百地党であった。朝廷の動きが信長の耳に入らぬはずがなく、九月に織田軍が北伊賀に攻め込んで百地党の殲滅《せんめつ》を図ったのは、朝廷の動きを封じる狙いもあったわけである。

とはいえ、朝廷の危機感が、さほど切実でなかったのは、そう簡単に天下平定などできるはずもないであろうし、時間稼ぎをして天皇が譲位を拒んでいるうちに信長も根負けして、最後には征夷大将軍になる道を選ぶだろうと高を括《くく》っていたせいだった。

しかし、信長は武田氏を滅亡させ、また一歩、天下平定に近付いた。その実績を背景に、朝廷を乗っ取る計画を進めようとしている。

「勧修寺の中納言が将軍になったらどないやと勧めたそうやけど、ありがたすぎる話やから、すぐには返事がでけんと言うたそうや。少しも嬉しそうな顔をしなかったらしいわ」

「将軍になって幕府を開くつもりはない……そういうことでございましょう」

紹巴がうなずく。

「信長はんも無茶なことばかり言わんで、おとなしく将軍になったらええのになあ。将軍が気に入らんのやったら関白にでも太政大臣にでもなったらええのや。それで好きなことがでけるやないか」

「失礼なことを申し上げるようでございますが、関白であれ、太政大臣であれ、所詮は、帝によって任じられる官でございまする。安土城の天守を天主と呼ばせ、自らを神に擬《ぎ》するほどに傲慢な男でございますから、朝廷の頂点に立たねば気が済まないのでございましょう」

「さすがに自分が天皇にはなれんから、猶子の五の宮を皇位に就けようということやな。天皇の父ともなれば太上天皇として遇されることになる。はあ、信長さんが上皇になるいうんかい。世も末やなあ……」

えらいことになった、困ったなあ、と前久は重苦しい溜息をつく。信長が上皇になれば、「治天の君」として朝廷に君臨し、院政を行うことは明らかであった。平安末期、絶大な権力を振るった白河《しらかわ》法皇の先例を踏襲するつもりに違いなかった。しかも、織田家を含めた諸大名が朝廷に領地を返上し、朝廷が諸国に代官を派遣することになれば、実質的には日本全土を信長が支配することを意味する。白河法皇ですら、それほどに強大な権力を保持していたわけではない。信長の野望が実現すれば、かつて、この国に存在したことのない絶対的な専制君主が出現することになる。

「そのうち安土から都に出てくるやろしなあ」

「また馬揃をして、帝に譲位を迫るやもしれませぬな」

「馬揃なんかせんでも、もう信長はんには逆らえんわい。年が明けたら運気もようなる言うたんは、まろなんやで。信長はんを怒らせたら、まろの首が飛んでまうわ。のらりくらりと生返事をして先延ばしにすれば、四方を敵に囲まれとることやし、まあ、何とかなるやろと高を括っとったけど、大間違いやった。武田も滅ぼされてしまいよったし、毛利も青息吐息や。じきに四国の長宗我部も降参するやろ。信長はん、もう怖いもんなしやで」

「では、信長の言いなりになるおつもりですか？」

「そんなことはしとうない。帝もな、何があろうと譲位せんと言わはっとる」

「公家衆は、いかがでございますか？」

「ま、半々くらいかな。本心では、信長はんの無体《むたい》なやり方に腹を立てとんのやろけど、それを軽々《けいけい》には口にでけんしな。みんな、信長はんを怖がっとる。何しろ、叡山《えいざん》を焼き討ちにした男や。沙門《しゃもん》の首を刎《は》ねるのなら公家の首かて平気で刎ねるやろ。帝にしても、首に白刃を突きつけられたら腰砕けになるかもしれんし、わしも駄目やろ。公家は武家とは違う。そう簡単に死ねんわ。お手上げやなあ」

「僭越《せんえつ》なこととは存じましたが……」

紹巴は、すでに二日前に備中の秀吉のもとに使者を送ったことを口にした。本来であれば、朝廷と信長の交渉経過を見た上で判断すべきことだが、それでは間に合わないと考え、勝手ながら自分の一存で決めたことを説明した。

「ふうん、羽柴筑前なあ……」

前久は、そのことに腹を立てる様子もなく、さして興味を示さなかった。

「あまり頼りにならんのと違うか？　去年、こっちから使者を送ったときも何もしてくれんかったやないか。ま、話を聞いてくれただけ、柴田や丹羽よりは、ましやったかもしれんけどな」

「去年は、自分には関わりのないことだと思っていたから何もしなかったのでしょうが、今度は違います。領地を取り上げられるのですから、筑前殿にとっても他人事ではございませせぬ」

「領地を召し上げられても代官として国の仕置きを任されるんやったら、そう悪い話でもないのと違うか？」

「いいえ、そうはならぬはず」

紹巴が首を振る。

「信長は、漢の高祖が創業の功臣たちを次々に誅したことを賞賛し、末永く国を治めていくには武将たちに過分の力を持たせぬことが肝要だと話したそうでございます。信長が漢の高祖だとすれば……」

「ふむふむ、天下平定の暁、真っ先に誅される功臣は、柴田、滝川、丹羽、明智、羽柴……そう言いたいわけやな？」

「さようでございまする。坐して誅されるのを待つか、それとも、先手を取って信長を討つか……」

「話としては面白いけど、どうやろなあ。あまり当てにでけんような気がするわ。とは言え、何もせんよりはましやから、筑前に話を持ちかけるのは構わんで。言うまでもないけど、まろは何も知らんからな。何も聞いとらん。ええな？」

「心得ておりまする」

「しかしなあ、それだけでは心許《こころもと》ない。信長はんが都に現れてからでは何をしても遅い。こっちは、言いなりにされてしまうだけや。他にも何か手を打たんとなあ。かといって、何がでけるというわけでもなし」

「最後の最後には……」

「何かあるんかい？」

「信長に死んでもらうしかありませぬ」

「わかっとるがな。そやから、どうやってやるか、誰がやるか、その肝心なところがどうにもならんと言うとるんやないか」

「…………」

紹巴が、じっと意味ありげに前久を見つめる。その視線が何を意味するか、そのことに気付いて前久の顔色が変わる。

「ま、まさか……まろにやれと言うんやないやろな？」

「信長に近付くのは容易なことではございませぬ。しかし、相国《しょうこく》さまであれば、誰にも怪しまれずに信長に近付くことができますする」

相国は太政大臣の唐名である。

「け、け、けどな……」

動揺を隠しきれない様子で、前久が口をぱくぱくさせる。言葉が震える。

「まろは、血を見るのも苦手なんやで」

「ご心配には及びませぬ。信長と斬り合えと申し上げるつもりはございませぬ」

「そんなら、どうやって……？」

「いずれ、ご説明申し上げます。まずは、そのお覚悟だけはしておいていただきたいということにございまする」

「まろが信長はんをなあ……。太政大臣ともあろう者が前右大臣《さきの》を殺《あや》めなならんとは、ひどい世の中になったもんやで」

前久は暗い顔で肩を落とすと、

「疲れた。少し休むわ。下がってええで」

「この後、連歌会《れんがえ》を予定しております。何人かに声をかけておきました故、あと半刻（一時間）もすれば人が揃いましょう」

「阿呆か。そんな気になれるかいな」

「いいえ、なりませぬ。連歌の集まりということにしておきませんと、相国さまもわたしも疑われることになりまする」

「疑われるやと？」

「主立った公家衆のお屋敷はすべて見張られております。特に、ここが最も厳しく見張られているようでございますから、少しでも疑いを持たれてはならぬと存じます」

「信長はんか？」

「はい。藤林の忍びたちでございまする」

「見張っとるだけか？　何ぞ、おかしなことを考えとるんやないやろな」

前久がごくりと生唾を飲み込む。

「相国さまに害を加えることはないでしょう。その気であれば、とっくにそうしているはず」

「つまり、まろの命は、信長はんの胸ひとついうことか？」

「信長は虎狼の如き男でございますれば、己がほしいものを手に入れるためならば、どのような悪行を為すことも厭《いと》いませぬ。そうでなければ御所に兵を向けるような真似ができるはずもありませぬ」

「確かにな。帝のお命を縮め奉ることに比べたら、まろを殺すことくらい屁でもないいうことやな。わかった。わしも覚悟を決めたで、紹巴。信長はんには死んでもらう。それしかない」


四月二十四日。夕方。

文吾と夏南は備中に入った。秀吉は清水宗治《しみずむねはる》が籠城する高松城を三万の軍勢で包囲していた。

秀吉の本隊一万五千が高松城の北にある龍王山の麓に、宇喜多《うきた》忠家《ただいえ》の一万が八幡山麓に、羽柴秀勝《ひでかつ》の五千が平山村に布陣している。文吾たちは、真っ直ぐに秀吉の本陣には向かわず、龍王山から一里（四キロ）ほど離れたところにある大平山に向かった。さして高い山ではなく、なだらかな稜線を持つ小高い丘という感じの山である。日が暮れるのを待って、文吾と夏南は、大平山の麓にある村に入り、村外れの小屋を訪ねた。小屋からは明かりが洩れていた。ごめん、と声をかけて文吾が戸を開ける。囲炉裏端《いろりばた》に背中を丸めた小柄な老人が坐り込んでいる。

「好きなものを持っていけ。食い物は粟や蕪くらいしかない。探すだけ無駄じゃ」

老人は顔も向けずに言う。文吾を盗人の類か、そうでなければ、織田兵だとでも思っているのであろう。敵地に攻め込んだ雑兵というのは、往々にして強盗紛《まが》いの乱暴狼藉《ろうぜき》を働くからだ。

文吾の背後から夏南が土間に入ってきて、

「岩じい」

と呼んだ。老人は、びくっと体を震わせ、

「その声は……。まさか、夏南か？」

「うん、夏南だよ」

「これは驚いた」

ようやく老人が顔を向ける。この老人は岩蔵《いわぞう》といい、百地丹波《たんば》配下の陰忍《かげにん》である。

陰忍は、頭に命じられた土地に住み着き、ひたすら、頭からの命令を待ち続けなければならない。その土地に馴染み、その土地の人間として生き続け、時には、死ぬまで何の命令も受けないことすらある。岩蔵が、この村に住むようになって、かれこれ十年になる。年を取り、体が思うように動かなくなり、忍びとしての務めを果たすことができなくなったので陰忍として備中に送り込まれ、毛利方の重要拠点である高松城の近くに住み着いた。

この時代、重税に苦しんで百姓が故郷を捨てることは珍しくない。これを逃散《ちょうさん》という。逃散した百姓は追っ手を怖れて名前を変え、詳しい事情を話さないのが普通だから、岩蔵も怪しまれることなく、この村に住み着くことができた。その代わり、他の村人たちよりも重い年貢を負担しなければならないし、面倒な仕事も押し付けられる。

陰忍は用心深い。見ず知らずの人間に自分の正体を明かすことは決してない。文吾一人で訪ねてきたのであれば、岩蔵は端から相手にしなかったであろう。夏南の祖父・神戸《かんべ》の小南《こなん》と岩蔵は昔馴染みである。岩蔵が備中に旅立つ前、幼子だった夏南にも会っている。文吾が夏南を伴って旅してきた理由のひとつは、岩蔵を信用させることであった。それは成功したといっていい。

「そっちの人は?」

「文吾だよ、石川村の」

「その名前なら聞いたことがある」

岩蔵は大きくうなずくと、

「上がってこい。何か食うか」

文吾と夏南が板敷きに上がり込もうとしたとき、がたっと戸の音がした。文吾は、素早く刀を抜いて身構えた。戸を開けて土間に入ってきたのは、十五、六歳の少年だった。両手に薪を抱え、驚いたような顔で文吾を凝視する。

「心配ない。比武良《ひむら》じゃ。幼い頃から村厄介としてこき使われていたのを、もらい受けた。わしも老いぼれてきたので、そろそろ、誰かに引き継ぐことを考えなければならぬが、わしには身寄りがない。いずれ比武良がわしの役目を引き継ぐことになる。ここで引き合わせることができて都合がよかった」

「ヒムラ？　変わった名前だな。流れ者か？」

文吾が訊く。まだ警戒を緩めていないようだ。

「山の民じゃな。食えなくなって、この子を捨てていった。何となく見所がありそうなので引き取った。命じられたことはきちんとこなすし、口も固い。身も軽いし、刃物の扱いも下手ではないから、陰忍にするのは惜しい気もする。うまく仕込めば、お頭の役に立つ忍びになるのではないかな」

「わかった。お頭に伝えておこう」

文吾が刀を納める。

「この人たちに白湯《さゆ》でも出してあげなさい」

岩蔵が言うと、比武良は黙ってうなずき、湯を沸かす準備を始めた。文吾と夏南が囲炉裏端に坐ると、

「織田勢が伊賀を攻めたと聞いた。お頭は無事なのか？」

「無事だよ。今は都にいる。だけど、伊賀の百地党は全滅した。いったい、どれだけの数の人間が殺されたことか……。女子供に年寄りまで、生まれたばかりの赤ん坊まで情け容赦なく……」

夏南の声がかすれてくる。

「かろうじて逃れた者たちは服部を頼って三河に落ちた。お頭と共に都に残ったのは、わしら二人、あとは八之助と道林坊」

「四天王か……」

岩蔵はうなずくと、

「わしは何をすればよいのじゃ？」

「われら百地党にとっての不倶戴天《ふぐたいてん》の敵・信長を滅ぼすために手を貸してほしい」

「命じられれば何でもするつもりじゃが、こんなじじいに何ができるかのう」

「お頭は、羽柴筑前の力を借りて信長を討つつもりでいる。しかし、お頭は都にいるし、筑前は、この高松にいる」

「なるほど、鳩か」

「今でも飼ってるよね？」

夏南が訊く。

「もちろんじゃ。都からも連れてきたか？」

「五羽連れてきた」

「では、うちからも五羽連れていくがいい。それで足りるか？」

「夏南は秀吉のもとに残していく。まあ、話も聞いてもらえずに追い払われれば、そうもいかないわけだが……。わしは都に戻るが、ひと月かふた月すれば、また来ることになる。短い手紙のやり取りだけでは話の通じないことも出てくるだろうからな。そのときに都から鳩を連れてくる」

つまり、こういうことであった。夏南が連れてきた鳩たちは帰巣本能に従って都に飛んでいくし、文吾が岩蔵の鳩を預かって都に戻り、その鳩を都から飛び立たせれば、その鳩は、この村に戻ってくる。伝書鳩の本能を利用して手紙をやり取りしようというわけであった。

「鳩を使わなければならぬほどに急を要するということじゃな？」

「筑前が力を貸さぬと言えば、どうするのだ？　他の武将に助けを求めるのか」

「それはない」

文吾が首を振る。

「筑前で駄目なら、他の者も当てにはできまい。百地党だけでやることになる」

「お頭と四天王だけで信長を……。無茶じゃのう。そんなことができるのか？」

「朝廷のためにも信長を討たねばならぬ。それが帝の御心でもあると聞いている」

「ならば、やるしかないのう。たとえ百地党が全滅することになるとしても」

「そういうことだ」

そこに、ようやく湯を沸かした比武良が、三つの木椀に白湯を入れて運んできた。


四月二十五日。朝。

山伏姿の文吾と夏南が秀吉の本陣を訪れた。二人が簡単に秀吉のもとに案内されたのは織田軍の通行証を持っているだけでなく、秀吉宛の紹巴の手紙を持参していたせいであった。

二人が連れて行かれたのは大きな農家だった。村長《むらおさ》の屋敷を秀吉が本陣として使っているのだ。農家の前に、異様な顔をした男が立っていた。ひどく顔色が悪く、しかも、皮膚病でも患っているのか、水膨れのような瘡蓋《かさぶた》が顔中に散らばっていて、いくつかの瘡蓋からは血が滲んでいる。髪も薄く、薄いだけでなく、顔と同じように擦り切れたような跡がいくつもあって、そこだけ禿げている。何とも見苦しい容貌だが、目つきは鋭く、その視線には迫力がある。

（黒田《くろだ》さまか……）

その異相を目にして、文吾は、それが秀吉の軍師・黒田官兵衛《かんべえ》孝高《よしたか》だと察した。官兵衛の容貌が醜く変わったのは、四年前、荒木《あらき》村重《むらしげ》の謀叛に巻き込まれて、有岡城の土牢に一年ほども閉じ込められたせいであった。

「連れて参りました」

「武器を身に付けてはおるまいな？」

「一応、改めましたが、そのようなものは何も……」

小姓が答えると、母屋の中から、わははは、という大きな笑い声が聞こえてきた。

「その気になれば、いくらでも武器など隠すことができる者たちだ。探すだけ無駄だから、やめておけ。さっさと中に入れるがいい。わしも暇ではない」

「しかし、殿……」

「くどいぞ」

「……………」

官兵衛は顔を顰《しか》めると、ついてこい、と文吾たちに顎をしゃくる。関節に障害があるために、左足を引きずりながら、母屋に入っていく。これも土牢に閉じ込められたのが原因だ。

文吾と夏南が土間に足を踏み入れると、囲炉裏端で飯を食っている小柄な男が目に入った。

「おう、汝らが紹巴の使いの者たちか。遠慮せずともよい。ここに坐れ」

口一杯に頬張った飯粒を飛ばしながら、秀吉は囲炉裏の向かい側を箸で指し示した。それから、官兵衛、と呼んで、右手を払う仕草をした。官兵衛はうなずくと、小姓たちを外に追い出した。これで囲炉裏端には四人しかいなくなった。

「白湯をくれ！」

秀吉が左手で茶碗を持ち上げる。

官兵衛が土瓶を手にして秀吉の茶碗に白湯を注ぐ。

「その者たちにも出してやれ」

「は？」

さすがに官兵衛が嫌な顔をする。

「ついでではないか」

秀吉がじろりと睨む。官兵衛は渋い顔のまま、文吾と夏南にも白湯を出す。秀吉は飯を飲み込み、ぐいっと白湯を飲むと、ふーっと息を吐いて、

「山伏よ」

と、文吾に声をかけた。

「汝の名は何という？」

「わたくしの名など……」

「わしはな、きちんと名乗ることもできぬような者を信じぬのだ。名乗ることができぬのであれば、さっさと立ち去るがよい」

「文吾と申します」

「生まれは？」

「北伊賀の石川村でございます」

「そっちは？」

秀吉が夏南に顔を向ける。

「山田村の夏南と申しまする」

「ん？　その声……。そちは、おなごか。これで顔の泥を拭え」

秀吉が懐から汗臭い手拭いを取り出して、夏南に放り投げる。夏南はおとなしく指図に従い、顔をきれいにする。

「おーっ、美しいではないか」

秀吉がだらしなく目尻を下げる。

「殿」

官兵衛がたしなめる。

「女連れで都から備中まで旅してくるには、それなりの理由があるのであろうな」

秀吉が板敷きに置いてあった手紙を広げる。取り次ぎを頼むときに文吾が差し出した手紙だ。

「これを持参した者から詳しい話を聞いてほしい……そう記されているだけだ。これでは何もわからぬ。そもそも、汝が本当に紹巴の使いなのかどうかもわからぬ。伊賀者といっても、今では一枚岩ではない。服部は徳川家に仕えているし、藤林は織田家に仕えている。百地は朝廷に忠義を尽くしているというが、汝が百地の忍びかどうか確かめようがない。こんな紙切れ一枚で信じろというのが無理だ。違うか？」

「おっしゃる通りでございまする」

「素直じゃのう。ならば、どうする？　困るではないか」

「わたしが何者であっても構いませぬ。まずは、わたしの話を聞き、その上で、筑前さまがわたしを信じるかどうか、決めて下さいますように」

「聞こう。話すがよい」

秀吉は腕組みして目を瞑った。

四日前、安土城の天主で、信長が森蘭丸に何を語ったか、文吾は八之助から聞かされた通り、できるだけ正確に秀吉に話した。文吾が話し終わると、

「ふうむ……」

秀吉は目を開け、腕組みしたまま小首を傾げた。それほど驚いているようには見えず、それが文吾には意外だった。

「なかなか、面白い話だったが、上様がそのような話をしたかどうか確かめることもできぬし、汝が紹巴の使いかどうかも、やはり、わからぬ」

「信じてはいただけませぬか？」

「汝が真実を語ったとして、紹巴は、わしに何をさせたいのだ？」

「何をしてほしいというのではありませぬ。少なくとも、今は」

「今は？」

「これから何かが始まるのです。安土城の天主で語られたことが実際に行われれば、諸国の大名たちが滅ぼされるだけでなく、筑前さまを始めとする織田家の武将たちも領地を取り上げられて追放されることになりましょう。前右大臣さまが上皇となられれば、朝廷にとっても一大事。いや、誰にとっても一大事でございまする。しかしながら、まだ何かがなされたというわけではありませぬ故、これから先、わが主は、筑

前さまに安土や都の動きを事細かにお知らせしたいと申しておりまする」

「何もせず、ただ紹巴の話に耳を貸せばいい、そういうことか？」

「さようでございまする」

文吾がうなずく。

「黙って話を聞いていると、まるで殿に謀叛を勧めているように聞こえるぞ」

疑わしそうな目を文吾に向けながら、官兵衛が口を挟む。

「そのようなつもりはございませぬ」

「しかし……」

「わかった」

秀吉がぽんと膝を叩く。

「わしの耳を貸してやろう。何か新しい動きがあれば知らせるがよい。備中などにいたのでは、都の動きもわからぬし、時勢から取り残されてしまうわ」

「よいのですか、殿？」

「構わぬ、構わぬ。ところで、文吾よ」

「は」

「動きがあれば知らせると言っても、そう簡単ではなかろう。早馬を使っても都から二日はかかるぞ」

「ご心配には及びませぬ。何か動きがあれば、半日で筑前さまのお耳に入れられる手筈を整えておりまする。筑前さまの方から、わが主に何かを伝えたいときも同様でございます」

「ほう、そのようなことができるのか？」

「わたしは、すぐに都に戻りますが、都との連絡を取り次ぐために夏南を残していきまする」

「この娘をのう……」

またもや秀吉の目尻が下がる。

話し合いがまとまると、文吾と夏南は岩蔵の小屋に戻った。

文吾は、岩蔵から連絡用の鳩を受け取り、都に向けて旅立った。


「さっきの話、汝はどう思うぞ？」

文吾たちがいるときには、どっしりと鷹揚に構えていた秀吉だが、官兵衛と二人きりになると、苛立って落ち着きのない様子になった。表情も険しくなり、盛んに爪を噛んだり、髪の毛をかきむしったり、溜息をついたりする。

「さして驚くような話でもなかったではありませぬか。韓信斬られて黥布震える……」

官兵衛がつぶやく。漢の高祖が天下統一を成し遂げた後に功臣たちを次々に粛清したことは、いくらか学問のある者であれば誰でも知っている有名な話である。信長自身、二年前に佐久間信盛や林秀貞といった譜代の重臣たちを追放しており、すでに高祖のやり方を踏襲し始めている。だからこそ、目端の利く秀吉は、三年前、信長の四男・秀勝を養子に迎え、いずれ自分の領地を信長の子に相続させると公言したり、上様が諸国を平らげた暁には大陸に攻め込むつもりだと法螺《ほら》を吹いたりして、信長に憎まれないように努めてきた。

「もっと先の話だと思っていた。まだ毛利も長宗我部も残っているというのに……」

「今上《きんじょう》の帝を譲位させ、朝廷を意のままに操ることができるようになれば、毛利や長宗我部など簡単に屈服させることができると考えておられるのでしょうな。毛利や長宗我部も朝敵になりたくないでしょうから」

「そうなれば、わしは用無しか……」

秀吉が深い溜息をつく。

「少将殿を養子にいただいて、これで羽柴の家も末永く安泰だと思ったのだが」

「上様は気の短い御方です。殿がどれほど長生きするかわからぬのに、殿の寿命が尽きるのをじっと待つとも思えませぬ」

「わしを追放する方が話が早いということか」

「それはないでしょう」

「ん？」

「佐久間殿や林殿のような能無しであれば追放で済むでしょうが、生憎《あいにく》と殿は能無しではない。とても追放で済むとは思えませぬな。わたしの見通しが厳しすぎると思われますか？」

「いいや、汝は正しい。わしは殺されるな。上様は、手緩《てぬる》いことを為さらぬ御方だ。敵に回せば手強い者から順に殺されるだろう。第一に徳川殿、その次が、わしか……」

秀吉には信長の考えが手に取るようにわかる。信長を日本の大名として考えるから、その行動があまりにも突拍子もなく常軌を逸しているように見えるが、中国の皇帝のような絶対的な専制君主だと思えば、その行動や思考過程は首尾一貫しているといっていい。自分自身を唯一至高の存在と考えているから、自分に敵対するものを決して容赦しない。だからこそ、比叡山《ひえいざん》を焼き討ちして数千の僧侶を殺しても胸が痛むことはないのだし、朝廷の権威など屁とも思っていないから、上皇に収まって朝廷を思うままに操ろうなどと大それたことを思いつくのだ。秀吉は、信長を絶対君主として神の如くに崇め奉ってきたから、さほど信長に憎まれることもなく順調に出世することができた。だからといって、信長に愛されているわけではなく、役に立つ道具として使われているだけだから、用済みになれば、捨てられるとわかっている。

「その日が来るのは、そう遠くないことが、あの伊賀者の話でわかりましたな」

「うるさい。他人事《ひとごと》だと思って気楽なことを言うな」

秀吉が不機嫌そうに黙り込む。うーん、うーん、と唸り声を発しながら、何とか生き延びる道はないものかと難しい顔で思案する。しかし、信長が朝廷乗っ取り計画を実行すれば、遅かれ早かれ、自分は殺されるに違いない、その運命を逃れる道はない、と秀吉は悟る。

「駄目だな、どうにもならぬわ」

「坐して死を待つおつもりですか？」

「何が言いたい？」

「窮鼠《きゅうそ》猫を嚙む、と申します」

「馬鹿な」

秀吉が顔を顰め、そんなことをすれば、よってたかって攻め殺されてしまうわ、とつぶやく。秀吉とて、本音の部分では信長を亡き者にしたいと思わぬではないが、下手に謀叛を起こしたりすれば、他の武将たちに袋叩きにされることは目に見えている。もし事前に謀叛の企てが発覚したら、裏切り者を容赦しない信長の気性を考えれば、一族郎党皆殺しの憂き目を見ることは間違いなかった。

「殿が矢面に立つことはございませぬ。誰か他の者にやらせるか、あるいは、殿が手を下すにしても、その罪を誰かになすりつけてしまえば……」

細かいことなど口にしなくてもお互いの考えがわかってしまう間柄なのか、官兵衛は即座に秀吉の懸念を察知した。

「こいつ……」

秀吉が目を細めて官兵衛を見つめる。

「いつから考えていた？」

「言うまでもございませぬ」

「有岡か……」

四年前、官兵衛は有岡城の土牢に投獄されたせいで障害者となってしまった。しかも、信長は官兵衛が裏切ったと思い込み、人質にしていた嫡男を処刑しようとした。官兵衛が裏切るはずがないと信じた秀吉は嫡男を庇《かば》って殺さなかった。官兵衛は、そのときの恩義が骨身に沁みているから秀吉に尽くしているのだし、そのときの恨みと憎しみが骨髄に徹しているから、いつか信長に復讐してやろうと企んできた。この四年間、様々な策を練りながら、その機会が訪れるのを待っていた。ようやく、そのときが来たのだ。

「で、誰のせいにするというのだ？」

何だかんだと言いながら、秀吉もその気になっている。出世欲の権化のような男だから、信長という重しを取り除いて、更なる出世を望むことのできる道があるのならば、その道を選ぶことをためらったりはしない。ただ、自分が火の粉を被りたくないだけである。

「惟任殿、そうでなければ、中将さま……」

中将さまとは信長の嫡男・信忠のことだ。

「謀叛などという大それたことをするのは、中将さまには荷が重かろう。石頭の明智にも難しいだろうが、中将さまよりは、まし、というところか」

秀吉がうなずく。

「上様が何かを始めたというわけではないから、すぐに何かをするというわけにもいかぬが、安土や都の様子を探るのに伊賀者だけに任せるのは心許ない。こちらはこちらで調べるがよい」

「承知しました」

と、うなずいてから、官兵衛は意味ありげな視線を秀吉に向けた。

「何だ?」

「紹巴殿のことでございますが……。やはり、伊賀者なのですな?」

「うむ」

「しかも、ただの忍び風情などではない」

「百地党の頭、百地丹波よ」

「そのような者が、なぜ、連歌師として堂々と都で暮らし、公家や大名のもとに出入りできるのですか？」

「わしに訊くな」

「伊賀の一派・藤林党は上様に仕えておりまする。当然、その者たちは紹巴殿の正体を知っているはずですな？」

「さあ、それは、どうかな。忍びは、己の姿を変えることに巧みだというからのう。たぶん、下っ端は知るまい。上忍ならば知っているかもしれぬな。藤林の上忍・孔雀王ならば」

「なぜ、その上忍は、紹巴殿の正体を上様に告げぬのですか」

「今の伊賀というのは、頭がいくつもある大蛇のようなものだと思えばいい」

「なるほど、頭は別々でも体は同じ、それ故、肝心なところでは庇い合う……そういうことですか？」

「忍びの世界には、余人の窺い知れぬ掟がある、と聞いておる」

「わからぬことが、もうひとつ」

「まだあるのか」

ちっ、と秀吉が舌打ちする。

「なぜ、殿は里村紹巴と……いや、百地丹波と親しいのでございますか？」

「別に親しいわけではない」

「そうは思えませぬ。上様は、百地党を根絶やしにしようとして伊賀に兵を入れたのですから、当然ながら、その頭である百地丹波のことを憎み抜いているはず。その正体が紹巴であることを知りながら、殿が黙っているというのは、どうにも解せませぬ。このことを上様が知ったら、どれほどお怒りになることか。なぜなのですか？」

「………」

秀吉は、苦い顔で、そっぽを向いた。官兵衛は秀吉の返答を待ったが、秀吉は、いつまでも黙りこくったままだった。

秀吉と官兵衛が密談している頃、正親町天皇の御前で公家たちが話し合いを行っていた。その席で、近衛前久は、信長への三職推任《さんしきすいにん》を提案した。三職推任とは、太政大臣・関白・征夷大将軍の三つの職の、どれでも望みの職に任じてやろうという太っ腹な申し出である。

「それは無理なんと違いますか？　将軍にしてやろうと言うても、嬉しそうな顔をしなかったというやないですか」

権中納言・山科言経《やましなときつね》が小首を傾げながら、そうやったな、と勧修寺晴豊に顔を向けた。

「嬉しそうどころか、腹でも立てとるような渋い顔をしとりました。少しはありがたい顔をしてくれてもええのにと思いましたわ」

晴豊はうなずきつつ、もし信長が太政大臣を望んでも、ほんのふた月前に前久自身が太政大臣に任じられたばかりだから無理ではないか、と付け加えた。

「それは、ええのや」

信長が太政大臣を望めば、自分は喜んで官を辞するつもりや、と前久は言った。

「そこまで覚悟を決めとられるのですか」

「信長はんが三職のどれかで満足してくれるんやったら、自分のことなんぞ、どうでもええ。お上《かみ》に譲位を迫るようなことをされたらかなわんしな」

なるほど、その通りや、それがええ、無理難題を吹っかけられる前に、こっちが先手を取らんとなあ……そんな声が公家たちの口から洩れた。信長に対する三職推任は全会一致で承認され、直ちに安土に勅使を派遣する準備を進めることになった。

四月二十八日。

文吾たちが隠れ家として使っている四条烏丸町の掘っ建て小屋に、紹巴が現れたときには日が暮れていた。備中から文吾が戻ったことを知らせるために道林坊が小屋を出たのは昼過ぎだから随分と時間がかかったことになる。それを文吾が問う前に、

「屋敷の周りで藤林の者たちが目を光らせている」

と、道林坊が口にした。

「疑われているのですか？」

文吾が紹巴を見る。

「そうではあるまい。信長が疑っているのは朝廷の動きであろう。朝廷には武力がないから、信長に逆らうのであれば、どこかの大名と手を結ぶに違いない……そう考えて、公家衆の屋敷や、そこに出入りする者の動きを見張っているのであろう」

政治力と行動力を兼ね備えた近衛前久を最も疑っているはずだから、前久の屋敷に頻繁に出入りする自分の屋敷も見張られているのに違いない、と紹巴は付け加えた。

前久の屋敷に比べれば、さほど厳重に見張られているわけではないが、それでも屋敷を抜け出すのに手間取り、慎重を期して遠回りしてきたので、こんなに遅くなった、というわけであった。

「ふうむ……厄介ですね。これからは連絡を取り合うのが難しくなってしまう」

文吾がつぶやく。

「八之助の具合は、どうだ？」

紹巴が小屋の片隅に顔を向ける。そこに八之助が横になっており、微かな寝息を立てている。変装名人の八之助ならば、藤林の忍びたちを欺いて、容易に連絡を取り合うことができると考えたのだ。

「少しずつ傷は癒えておりますが、まだ膿も出ていますし、今しばらくは、じっと寝かせておくべきでしょう。まだお役には立てぬと思います」

道林坊が答える。安土を脱出するときに、藤林の忍びに斬られた傷が治癒していないのだ。

「ならば、仕方ない。まだ先は長い。今は養生させねばな」

紹巴がうなずき、文吾を見て、

「さあ、聞かせてくれ。筑前殿は、いかに？」

「何をするとも約束して下さいませんでしたが、こちらの話に耳を傾けることは拒まぬそうです」

「ありがたや。それで十分じゃ」

「ただ……」

「どうした？」

「筑前殿のそばにいる黒田殿は、なかなか油断ならぬお方のように思われました」

「あの男は切れ者よ。筑前殿のことは、どう思った？」

「ひどく陽気で、物わかりがよさそうな感じはしましたが、何ともつかみどころのない御方のような……」

「黒田殿の方が筑前殿に比べれば、よほど正直者ということじゃな」

「どういう意味ですか？」

「黒田殿はな、おまえが感じ取った通りの人間だということよ」

「では、筑前殿は、そうではない、と？」

「切れ者の黒田殿を子猫のように手懐《てなず》けておる。人がいいだけではできまい」

「筑前殿は、裏表のある腹黒き御方ということなのですか？」

「どういう人間なのか、いずれ、おまえにもわかるであろうよ。ところで、備中から、鳩を連れてきたか？」

「はい、五羽だけですが」

「鳩が足りなくなれば、また備中に旅してもらうことになる。大切に使わなければならぬな。しかし、すぐにも筑前殿に知らせなければならぬことがあるのだ」

紹巴は懐から紙縒《こより》を取り出した。そこには、近々、朝廷が安土に勅使を遣わし、信長に三職推任を申し出ることが記されている。その申し出に信長がどういう対応をするか、それは秀吉にとっても重大な関心事であるはずだった。信長が三職のどれかを受けることになれば、それは現在の朝廷の体制に信長が組み込まれることを意味するから、諸国の大名に領地を返上させるような驚天動地の政策を断行する可能性は低くなる。当面は、秀吉の首も繋がるということだ。

五月四日。

武家伝奏・勧修寺晴豊は安土に赴いた。

先月の二十三日に来たときは、武田討伐を祝するためで、信長が望むのならば、征夷大将軍に任ぜられることも可能だと晴豊が口にしたのは、あくまでも私的な会話に過ぎなかった。

しかし、今回は違う。信長を太政大臣・関白・征夷大将軍のいずれかに任じようという朝廷の意思を正式に伝えに来た。信長とて朝臣である以上、三職推任の勅命が下れば、それを断るという選択肢はあり得ず、好むと好まざるとにかかわらず、三つの職のどれかを選ばなければならないはずであった。

晴豊が綸旨《りんじ》を読み上げる間こそ神妙に平伏していたが、それが済むと、信長は不機嫌そうな顔で中庭に視線を向けた。いつまで経っても信長が黙っているので、晴豊の方が落ち着かなくなってきた。本当であれば、「身に余る光栄でございまする」と勅命を承るべきなのである。そっぽを向いて口も利かないというのは不作法というしかない。

「信長はん、これがどういうことかわかってはりますか？」

「何もわかっておらぬのは、そちらのようですな」

信長がじろりと晴豊を睨む。

「へ？」

「武田を滅ぼしたのは、わが倅・城介でございまするぞ。わたしは戦いが終わった後に、物見遊山に甲斐・信濃を旅してきただけのこと。その折、これからは戦だけでなく、天下の政《まつりごと》に関わることもすべて汝に任せる、と城介に申し伝えました。さすれば、朝廷が三職推任を為す相手はそれがしではなく、城介でなければ、おかしなことでありましょう」

「あ、いや、それは……」

「まだ話の途中ですぞ」

「…………」

「官位など欲しておらぬということが、なぜ、わからぬのか？　いや、そうではないか。わかっていながら知らん顔をしているのに違いない。ならば、はっきり言おう。朝廷が何かをくれるというのであれば、今上の譲位こそ、わが望みである、と。それ以外に欲するものはない。都に戻り、公家衆にも帝にも、そう申し伝えるがよい」

信長は立ち上がると、晴豊に顔も向けずに広間を出ていった。

あとには呆然として言葉を失った晴豊が残された。

五月六日。近衛邸。

里村紹巴と近衛前久が向かい合っている。安土から戻った勧修寺晴豊が、信長との交渉経過について内裏で公家たちに報告した。そこで聞かされた内容を、屋敷に戻った前久が紹巴に話しているところだ。

「なるほど、自分は何もいらぬ。何か官職をくれるのなら倅にやってくれ、どうしても自分に何かくれるのならば、帝を譲位させてもらいたい……そういうことですか」

紹巴がうなずく。

「とんでもない話やで。自分は何もいらんとか、まるっきり欲のなさそうな言い方をしとるけど、帝を譲位させて自分は上皇に収まるつもりでおるんやから、これほどの強欲はあらんで」

「上皇になって、諸国の大名たちに領地を朝廷に返上させ、土地という土地を何もかも自分のものにしようというのが本音なのでしょうから、確かに、これほどの強欲はありますまい」

「織田の中将を三職推任するのはかまへんけど、譲位だけは聞けん話や。今でこそ、信長はんも天下を取ったつもりで威張りくさっとるけど、元はといえば、尾張《おわり》の田舎大名の家来やないか。そんな者を上皇にして、朝廷を牛耳られてたまるかいな。ご先祖さまに顔向けでけんようになる。とは言え……」

前久が、ふーっと重苦しい溜息をつく。

「今度のことで、信長はんが本気ということが、はっきりわかった。こっちが何もせんで黙っとったら、また軍勢を率いて上洛してきよる。去年と同じように馬揃と称して内裏を囲んで脅しよるやろしなあ」

「武田を滅ぼして、今の信長は怖いものなしでございます。今度は脅しでは済まぬかもしれませぬぞ」

「ま、まさか、内裏を……」

前久がごくりと生唾を飲み込む。

「叡山を焼き払い、数千の沙門を殺した男を相手にしていることを忘れてはなりませぬ。並の人間であれば仏罰を怖れて気が狂うようなことをしながら、あの男は少しも悔いておらぬのです」

「命が惜しければ、信長はんの言いなりになるしかないということか……」

「そうは申しませぬ」

紹巴が首を振る。

「信長が本気だとわかれば、こちらも本気で対応できるというもの。こうなった上は、ためらっている者も覚悟を決めなければなりますまい」

「それは羽柴筑前のことを言うとんのか？」

「織田に敵対している大名たちが領地を奪われるのは当然としても、信長が上皇になれば、いずれ織田方の武将たちも領地を召し上げられることになります。追放されるのか、それとも殺されてしまうのか……。わたしが思いますに、真っ先に信長に目を付けられるのは徳川殿か筑前殿ではないか、と」

「徳川はん？　あんなに信長はんに忠義を尽くしとんのにかいな？　まるで信長はんの家臣のように言いなりになっとるやないか」

「家臣のようであっても家臣ではございませぬ。それに武田を滅ぼしたことで、今や徳川の領地は三河、遠江《とおとうみ》から駿河へと拡がっておりまする。それを信長がどう思っていることか」

「なまじ力があると憎まれるいうことやな。筑前も同じ理由で邪魔者扱いか」

「信長の武将たちの中では惟任殿と筑前殿が頭ひとつ抜きんでておりまする。しかしながら、惟任殿は人柄もよく、学問も十分に身に付けた御方です。四書五経《ししょごきょう》が骨身に沁みている人間は、そう簡単に主に刃向かったりはしないものです」

「そうやな。四書には、ご先祖さんや自分の親、それに主を何よりも敬えいうことばかり書かれとるからな。四書をじっくり学んだら、なかなか謀叛なんぞ考えられんようになるわなあ。惟任は学問があるから信長はんを裏切ったりでけんけど、筑前は学問がないから平気で主に牙を剝く……そう言いたいわけやな？」

「その通りです。もっとも、それだけというわけではありませんが……」

「他に何があるんや？」

「信長には朝廷を敬う気持ちがありませんが、筑前殿は、そうではありません」

「筑前なら、朝廷を大切にするいうんかい？」

「少なくとも、帝に譲位を迫るような無理難題を吹っ掛けたりはしないはずです」

「ふうん……」

前久が目を細めて紹巴を見つめる。

「筑前のことを、ようわかっとるようやないか」

「筑前殿が信長に仕える前から存じております」

「えーっと、羽柴秀吉と名乗る前は木下藤吉郎《きのしたとうきちろう》と名乗っとったな。その頃からの知り合いか」

「いいえ、木下と名乗ったのは織田の足軽になってからのことでございます」

「その前というと……」

「利助《りすけ》と名乗っておりましたな」

「姓は？」

「ありませぬ。ただの利助でございまする」

「面白そうやないか。聞かせてもらおか」

「よろしいのですか？」

「何がや？」

「人には誰でも知られたくない秘密があるものでございます。そんな秘密を知ると、余計な重荷を背負うことになりかねませぬが、それでもよろしいのですか？」

「怖いことを言うやないか」

「いつの日か、わたしは筑前殿に殺されることになると覚悟しております」

「その秘密を知っとるせいでか？」

「はい。それでも、お聞きになりたいですか」

「アホか。もうええわい。そんな秘密を聞かされたら、夜も眠れんようになってしまうわ」

　前久は興醒めしたような顔で首を振る。

　その夜、紹巴は、伝書鳩を使って、備中の秀吉に手紙を送った。信長が三職推任を拒否し、露骨に帝の譲位を要求したことを認《したた》めた。それが何を意味するか、秀吉にはわかるはずである。

五月七日。

紹巴が放った伝書鳩は夜明け前に岩蔵の小屋に戻り、鳩の脚に結びつけられていた手紙を夏南が秀吉のもとに届けた。

秀吉と官兵衛は、高松城を水攻めする計画について話し合っているところだった。

高松城そのものは、さして堅固な造りではなく、籠城している兵力も三千ほどに過ぎない。城を囲む秀吉の軍勢は三万だから、力攻めをすれば、すぐにでも落ちそうなものだが、実際には、そう簡単でもなかった。高松城は低湿地帯にあり、城を囲む沼地が天然の外堀の役目を果たしている。迂闊に攻めれば、沼地で身動きが取れなくなって自滅する怖れがあった。

安土の信長からは早く高松城を攻め落とすようにと、きつく催促されており、しかも、毛利軍五万が迫りつつあるという情報も得ていた。無理攻めしても高松城を落とせそうにないし、かといって、高松城を放置したまま毛利軍と決戦する羽目になれば、秀吉軍の敗北は必至といっていい。さすがの秀吉も途方に暮れたが、助け船を出したのは官兵衛であった。高松城が窪地にあることを逆手に取り、城の周囲に堤を築いて、城を水没させてしまおうと考えたのだ。

もっとも、これは官兵衛の独創ではない。春秋戦国時代、晋陽《しんよう》の戦いで用いられた水攻めを応用したのである。中国の史書に造詣の深い官兵衛ならではの発想といっていい。

その最終的な段取りを確認し、いよいよ、明日から堤を築く工事を始めようというときに紹巴からの知らせが届いた。それが数日前であれば、秀吉は、まともに取り合わなかったかもしれない。高松城攻めに失敗して、毛利に敗れることになれば、信長は秀吉を許さないはずであり、よくて追放、下手をすれば手討ちにされるかもしれなかったからである。そんな切羽詰まった状況にいたのでは、信長と朝廷の駆け引きに首を突っ込む余裕などなかったからだ。

しかし、幸いにも高松城を攻め落とす目処がついた。一息ついた秀吉の心には、信長が天下統一を果たした後、いかにして自分が生き延びることができるか、そのことを官兵衛と話し合うだけの余裕が生まれた。

「三職推任を拒み、あからさまに帝に譲位を求めたことで、上様が何を考えているのか、はっきりしましたな。伊賀者が教えてくれた通りです」

官兵衛が言うと、秀吉は不機嫌そうに、うむ、とうなずき、

「いよいよ、わしの首も危なくなってきたわい」

と首の後ろをぽんぽんと掌で叩いた。

「上様が上皇になれば、そういうことになるのでしょうが、果たして、そううまくい

してお りませぬ」

「この国の歴史を振り返ってみると、朝廷を支配しようとした者は、ろくな死に方をしておりませぬ」

「どういう意味だ?」

くものかどうか……」

「例えば?」

「平清盛しかり、足利義満《よしみつ》しかり」

「それは違うぞ。清盛は、ろくな死に方ではなかったが、誰かに殺されたわけではない。病で死んだのだ。しかも、娘を皇后にし、孫を皇位に就けた。三十数ヵ国を平家一門が支配し、何から何まで願いをかなえて大往生したのだ」

「平家が朝廷をも、国々をも支配したように見えまするが、そのせいで平家は哀れな末路を辿ったではありませんか。壇《だん》ノ浦《うら》で義経《よしつね》に滅ぼされ、安徳《あんとく》天皇まで海に沈んだのですぞ。あまりにも深く朝廷に食い込んだために、そのしっぺ返しも大きかったということです。清盛自身、最期は熱病に冒され、狂い死にしたとも言われております。それでは、とても大往生とは言えますまい。その点、義満は自分が皇位を簒奪《さんだつ》しようと企んだだけで、平家のように足利一門が朝廷を支配しようとしたわけではありません。だからこそ、義満は密殺されたものの、足利幕府は生き残ったのでしょう」

「なるほどのう……。ならば、上様も清盛や義満のようになるのか? 今の朝廷に上様を滅ぼすだけの力があるとは思えぬが」

「平家を滅ぼすために朝廷は、頼朝《よりとも》や義経を使いました な」

「おいおい、わしは頼朝でも義経でもないぞ。買い被りすぎだ」

「では、義満のように密殺するとか……」

「あの用心深い上様が公家などの手にかかって命を落とすとも思えぬがのう」

「しかし、このまま何事もなく過ぎていくとも思えませぬな。歴史は繰り返すと申します。この国では朝廷を支配しようとする者は死ななければならぬ運命なのです」

「わしは、どうすればよい？」

「上様と朝廷の駆け引きにじっと目を凝らすことでございますな。もし上様が朝廷を押し切るようなら、何食わぬ顔をして忠義を尽くしていくしかありますまい」

「朝廷が押し切りそうになったら？」

「そのときは……」

官兵衛がにやりと笑う。

「上様の足を払って、朝廷の手助けをなさってはいかがですか。このまま、上様に付き従っていても、殿の御運が開けるとは思えませぬ故」

五月十一日。

この日は、信長の誕生日だった。盛大な式典を見物しようという野次馬や、贈り物を携えた使者たちのせいで、安土に向かう街道は人波で溢れた。使者の中には、勧修寺晴豊もいた。正親町天皇からの親書と贈り物を預かっていた。信長と朝廷の間は、三職推任や天皇の譲位問題を巡ってぎくしゃくしていたが、この日ばかりは、信長もにこやかに晴豊を迎えた。晴豊の方も意識的に政治絡みの話題を避けた。

出陣中の武将たちからも多くの贈り物が届けられたが、誰よりも豪勢な贈り物をしたのは秀吉であり、贈り物を運ぶ隊列の長さに見物人たちは驚嘆したと言われている。贈り物の価値が信長への忠誠心を測る尺度だとすれば、秀吉ほどの忠義者はいないといってよかった。

同日。

安土で信長の誕生日を祝う盛大な式典が営まれている頃、旅支度をした徳川家康が浜松城を出発しようとしていた。信長の招きで上方に向かうためであった。

ひと月ほど前、武田氏を滅ぼした信長は、信濃から三河に入り、わずか一晩だったが、この浜松城にも逗留した。家康が催した宴の席で、

「三河の弟に、わしの城を見てもらわねばならぬな。京や堺なども巡り、これまでの戦の疲れを少しでも癒すとよい」

どうじゃな、わしの自慢の城を見物にきてくれぬか、と信長は家康を誘った。この年の正月、信長は安土城の完成披露式典を行ったが、武田との戦に忙殺されていた家康は、その式典に出席することができなかった。そこで改めて家康を安土に招いて饗応し、ついでに上方見物をさせてやろうというのが信長の考えであった。

信長が家康を「弟」と呼び、家康が信長を「兄上」と呼ぶほどに両者は親密で、しかも、その繋がりは古い。もっとも、強固な同盟関係で結ばれているとはいえ、対等な関係とは言えなかった。命令するのは常に信長であり、その命令に一度として家康は逆らったことがない。信長が安土に来いと言えば、ふたつ返事で承知するだけのことである。家康は畏まって信長の招待に感謝した。

その翌日、信長が尾張へと出立すると、徳川の重臣たちは、家康が安土に向かうことに口々に反対した。彼らは、信長が家康を謀殺するつもりなのではないか、と疑ったのである。

しかし、家康は顔を真っ赤にして、

「馬鹿なことを申すな。織田の兄上は、そのような御方ではない。そもそも、兄上に招待していただく前に、こちらから、お願いするべきだったのだ。兄上は、駿河を徳川の領国に下された。その御礼を申し上げるために安土に参上しなければならないのだからな」

声を荒らげて重臣たちを叱った。重臣たちが呆気に取られるほど家康は激しい怒りを見せ、

「二度と兄上を疑うようなことを申してはならぬ。そのような者がいれば、わしがこの手で手討ちにしてくれる。兄上を貶《おとし》めようとする者は、わしの敵である」

とまで言い切った。

重臣たちも陰では、

「何と、殿は人のよいことよ」

「こんなことだから徳川は織田の属国だなどと侮られるのだ」

と不満を口にしたが、さすがに家康の前では黙らざるを得なかった。

家康とすれば、重臣たちに腹が立つというより、

(なぜ、わしの立場がわからぬのか。宿老《おとな》たちは、よってたかって、わしを殺すつもりか?)

と泣きたくなるほど情けなかったであろう。

なぜ、信長が家康を安土に招くのか、その本心など家康にもわからないが、ひとつだけ家康にもわかっていることがある。それは、信長という男は異様に猜疑心が強いということである。

家康や重臣たちが信長の招きを疑っているなどという噂が信長の耳に入れば、それ

こそ信長は家康を殺そうとするに違いなかった。安土に赴けば、恐らくは謀殺されることとなり、安土に行かなければ、それを謀叛の理由として徳川と手を切り、徳川の領地に織田軍が攻め込んで来るに違いなかった。そうなれば徳川家は滅亡することになる。何としても信長に猜疑心を生じさせてはならなかった。だから、家康は顔を真っ赤にして重臣たちを怒鳴りつけたのだ。わしが手討ちにする、と叫んだのも、言葉の綾などではなかった。本気だった。徳川家を守るためならば、重臣の首などいくつでも差し出す覚悟だった。

何しろ、家康は、信長に命じられて妻と息子を殺しているのである。古い話ではない。ほんの三年前のことである。妻の築山殿《つきやまどの》が武田と内通し、それに嫡男の信康《のぶやす》も関わっていると信長は疑ったのである。信康は、信長にとっても義理の息子であった。にもかかわらず、何のためらいもなく、家康に「殺してしまえ」と命じた。二十一歳の偉丈夫は、家康にとっては、頼もしい跡取り息子であった。その信康を殺すように命じられ、ふた月ばかり、家康はろくに食事を摂ることもできず、夜も眠れずに悶え苦しんだという。

徳川の家臣たちは織田家との手切れを覚悟した。信長の要求は常軌を逸していた。嫡男と正室を殺せと命じられて、それに素直に従うような馬鹿な話はあり得なかった。家臣たちは、

（それほどまでに徳川を侮っているのか）

と、信長への憎しみを募らせた。家康が無体な要求を撥ねつけるのは当然で、にもかかわらず、家康が結論を出さずに苦しむことが彼らには理解できなかった。

家康は、信康に死を命じた。大切な嫡男を失っても、織田との同盟を維持することを選んだ。おかげで徳川は生き延びることができた。しかし、家臣たちは家康に感謝するというより、その恐るべき我慢強さに薄気味悪さすら感じた。

それほどの事件があったのだから、常識的に考えれば、両家にはしこりが残り、家康は信長を憎み、恨みを抱くはずであった。当然ながら、信長も、そういう目で家康を見ているはずであり、ほんの少しでも信長のやり方を疑ったり、不満を口にしたりすれば、

（やはり、そうであったか）

と、直ちに家康を殺そうとするに違いなかった。

だからこそ、家康は、何があろうと信長に疑われないように細心の注意を払っていた。妻子を殺された家康が、そこまで気を遣っているのに、重臣たちが好き勝手なことを口にすることに無性に腹が立ったのである。

この安土への旅にしたところで、家康は、機嫌よさそうににこにこしているが、本心では、安土などに行きたいはずがなかった。口許に笑みを浮かべてはいるものの、

目が笑っていないのは、そのせいだ。作り笑いなのである。どこに信長の目が光っているかわからないから、常に忠義者を演じ続ける必要があったのだ。

信長からの招待に大袈裟に感謝し、駿河の領有を認めてもらったことに安土で感謝しなければならぬと家康は言ったが、よくよく考えれば、こんな馬鹿な話もなかった。駿河を制するに当たって、家康は信長から何の援助も受けていないのだ。武田信玄が生きている頃から、家康は武田軍と死闘を繰り返し、三方ヶ原《みかたはら》では危うく命を落としそうになるほどの大敗を喫したりしながらも、着実に駿河における支配地を広げた。信玄が死に、勝頼に代替わりしてからは甲斐や信濃にまで進出した。世間では信長が武田を滅ぼしたと喧伝されているが、実際には、家康が下拵《したごしら》えをしたからこそ、武田は呆気なく滅んだのだ。本来であれば、甲斐か信濃のどちらかを家康が要求したとしても、決して図々しい要求とは言えなかった。にもかかわらず、信長は、甲斐・信濃の一片の土地も与えず、家康が独力で切り取った駿河を恩着せがましく与えた。

だが、家康は、一言も不平など洩らさなかった。信長と一戦交える覚悟がない限り、信長の仕置きに唯々諾々《いいだくだく》と従うしかなかったのだ。

見送りの者たちは、浜松城の外までついてきた。大手門を出て、家康は肩越しにちらりと城を振り返り、

（ここに戻ることはあるまいな）

と小さな溜息をついた。きっと信長に殺されるに違いない、と覚悟している。何よりも情けないのは、自分が死んだ後、徳川家がどういう対応をするべきか、何ひとつとして浜松城で留守を守る重臣たちに指図できないことであった。そんなことをすれば、家康も本心では信長を疑っているのだなと重臣たちに教えることになり、それが廻り廻って信長の耳に入りかねなかった。武田が滅んだ後の家康というのは、そこまで気を遣わなければならないほど微妙な立場にいる。

実際、信長の目から見れば、もはや家康は役目を終えたと言っても過言ではない。西方の大敵は毛利と長宗我部、それに島津といったところだが、毛利と長宗我部については、羽柴秀吉と丹羽長秀が討伐計画を進めており、今のところ、順調に進んでいる。この二氏を屈服させれば、島津も従わざるを得ないはずであった。

東方はどうかといえば、武田亡き後の強敵は上杉と北条だが、神将と呼ばれた謙信が亡くなってからは上杉の勢いも衰えているから、柴田勝家率いる北陸方面軍だけで十分に討伐できそうだ。北条とは、武田討伐で協力し合った良好な関係が維持されており、織田と徳川が手切れとなれば、北条は喜んで徳川領に攻め込むに違いない。

「殿」

服部半蔵《はっとりはんぞう》が家康に馬を寄せてきた。

服部家は、半蔵の父・保長《やすなが》の代から徳川家に仕えているが、元々は、百地や藤林と並ぶ伊賀の有力な土豪だった。織田軍が伊賀に攻め込み、百地党の皆殺し作戦を展開したとき、伊賀を脱出した百地党の忍びが三河に向かったのは服部家を頼ったのである。そのおかげで、半蔵は、労せずして、優秀な忍びを数多く配下に抱えることになった。それ故、半蔵の耳には、諸国の様々な情報が黙っていても入ってくる。それらの情報を取捨選択して、時折、半蔵は家康に伝えている。周囲の家臣たちも心得ているから、家康と半蔵の二人から、それとなく離れた。密談の邪魔をするまいという心遣いであった。

「百地党の生き残りが都で盛んに動き回っている由《よし》にございまする」

「生き残りだと？　まだ多くの者たちが都に残っているのか」

「いいえ、人数は、わずか五人に過ぎませぬ。百地党を束ねていた百地丹波、それに従う四天王、その五人が右大臣家を亡き者にしようと企んでいるのだとか……。彼らの動きに朝廷も関わっているという噂も聞こえております」

「朝廷が？」

家康が小首を傾げる。信長が朝廷からの三職推任を断り、正親町天皇の譲位を要求したという話は家康にも聞こえている。だからといって、朝廷が伊賀者の手を借りて信長の暗殺を企むというのは、あまりに突拍子もない気がした。

「どうなさいますか？」

半蔵が声を潜める。

「わしに何ができるというのだ？」

家康も小さな声で聞き返す。

「つまり……」

安土で信長に会ったとき、家康自身の口から信長に暗殺計画の存在を知らせることもできるし、あるいは、半蔵が伊賀者の伝手《つて》を辿って、織田家に仕えている藤林の忍び、すなわち、孔雀王に警告を発することもできる。藤林党が総力を挙げて、百地の残党を追跡し、信長が朝廷の動きを厳重に監視するような手立てを講じれば、この暗殺計画を未然に防ぐことは難しくないはずだ、と半蔵は口にした。

「………」

家康は、むっつりと黙り込んだまま、ゆっくり馬を進ませた。いつまでも家康が口をきかないので、半蔵の方が訝《いぶか》り、

「殿、今の話でございますが……」

「知らぬ」

「は？」

「わしは何も聞いておらぬぞ。おまえは何も話しておらぬ。それ故、わしは何の指図もしておらぬ。何も聞いていないのに指図などできるはずがない」

家康が半蔵に顔を向け、目を細めて、じっと半蔵を見つめる。

「わかったか？　わしは、知らぬと言っておる。わしは、な」

「承知しました」

半蔵は無表情にうなずいた。これが半蔵でなければ、どういうことでございましょう、と問い返すかもしれないが、服部党の嫡流に生まれ、物心ついてから権謀術数の海で揉まれてきた半蔵の目には家康の複雑な胸中を垣間見ることができた。それは、家康が、ただのお人好しでも、信長の忠犬でもないということであった。暗殺計画を通報すれば、なるほど、信長は助かるであろうが、それが徳川家にとって有益なことだとは一概に言えない。かといって、暗殺計画の存在を知りながら、それを通報しなかったことが信長に知られれば、それまた厄介な火種を抱えることになりかねない。それ故、家康は、何も聞かなかった、と言ったのである。知らないのであれば信長に通報しようもないからだ。

（殿は何も知りたくないとおっしゃるが、それは何もするなということではない。わしは百地の動きを知らねばならぬ。何も手出しをせずに、百地がどういう動きをするか、しっかり見極めなければならぬ。しかしながら、わしが百地の動きを探っていることを百地にも藤林にも知られてはならぬということだな。ふうむ、なかなか、厄介なことよのう……）

半蔵は眉間に小皺を寄せて思案に耽《ふけ》る。

その横で、家康は穏やかな表情で馬を進ませている。


五月十四日。

夕方、武田を滅ぼした後、甲斐に残って戦後処理をしていた信忠が安土城に帰還した。派手な凱旋の儀式や宴などは行われなかった。その代わり、信長は、信忠を安土城の最上層にある自室に招き、酒と料理でもてなした。

だが、信忠は、むっつりと黙り込んだまま不機嫌な顔をしている。細面で色白の容貌は父親譲りといっていいが、気性は信長ほどに荒々しくはなく、癇癪を起こして声を荒らげたりすることもない。むしろ、温厚で穏やかな性質といっていい。その性質のせいなのか、これまでの信忠は父親の言いなりだった。父親を怖れ、その顔色を窺って息を潜めるという風だったのである。信長の面前で、あからさまに不機嫌そうな態度を示すなどというのは、これまでになかったことであり、それはひとつには、武将として政治家として着実に実績を重ねてきた自信の現れであったろうし、ひとつには、温厚な信忠ですら自分の感情を抑えることができないほど猛烈に腹を立てているということでもあった。

「飲まぬのか？」

信長はワイングラスを揺らしながら訊いた。

「父上、やはり、わたしには、どうにも納得できぬのでございます」

「何が納得できぬのだ？」

「天下平定は、もう手の届くところまできておりまする。百年もの長きにわたって続いた戦国の世がようやく終わるのです。しかし、父上が為さろうとしていることは、新たなる争いを引き起こすことになると存じます」

「大名たちから領地を取り上げることか？」

「それだけではありませぬ。帝に譲位を迫ったこともでございます」

「仕方あるまい。五の宮を東宮に据えなければ、朝廷を動かすことができぬ。いちいち、公家の阿呆どもにお伺いを立てなければならぬことになってしまう。それでは今と何も変わらぬ」

「なぜ、将軍になって幕府を開こうとなさらないのですか。幕府と朝廷が力を合わせてこそ、この国を平穏に治めていくことができると思います」

「幕府など何になる」

信長が舌打ちして顔を顰める。

「頼朝の開いた鎌倉幕府は、わずか三代で正嫡が絶え、あとは執権の北条氏が好き勝手なことをしただけだ。室町幕府にしても、三代目の義満の頃には、将軍と関東公方が争い始め、幕府を支えるはずの大名たちは将軍を侮って我が物顔に振る舞い始めた。そのせいで戦国の世が生まれたのだ。形だけとはいえ、今でも室町幕府が続いているのは、何の力もなく、何の役にも立たないから、わざわざ滅ぼそうとする者がいなかっただけのことだぞ」

「ですから、同じ過ちを繰り返さないようにすれば……」

「うぬぼれるな」

信長がぴしゃりと言う。

「どんなやり方をしても、わしが生きている間は、うまくいくだろうが、わしが死ねば、武将たちは、おまえを侮るようになる。たとえ、おまえが何とか凌いだとしても、孫の代には、どうなるかわかったものではない。織田家は武田のように滅んで跡形もなくなっているか、それとも、明智か羽柴、あるいは、徳川の風下に立っているかもしれぬな」

「そのようなこと……。たとえ、五の宮を東宮に据え、大名たちから領地を召し上げても同じことが起こるかもしれないではありませんか」

「それ故、わしが生きているうちに、織田家に災いをもたらしそうな大名たちを根絶やしにしてしまうのだ。織田家に逆らうから討伐するのではなく、朝廷に逆らうから討伐するという理由でな。つまり、朝敵を討つということだ。この大義名分には誰も異を唱えることなどできまい」

「父上の申されることもわからぬではありませぬ。しかし、そのために新たなる戦乱が生まれるのだとしたら、どうしても納得できないのです」

「おまえを愚かとは言うまい。何も考えずに、わしに媚を売るよりは、ずっとましだからな。わしは四十九、おまえは二十六。わしが先に死ぬのは間違いないだろうから、わしのやり方がどうしても気に入らないというのであれば、わしが死んだ後に幕府を開けばよい」

「それは話が違いましょう」

「何と言われようと、わしは考えを変えぬぞ。どうする、わしを殺してでも止めるか？」

「そ、そのような……」

信忠の顔色が変わる。

「明日、三河の弟が安土に着く。数日、安土に滞在し、それから京に向かうことになっているが、安土にいる間に、わしは家康に領地召し上げの話をするつもりでいる」

「徳川殿に？」

「家康も、おまえのように生真面目で頭の固い男だし、朝廷を敬ってもいる。おまえと同じことを言うかもしれぬな」

「そうしたら、どうなさるのですか?」

「殺す」

信長がぴしゃりと言う。その言葉には何の迷いもない。

「おまえは、わしの息子で、織田家の跡取りだから何を言っても構わぬ。お互いの考えが食い違っても、織田家を守りたいという気持ちには違いがないからだ。しかし、三河の他の者たちは、そうではない。織田家よりも自分の家が大切に決まっている。三河の弟にしても、織田家のために徳川家を潰せと言われれば、素直にうなずくかどうかわからぬ」

「父上の命令に従って、北の方と信康殿に死を命じた徳川殿が反旗を翻すとお考えなのですか?」

「あのときは、二人の命と徳川家を天秤にかけて、迷った末に徳川家を選んだに過ぎぬ。さて、今度は、どうするかな」

「わざと徳川殿を怒らせるつもりなのですね」

「家康は三河に帰さぬ。京に行くこともあるまい。わしに逆らった罰を受けて、安土で死ぬのだ。甲斐から戻ったばかりで疲れも取れておらぬであろうが、来月には三河に兵を入れることになるぞ」

「………」

信忠は、唇を噛んでうつむいた。

実は、今日の午前中、信忠は家康に会っている。家康の上洛に当たって、信長は沿道の大名たちに家康を丁寧にもてなすように命じた。家康はどの土地でも手厚くもてなされたが、そのせいで、なかなか先に進むことができなかった。この日は近江の番場で丹羽長秀の接待を受けており、安土まで目と鼻の先であるにもかかわらず、一泊することになっていた。安土に帰還する途中の信忠が番場に立ち寄り、半刻（一時間）ばかり休息した。そのときに家康とも顔を合わせた。わずかの時間、言葉を交わしただけだったが、家康は信長の心配りに感激している様子で、

「明日には安土に参ります。どうか前右府様によろしくお伝え下さいませ」

と、信忠の手を強く握った。

信忠は、いかにも実直そうな家康の表情と、じっとりと汗ばんだ柔らかい掌の感触を思い起こした。

（徳川殿ほどの忠義者はおらぬ……）

織田の家臣というわけでもないのに、家康は長きにわたって誠心誠意、信長に尽くしてきたといっていい。信長が今日あるのは、家康の貢献のおかげだといっても、そう間違ってはいないであろう。にもかかわらず、家康は、恩着せがましいことを口にしたことが一度もない。その家康を信長は挑発し、怒らせ、反抗させ、それを理由に

命を奪おうとしている。その片棒を担ぐことに何とも言いようのないやりきれなさを信忠が感じるのも当然であった。

「それとも、家康と結んで、わしに逆らうか？」

「いいえ」

信忠は顔を上げ、信長を見つめて首を振る。心は決まった。

「織田家に刃向かう者は誰であろうと許しませぬ。それが徳川殿であろうとも」

「うむ。それでよい。安心したぞ」

信長が満足そうに笑う。

五月十五日。

安土に到着した徳川家康らの一行を、信長・信忠父子が迎えた。太政大臣・近衛前久までが、この日のために、わざわざ都から駆けつけた。前久は、里村紹巴を伴っていた。

信長は上機嫌で、自ら安土城の案内を務めるほどの歓迎振りだった。家康の宿舎には大宝坊があてられた。接待役は明智光秀である。この日のために周到に準備してきた光秀のきめ細やかなもてなしは家康を喜ばせ、信長を感心させた。安土滞在中の家康の世話を光秀が切り盛りし、そのまま京都まで付き添うことになっていたが、備中から早馬を乗り継いで到着した秀吉の使者の口上によって予定が大きく変わった。
その口上とは、ついに毛利軍が現れ、しかも、織田軍を上回るほどの大軍なので秀吉が独力で決戦することは難しく、何とぞ、上様の出馬を願い奉る、という秀吉からの伝言だった。秀吉に請われるまでもなく、信長自身、そのつもりでいた。ここで毛利に鉄槌を下せば、天下平定の大事業がほぼ完成するからであった。それに毛利ほどの大敵を滅ぼすという大功を秀吉に渡すわけにはいかないという思惑もあった。信長は、光秀だけでなく、池田《いけだ》恒興《つねおき》、高山右《たかやまう》近《こん》、中川瀬《なかがわせ》兵衛《べえ》、長岡忠興《ながおかただおき》らにも出陣を命じた。

急いで国元に帰って、出陣の支度をすることになったため、光秀は家康の接待役を免じられた。光秀が接待役を務めたのは十五日から十七日までの三日間に過ぎなかった。その後は、丹羽長秀、堀秀政《ほりひでまさ》、長谷川秀一《はせがわひでかず》、菅屋《すがや》長頼《ながより》の四人が協力して接待することになった。

五月十八日。

早朝、里村紹巴が光秀の屋敷を訪ねた。本拠地である近江・坂本城に帰ることになり、光秀は、安土を発とうとしているところだったが、紹巴の来訪を知ると、快く座敷に迎え入れてくれた。紹巴と光秀は古くから親しい間柄だった。

この時代の連歌師というものを、趣味人や文化人として単純に色分けすることはできない。人と人、国と国との往来がひどく不自由な時代に、どこの国にも自由に旅することができ、誰の屋敷に出入りしても怪しまれることのない連歌師には情報の仲介者という側面が濃厚で、それが紹巴ほどの実力者ともなれば、有力な大名や高位の公家たちと深く交際しているから、紹巴の口からもたらされる情報は貴重で価値が高い。光秀に限らず、誰を訪ねても紹巴は歓迎された。しかも、光秀は、本心から連歌を愛好する教養人でもあったから、損得勘定だけで紹巴の来訪を喜んだわけではない。実際、光秀ほど頻繁に連歌会を催す大名は多くはなかった。

「紹巴殿、よう訪ねて下さいました」

「お忙しいところ、お邪魔して申し訳ありません。このたびは相国さまのお供で安土に参りましたので、なかなか勝手に出歩くこともできず、すぐにご挨拶に上がることができませんでした。そのうちに時間もできるだろうと思っておりましたら、坂本にお帰りになると聞き、せめて、一言くらいご挨拶しておかねばと考えて、急いで罷《まか》り越《こ》した次第です」

「その心配り、畏れ入りまする」

光秀は丁寧に頭を下げた。礼儀正しい男なのだ。

「安土におられることは存じておりました故、わたしもお会いしたいと思っておりました。できれば相国さまにもご挨拶したかったのですが、徳川殿の接待役を命じられておりましたので、そばを離れることができませなんだ」

「上様は、徳川殿にひどく気を遣っておられるようでございますな」

「そうなのです。もっとも、これまで徳川殿がどれほど織田家に尽くしてきたかを考えれば、武田を滅ぼして一息ついた今、徳川殿を少しでもねぎらいたいという上様の気持ちもよくわかりまする」

「さようでございますな。ようやく武田を滅ぼしたと思えば、次は毛利。なかなか、腰の落ち着くときがありませぬものなあ。気儘《きまま》な世過ぎをしていられるありがたみを感じます」

「羨ましい限りです」

「ご冗談を」

「いやいや、本心です。わたしも、すぐに六十になりまする。気力は衰えていないつもりでも、体が言うことを聞かぬことがあります。孫を膝に抱いてのんびり過ごし、月を愛《め》でつつ歌でも詠みたいものよと思わぬではありませぬ。言うまでもありませんが、ここだけの話ですぞ」

「心得ておりまする」

二人は微笑みを交わした。もちろん、冗談なのである。紹巴と二人で会うと、いつも光秀は、早く隠居して、好きなことをして気儘に暮らしたいと口にするのだ。

「毛利を討ち、それに続いて長宗我部と島津を屈服させることができれば西国は鎮まりましょう。東国には柴田殿や滝川殿、それに徳川殿もおられるから、わたしの出番はなくなってしまうかもしれませぬな。案外、六十になるまでに隠居できるかも……。もちろん、そう簡単に毛利を倒せると油断しているつもりはないのですが」

「ささて、西国が鎮まっても、それで惟任さまが隠居できるものかどうか」

紹巴が難しい顔をする。

「どういう意味ですかな？」

「上様が勅使を怒鳴りつけたことをご存じでございましょう」

「ああ、そのことですか……」

光秀が顔を曇らせる。勅使として安土にやって来た勧修寺晴豊に対して信長が正式な会見の場で声を荒らげて罵ったのだから、それは秘密でも何でもなく、すぐに光秀の耳にも入った。朝廷を篤く敬う光秀としては愉快な話題ではない。

「上様は三職推任を断り、あろうことか帝に譲位せよと仰せられた由にございます。そのことに、相国さまだけでなく、帝も悩んでおられるそうでございます」

「宸襟《しんきん》を悩ませるなど、あってよいことではないのだが……」

光秀が溜息をつく。

「この一件、上様と朝廷だけの話ではなく、織田家に仕える方々にも深く関わることになるやもしれませぬ。当然ながら、惟任さまにも」

紹巴が声を潜める。

「どういうことか、お聞かせ願いたい」

光秀が身を乗り出す。

「ここで話すのは、さすがに憚られまする。それに惟任さまは急ぎ坂本に帰らなければならぬはず。これ以上、お引き留めするわけには参りませぬ。まだ、はっきりしない点もありますので、そのあたりを自分なりに聞き調べた上で坂本を訪ねたいと思いますが、お許し願えますか？」

「おお、そうしてもらえればありがたい。お待ちしておりますぞ。備中に出陣する前にお越し願えるでしょうか。たぶん、月が替わったならば、すぐに出陣することになりそうなのですが」

「大丈夫です。それまでには伺います」

紹巴がにこりと笑う。

五月十九日。

家康のために猿楽と能の興行が盛大に営まれた。幸若大夫《こうわかだゆう》の舞が演じられ、その出来映えが素晴らしかったので大いに盛り上がった。

その後、安土城本丸の高雲寺御殿で宴が催された。

宴が峠を越えると、信長は家康一人を天主の最上層に誘った。信長の居室である。

森蘭丸が二人に従ったが、その蘭丸もワイングラスとデカンタを用意すると部屋から出ていった。信長と家康は差し向かいでテーブルに坐った。

「疲れたであろう」

「とんでもない。皆様方のありがたいもてなしに心から感謝しております」

「そう堅苦しいことを言うな。二人だけなのだ」

さあ、飲もうではないか、と信長がデカンタを持ち上げる。家康は両手でグラスを持ち、恐縮した様子で酌を受けた。信長は自分のグラスにもワインを注ぐと、

「西洋人は、お互いの器を軽くぶつけ合うそうだ。それが信頼の証なのだと伴天連《ばてれん》から聞いた」

そう言うと、信長は、家康のグラスに自分のグラスを軽くぶつけた。慌てた家康は、ワインを少しこぼしてしまった。

「朝廷が、わしに将軍になれと言ってきた。聞いておるか？」

「詳しいことまでは存じませぬが……」

「公家どもは、わしの機嫌を取ろうと必死なのだな。だから、はっきり言ってやっ

た。わしを喜ばせたいのならば、帝を譲位させよ、とな。なぜ、わしが譲位にこだわると思う？」

「さあ、それは何とも……」

家康が首を振る。

「わしは、東宮の五の宮を猶子にしておる。東宮が皇位に就けば、五の宮が立太子する。わしは東宮の父ということになり、太上天皇として処遇されることになる。そうなったら、諸国の大名たちに、こう命ずるつもりでおる。すべての領地を朝廷に献じよ、とな」

「ほほう」

「それがどういうことかわかるか？　大名がいなくなるということだ。朝廷と、朝廷に仕える民のふたつしかいないことになる。織田も、徳川も、上杉も北条もなくなるということだ」

「土地争いなどが起こったら、どうなりますので？」

「武力を持つのは朝廷だけだ。朝廷の軍勢が不埒者を滅ぼしてしまう」

「では、年貢は誰が集めるのですか？」

「朝廷に任じられた代官が集める。但し、代官は武を持たぬ。文を為す者と武を為す者を別々に分けてしまうのだ」

「何やら不思議なお話を伺っている気がいたします」

「この国では誰もそんなことをしたことがない。しかし、漢籍を読むと、春秋戦国の世には、そういう国もあったらしい。わしは、それをやってみるつもりなのだ。どう思われる？」

信長は、じっと家康の目を見つめた。

「織田も徳川もなくなるわけですか」

「そうだ」

「ならば、わたしは、百姓になって野良仕事でもしなければなりませぬな」

「それでよいのか？」

「幼き頃より、ずっと織田の兄上に従って参りました。わたしのような愚鈍な田舎者は兄上に足許を照らしてもらわなければ転んでしまいます。これからも、お導きをお願いいたします」

「…………」

さすがに信長も言葉を失った。まさか、これほど呆気なく信長の方針を受け入れるとは思っていなかったのである。徳川家を潰すと言えば、少しは抵抗したり、不満そうな顔をするに違いないと予想していた。家康がそういう態度を見せれば、信長は烈火の如くに怒り、廊下に控えている森蘭丸が部屋に飛び込んで家康を誅する……そうなるはずだった。しかし、家康は、にこにこ笑いながら信長を見つめ返しているだけである。肩透かしを食ったようなものであった。

わははは、と信長は笑い出し、

「さすが三河の弟よ。この世で誰よりも信じられる男じゃ。今の言葉、嬉しく思うぞ。末永く、わしに力を貸してくれ」

「喜んで」

家康が恭しく頭を下げる。

五月二十日。

信長は朝から機嫌が悪かった。前日に続いて、この日も猿楽や能が演じられ、梅若《うめわか》大夫が舞台に上がった。最初に「大職冠《たいしょかん》」と「田歌《たうた》」を二番舞い、その出来はまずまずだったが、信長は黙り込んだまま何事か物思いに耽っている様子だった。舞に続いて、能が演じられたが、これは誰が見ても、いい出来ではなかった。信長の額に青筋が浮かび、それがぴくりぴくりと震え出した。能の途中で、

「もうよいわ！　そのような下手くそな能をいつまで見せるつもりでおるのか」

と怒鳴ると、梅若大夫を呼びつけた。梅若大夫は震えながら信長の前にやって来ると、いきなり、お許し下さいませ、お許し下さいませ、と床に身を投げ出した。信長

の怒りを和らげるには、ひたすら謝り続けるしかないとわかっている。下手な言い訳でもしようものなら怒りを煽ることになり、手討ちにでもされかねない。

「許さぬ！　せっかく、三河の弟を手厚くもてなしたいと願っているのに、まずい能を見せおって。なぜ、しっかり稽古をせぬ。わしを侮っておるのか」

信長は席を立つと、手にしていた扇子で梅若大夫の後頭部を何度も叩いた。力を入れすぎたせいで扇子が折れたが、それでも怒りが収まらず、信長は梅若大夫を蹴り倒した。

周囲にいる者たちは息を呑んで静まり返っている。信忠ですら、顔色を変え、言葉を失っている。激怒している信長を止めることのできる者がいるとすれば、主賓である家康だけであったろうが、その家康は行儀よく坐り込んだまま、何も耳に入らないかのように、じっと膝に載せた自分の手に視線を落としている。まったくの無表情であった。見ようによっては、これほどふてぶてしい男もいないといってよく、これが家康の凄味だとも言えた。

その夜……。

信長と信忠が差し向かいでワイングラスを傾けている。

昨夜、信忠の席には家康が坐っていた。

「正直なところ、今朝、徳川殿の無事な姿を見て、わたしは安心いたしました」

「どんなことであろうと、わしに従うというのだから、罰しようもない。朝廷に領地を献上したら、自分は武具を捨てて百姓になり、田畑を耕すと言いおったわ」

「本心なのでしょうか？」

「ぬけぬけと眉ひとつ動かさずに言った。あれほど忠実無比な男はいないということなのか、それとも……」

「それとも？」

「よほど食えぬ男なのか」

　信長は、ワイングラスを傾けながら、ふっと小さな溜息を洩らした。

「わしは家康という男を見誤っていたのかもしれぬ。いや、そうではないな。子供の頃から知っているのだから、そうそう見誤るはずもない。四十を過ぎた今も、家康は人として大きくなっているということかもしれぬな。わしが思っていたよりも家康という男の器は、ずっと大きいのかもしれぬ。よし、わしは決めたぞ」

「何をですか？」

「毛利と長宗我部を倒したら、その次は徳川を討つ。家康め、やはり、生かしておけぬわ」

「どのような理由で徳川殿を討つのですか？」

「ふんっ」

信長が口許を歪める。

「理由など、いくらでもでっちあげればよいわ」

「なぜ、すぐに殺さないのですか、この安土にいる間に？　その方が、ずっとたやすいように思えますが」

「家康が逆らえば、ゆうべ、殺すつもりでいたが、今朝になって、よくよく考えると、まだ殺すのは早いと気が付いた。家康を殺す前に、朝廷との話し合いを片付けなければならぬし、毛利も討たねばならぬ」

「徳川殿は命拾いをしたわけですか」

「寿命が少しばかり伸びただけのことだが、な」

ふふふっ、と信長は笑った。


五月二十一日。

家康は安土を発って京都に向かった。道案内を務めたのは信忠である。家康と信忠は馬首を並べ、和やかな表情で馬を進ませた。道中、ずっと何かを話し続けていたが、その内容は供の者たちの耳には届かなかった。二人から離れるように家康が指図し、それを信忠も了承したからだ。家康の家臣たちは訝しげな顔だった。なぜなら、それは家康が余人には聞かせたくない密談をするときの癖だったからである。いったい、信忠と、どんな秘密の会話を交わしているのだろうかと不思議だったのである。

同日。

近衛邸で、里村紹巴と近衛前久が二人だけで密談している。

「信長はん、えらい剣幕やったなあ。てっきり刀に手をかけるんやないかと思ったで」

「梅若大夫も生きた心地がしなかったことでしょう。小水を洩らすほどに怯えていたようです」

「は？　あいつ、洩らしとったんか」

「そのおかげで命拾いしたのかもしれませぬ」

「それにしても、信長はんは、わからん人やで。一昨日は、あんなに上機嫌やったのに、昨日は、人が変わったように機嫌が悪かった。扱いにくいわ。朝廷に無理難題ばかり吹っかけんでくれと頼むつもりやったけど、あんな鬼のような形相されたら、まともに話なんかでけんわなあ」

「まだ話し合いで信長を説得できるとお考えなのですか？」

「できれば手荒なやり方はしとうないわ」

「信長の機嫌が豹変したのには理由があるのでしょう」

「梅若大夫の能がまずかったからやろ。確かに、下手くそやったからなあ」

「武田を討伐してから、信長と中将殿がたびたび言い争いをしているという噂をお聞きではありませんか？」

「え、そうなんかい。何も聞いとらんな」

「何について言い争っているか、詳しくはわかりませぬが、何となく想像はつきまするな。そして、昨日の信長の激怒。徳川殿が安土にいたことと何らかの関わりがあるに違いありませぬ」

「どんな関わりや？」

「信長が徳川殿を殺そうとするのを中将殿が諫言して止めたとか、例えば、そういうことでございます」

「何で徳川を殺すんや？　味方やないか。武田攻めでも織田のために大いに働いたんやで」

「だからこそ、殺したいのでしょう。手柄を立てた者には褒美を与えなければなりませぬ。大名たちの領地を朝廷に返上させようと企んでいる信長にとっては面白いことではないはず」

「ふうむ、世の中、奇々怪々やなあ……」

「信長の周囲で波風が立つのは、こちらにとって悪いことではありませぬ。徳川殿や中将殿との仲がぎくしゃくすれば物怪《もっけ》の幸い。しかも、もうひとつ、ありがたいことがありましたな」

「そやったかなあ」

「信長の中国出陣の件でございます。惟任殿も出陣を命ぜられ、接待役を解かれて坂本に帰りました」

「何で、それがありがたいんや？」

「信長が安土から出てくるということです。あの堅固な城に閉じ籠もっていられたのでは、手の出しようがありませぬ。安土から真っ直ぐ中国に行くのではなく、都に立ち寄らせるのです。都でならば、こちらも、いろいろな策を立てることができます」

「都に来るやろか……」

前久が小首を傾げる。信長が最後に上洛したのは、去年の三月である。それ以来、京都に足を踏み入れていない。次に上洛することがあるとすれば、正親町天皇に譲位を強要するために違いないが、そんな重大なことを中国出陣の途中にするとも思えなかった。

「こちらから誘えばよいのです。中国に向かう前に都に寄ってほしい、と」

「こっちが誘ったからというて、ほいほい来るとは思えんけどなあ」

「信長が飛びつくような餌を用意すればよいのです。決して断ることのできぬ餌を」

「どんな餌や？」

「帝の譲位の時期について相談したいとか、中将殿の三職推任についても相談したい、と。ふたつの餌をぶら下げれば、いかに信長といえども断ることはできないでしょう」

「げ」

前久が目を丸くする。

「信長はんの思う壺やないか」

「よいのです。信長が都に入ったが最後、生きて都を出ることはないのですから。どんな約束をしようとも、それを守る必要はありませぬ」

「つまり……」

二人きりであるにもかかわらず、前久は前のめりになって声を潜めた。

「そのときに信長はんを亡き者にするということやな？　けどなあ、うまくいくんやろか。これまでにも何度か命を狙われて、えらい用心深くなっとるというで。どうするんや？」

「毒を使いまする」

「ふうん、毒か……」

「相国さまが頼りでございまする」

「まろにやれと言われても、口で言うほど簡単なことやないで。同じ事ばかり言うようやけど、信長はんは用心深いんや。何を食べるにしても飲むにしても、まず毒味役に食わせて、それで大丈夫とわかってからでないと何も口にせんのやで。毒味役が目の前で死んでもうたら、えらい騒ぎになる。その場で、まろの首が飛ぶわ」

「いいえ、そうはなりませぬ」

紹巴が首を振る。

「自分よりも身分の高い方から勧められたものを毒味役に食させるなどという無礼なことは許されませぬ。信長は前右大臣でございまする。それよりも高位の方といえば……」

「まろと帝しかおらんやないか。まさか、帝に毒殺を頼むわけにはいかんで」

前久は、ふーっと大きく息を吐きながら、袖で額の汗を拭う。さして暑いわけでもないのに、前久の顔からは、だらだらと汗が流れ落ちている。

「念のために言うとくけど、それが失敗したら、まろが八つ裂きにされるだけやない。家族かて、ただではすまんのやで。それを承知で口にしとるんやろなあ?」

「ご心中、お察しいたします」

紹巴が深く頭を下げる。

「頭なんぞ下げられても嬉しくないわい。ああ、心配や。こっちが急に態度を変えて帝の譲位を承知すれば、信長はん、何か裏があるんやないかと疑うかもしれんで」

「それ故、信長の気を逸《そ》らす策も考えました」

「どんな策や？」

「何者かが信長の命を狙っていると思わせるのです」

「まろのことやないか。藪蛇《やぶへび》やで。何で、こっちの手の内をさらすような真似をするのや？」

「ご覧下さいませ」

紹巴が懐から油紙に包んだ書状を取り出す。熊野《くまの》誓紙《せいし》に書かれた書状である。どうぞ、と紹巴が前久に差し出す。書状を読み始めた前久の表情がみるみる変わっていく。しまいには血の気が引いて真っ青になった。

「こ、これは……」

それは信忠から徳川家康に宛てた書状で、その内容は、信長を追放する覚悟を決めたから、信長の身柄を家康に預かってもらいたい、という依頼であった。子が親を追放するというのは忠孝の道から外れているが、これまでに信長が犯してきた悪行の数々を思い起こし、これから先に為そうとしていることを考えると、民が苦しみ、世の中が更に荒廃することは必定だから、断腸の思いで決断したのだという。

「こんなものを、どうやって手に入れたんや？」

「造作もありませぬ」

紹巴がにこりと笑う。

「武田信玄が父の信虎《のぶとら》を駿河に追放したときのやり方を真似て、拵《こしら》えました」

「は？　拵えたやと」

「偽物でございます」

「何や、偽物かいな……」

前久が書状を紹巴に投げ返す。

「驚いたやないか」

「この書状に記されている内容を、信長が都に入るまでに、何らかの手段で信長の耳に入るようにいたします。何の証拠もなく、誰が書いたかもわからないような書状なのですから、恐らく、信長は、馬鹿馬鹿しい、相手にするな、と一笑に付すでしょうが、相国さまがおっしゃるように、信長は人並み外れて疑い深い男でございますれば、心の片隅に疑いが残るに違いありません。中将殿が謀叛するやもしれぬ、しかも、徳川殿が片棒を担ぐかもしれぬ、という疑いに気を取られれば、まさか、相国さまが信長の毒殺を企むなどと想像する余裕はございますまい」

「ふうん、いろいろ考えるもんやなあ」

「火のないところに煙は立たぬと申しますが、火のないところに煙を立てるつもりで、この疑いに真実味を添えるために、近々、坂本に赴いて惟任殿に会うつもりでおりまする」

「明智も巻き込むんかいな？」

「万が一にも相国さまが疑われたりしないように、できるだけ多くの者たちを巻き込む方がよいのです。それに都の近くで大軍を動かすことのできるのは坂本にいる惟任殿だけでございます。これを利用しない手はありますまい」

「もうええわ」

前久が疲れた様子で手を振る。

「いろんなことを言われても、まろにはわからん。自分のことだけで手一杯や。あんたに任すから、うまいことやってくれたらええ」

「承知しました」

紹巴が恭しく一礼する。


その夜……。

紹巴と文吾が真っ暗な部屋の中で向かい合っている。熟練の忍び同士が話をするときに明かりは必要ない。忍びは夜目が利くからだ。

「高松に旅してもらう。この一件、手紙などで伝えることはできぬ……」

紹巴は、信長を京都に誘い出して、近衛前久が信長を毒殺する計画について説明した。信長の疑いを他に逸らすために、信忠の謀叛を偽装し、それに家康も関与させることも話した。

「信長を毒殺……」

そうつぶやくと、文吾は暗闇の中で黙り込んだ。いくら夜目が利くといっても、紹巴にも文吾の表情を読み取ることはできなかった。このとき、文吾は明らかに不満そうな顔をしていた。その不満が文吾を黙らせた。

「どうした？　覚えきれぬか」

いつまでも文吾が黙っているので紹巴が訊いた。紹巴の複雑な計画を文吾がきちんと覚えきれないのではないか、と危惧した。

「いいえ、そうではありません。驚いただけです。しかし……」

「何だ？」

「これほどの大事を、ありのままに筑前殿に伝えてよいのですか？」

なぜ、そこまで秀吉を信じることができるのか、自分にはわからない、と文吾は言う。秀吉が信長に一報すれば、計画が潰れるだけでなく、前久も紹巴もただでは済まない。つまり、秀吉に命を預けることになる。

「石橋を叩いてばかりいたのでは、とても信長の命を奪うことなどできぬ。どこかで無理もしなければならぬし、誰かを信じて、わが身を投げ出す覚悟も必要であろう。筑前殿にしても、今になって信長に忠義を尽くすつもりならば、先達《せんだつ》て、おまえが備中に赴いたときに捕らえて、信長に差し出したであろうよ」

「決して、逆らうつもりではありませぬが……」

「気になることがあるのなら、何なりと申すがよい。心に迷いがあると、つまらぬしくじりを犯したりするものだからな」

「織田中将が徳川殿と手を組んで謀叛を企てようとしていると信長に疑わせ、信長の気を逸らしている隙に相国さまが信長を毒殺する……そういう計画であれば、もはや筑前殿の出る幕はないのではないか、何も秘密を知らせる必要などないのではないか、そんな気がいたします」

「毒殺が成功するかどうか、わしの見るところ、よくて五分五分というところだろう。相国さまは人を殺《あや》めたことなどなかろうし、信長の面前で震え出すかもしれぬ。信長が怪しんで一喝すれば、たちまち相国さまは腰砕けになるであろうからな」

「そんな頼りない計画なのですか……」

「その通りだ。しかし、怪しまれずに信長に近付き、毒味役を経ずに信長に毒を盛ることのできるのは相国さましかおらぬ。それ故、五分五分だとしてもやらねばならぬ。が、当然ながら、しくじったときの次の手も用意しておかなければなるまい」

「それが筑前殿なのですか？」

「都に立ち寄った信長は、そこで命拾いすれば、備中に向かう。すでに毛利の大軍が筑前殿の軍勢と対峙しているというから、信長ものんびりと毒殺の詮議をしている暇などないのだ。恐らく、相国さまと、その家族を捕らえ、あとの始末は京都所司代の村井《むらい》あたりに任せ、自分は中国に出陣するであろう。そこが信長の墓場になる」

「では、筑前殿が備中で信長を殺すと？」

「確信はない。しかし、筑前殿にとっては千載一遇の好機であろう。信長が毛利を倒して安土に戻ってしまえば、もはや、二度と信長に手出しはできぬ。信長は帝を譲位させ、五の宮の父として上皇になり、諸国の大名たちに領地の返上を命じる。筑前殿は身ひとつで放り出される。信長に逆らえば、殺されるだけのこと。わしにも、そこまで見通すことができる。世渡り上手の筑前殿にわからぬはずがあるまいよ。どうだ、納得できたか？」

「はい。これより直ちに備中に向かいまする」

「うむ」

紹巴がうなずいたとき、部屋の中から人の気配が消えていた。一瞬にして、文吾は去った。

五月二十四日。

文吾が都を発ったのは二十一日の深夜である。ほとんど休息も取らずに旅を続けて、二十四日の朝に秀吉の本陣に着いた。先月、文吾が訪ねたとき、本陣は龍王山の麓に置かれていたが、今はもっと高松城に近い石井山に置かれている。文吾が啞然としたのは、周囲の景色が一変していたからである。湖が出現し、その中に高松城が浮かんでいた。

(いったい、どうなっているんだ、これは……?)

物の怪にでも誑《たぶら》かされたような顔で、文吾は秀吉の前に罷り出た。警護の兵や小姓たちも遠ざけられ、秀吉のそばには黒田官兵衛がいるだけである。

「おい、何をぼんやりしている?」

官兵衛が尖《とが》った声を出す。

「いいえ……なぜ、ここに湖があるのかと不思議に思って」

文吾が答えると、秀吉が、

「どうだ、わしの力も大したものであろうが」

わはははっ、と豪快に笑い出した。

「え、まさか筑前さまのお力で湖を?」

「そうよ。わしが作らせたのだ」

「作らせたとは……そのようなことができようとは、とても信じられませぬ」

「神社仏閣や城を作った者は数多くいるだろうが、湖を作ったのは、わしくらいのものであろうな。伊賀者を驚かすことができるとは、いやあ、愉快、愉快」

高松城が窪地にあることと、ちょうど梅雨の季節であることを利用して、秀吉が高松城の周囲に堤防を築くことを命じたのが五月八日で、完成したのが十九日である。のべ五十万人以上を動員した突貫工事であった。

「たった十一日で湖を……」

文吾は驚嘆した。

「兵たちも城を囲むのに倦《う》んでいたから、ちょうどいい暇潰しになったわ」

秀吉は悠然と言い放ったが、実際には、それほど呑気な作業ではなかった。毛利の大軍が迫っており、一刻の猶予もないという状況で工事が行われた。吉川元春《きつかわもとはる》、小早川隆景《こばやかわたかかげ》の率いる毛利軍三万が秀吉の前に現れたのは二十一日である。工事が遅れて、高松城を水没させる前に毛利軍が到着していたら、秀吉は否応なしに決戦を余儀なくされたはずであった。吉川元春、小早川隆景といえば、近隣諸国に名の知られた名将で、合戦ということになれば、秀吉といえども苦戦を強いられたに違いない。

高松城が水没しているのを見た毛利軍は、湖を挟んで秀吉と対峙する岩崎山、日差山に布陣し、毛利輝元《てるもと》の本隊が到着するのを待つことにした。その本隊二万も、わずか五里（二十キロ）の地点まで迫っていた。本隊が加われば毛利軍は五万になり、秀吉軍を圧倒することになる。湖が緩衝地帯の役目を果したおかげで、秀吉は毛利軍との決戦を先延ばしすることができた。危ういところで窮地を脱したのである。しかし、そんなことは、おくびにも出さず、「暇潰し」と言い放つところが秀吉らしい見栄であった。

「そばに寄れ、文吾」

秀吉が手招きする。

「わざわざ都から来たということは、よほど大事な話があるのであろうな」

「はい」

文吾がにじり寄る。

「聞こう」

秀吉が腕組みして目を瞑る。

文吾は、信長暗殺のために紹巴がどんな計画を立てたか、ゆっくりと説明を始めた。ゆっくり話したのは、言い間違えをしたり、内容を伝え損なったりしてはならないと慎重になったせいだ。それほど重大な内容だったからである。

「ふうむ……」

文吾の説明を聞き終わると、秀吉は目を開けたが、何となく腑に落ちない顔をして小首を傾げている。その横から、

「相国さまが承知したのは間違いないのだな?」

官兵衛が訊いた。

「そう聞かされております」

文吾がうなずく。

「太政大臣ともあろう者が上様に一服盛ろうとするとは、まことに世も末よなあ……」

秀吉は、文吾に顔を向けると、

「なぜ、紹巴は、わしに知らせる? 謀《はかりごと》によって誰かの命を奪おうとするときには、できるだけ秘密を知る者を少なくするのが心得というものだぞ」

「こう申しておりました。毒殺が成功するかどうかは、せいぜい、五分五分であろう。失敗すれば、あとの始末は筑前さまが考えて下さるであろう、と」

「わしが、あとの始末を?」

「毛利の大軍が高松城に迫っているとなれば、前右大臣さまも京都に腰を落ち着けているわけにはいくまい。すぐにでも備中に向かうはず。そこを筑前さまが……」

「もうよい」

秀吉が顔を顰める。

「何ということを考えるのだ。わしは主に刃を向けるような不忠者ではないわ。さて、文吾よ。汝は、ろくに飯も食わず、眠ることもせずに旅してきたのであろう。場所を用意させるから、飯を食って、ゆっくり体を休めろ」

「そのような心遣いは結構でございます」

文吾が首を振る。

「馬鹿め。わしらだけで相談したいことがあるから、その間、別の場所で待っていろという意味だ。気の利かぬ者よ」

官兵衛が舌打ちする。

「あ」

文吾が顔を赤くする。言われてみれば、その通りだった。疲労で頭が回らなくなっているのかもしれない、と思った。


文吾を下がらせて、官兵衛と二人きりになると、

「さっきの話、どう思った？」

秀吉が訊く。

「画餅《がべい》でございますな。頭の中では、どのような計画を立てることもできましょう

が、その計画を行うのは生身の人間なのです。柔《やわ》な公家が上様を毒殺するなど……とてもうまくいくとは思えませぬ」

官兵衛が首を振る。

「相国さまは公家にしては気骨がある方だが、あくまでも公家にしては、というだけのことだからのう。ぶるぶる震えることもなく、だらだら汗を流したりもせず、いつもと変わらぬ様子で上様に一服盛れるものかどうか……。汝ならば、どうじゃ？　やれるか」

「無理ですな」

「ほう、無理か。それほど肝が小さいとも思えぬが」

「そうではなく、わたしの出したものを、上様が毒味もさせずに口に入れるはずがないということです」

「なるほど、汝は、見るからに悪巧みをしそうな顔をしておるからな。悪人面は損じゃのう」

わはははっ、と秀吉が笑う。

「ふざけているときではありますまいに」

官兵衛が苦い顔をする。

「そういう意味では、相国さまに一服盛らせるというのは悪い考えではないな。上様とて、まさか相国さまを疑ったりはするまい。が、やはり、無理じゃな。汝の言うように、これは画餅よ。しかし、せっかく、紹巴と相国さまがうまそうな画餅を描いてくれたのだから、これを利用しない手はないぞ」

「確かに、うまそうな画餅ではございますな。特に気に入ったのは、中将さまと徳川殿の謀叛をでっち上げるというあたりですな。惟任殿を巻き込むというのも悪い考えではないと思います。しかしながら、どうも最後の詰めが甘いように思われます」

「汝ならば、どうする？」

「上様に二人の謀叛を疑わせるだけでなく、いっそのこと本当に謀叛させてしまえば、もっと面白いことになりそうな気がしますな」

官兵衛が言うと、秀吉が両手を打ち鳴らし、

「それよ、それ。またもや、その瘡蓋頭《かさぶたあたま》から悪知恵が溢れ出してきたぞ」

と笑った。

「よし、聞かせよ」

「言いませぬ」

「なぜ、言わぬ？」

「殿がふざけてばかりいるからでございまする。瘡蓋頭とは何という言い草ですか」

「よいではないか。その醜い瘡蓋も見慣れてしまえば、ひとつの愛嬌に過ぎぬわ」

「殿にはかないませぬな」

官兵衛が吹き出す。笑ってしまえば、官兵衛の負けである。

「念のために訊くが、紹巴たちが毒殺に失敗した後、上様がここに現れてから何かをしようと考えているのではあるまいな？」

「まさか」

官兵衛が首を振る。

「そんなことをしても、うまくいくはずがありませぬ。上様は、身ひとつで来られるわけではない。武将たちを従えてくるのです。こちらが妙な動きをすれば、よってたかって袋叩きにされるだけのこと。何としても都で片を付けなければなりませぬ。上様が無事に都を逃れ出るようであれば、殿も観念なさいませ」

「ふふふっ、同じ事を考えているらしい。では、すぐに毛利との和睦を進めなければならぬな」

「そうするべきでしょう」

実は、秀吉のもとには毛利方から非公式に和睦の打診が為されている。毛利方の窓口は安国寺《あんこくじ》恵瓊《えけい》であり、恵瓊個人が和睦の可能性を探っているという体裁を取っているが、実際には、毛利の柱石といっていい小早川隆景の意を受けての打診であった。

秀吉は、独断では決めかねるので、安土に問い合わせる時間がほしい、と返答してある。高松城を挟んで対峙する秀吉軍と毛利軍の間に本格的な戦闘が起こっていない理由のひとつがそれであった。

「わしが勝手に毛利との和睦を進めたことを上様に知られれば、それだけで首が飛ぶな」

「ここが思案のしどころですな。和睦を進めれば、もはや後戻りはできませぬ。上様が死ぬか、殿が死ぬか、そのどちらかになります」

「わしが死んだら、おまえは、どうする？　上様に膝を屈するか、それとも、毛利に寝返るか」

「何という情けないことをおっしゃるのですか。殿の先駆けとなって、織田勢と一戦交える覚悟です。一度は有岡で死んだ身。この期に及んで命を惜しんで名を汚すつもりはありませぬ」

「似合わぬことを言うではないか。上様に討伐されることになれば、兵どもは逃げ出すぞ」

「わたしは逃げませぬ」

「ならば、二人で戦うか。瘡蓋頭と禿鼠《はげねずみ》で」

「禿鼠？」

禿鼠というのは信長が秀吉につけたあだ名である。

二人でひとしきり大笑いしてから、秀吉と官兵衛は額を寄せ合うように密談した。歴史に名を残すほどの名将と軍師が知恵を絞り合ったのだから、およそ常人には考えつかないような奇策を練り上げた。

一刻（二時間）ほども話し合った後、再び文吾が呼び出された。

「よいか、文吾。これから、わしの言うことを、心して聞くがよい。都に戻って、紹巴だけに伝えよ。決して余人に伝えてはならぬ。書面にも残さぬ。汝も紹巴に伝えたならば、忘れてしまうがいい。わかったか？」

「はい」

文吾は緊張した。秀吉と官兵衛の顔を見れば、よほど重大なことに違いないとわかるからだ。

秀吉が計画を話し始めた。

その日の午後、文吾は、大平山の麓の村にいた。気が急《せ》いているので、できることなら秀吉の本陣から、真っ直ぐに都を目指したかったが、連絡用の鳩を都に連れ帰らなければならないので、どうしても村に寄る必要があった。

「鳩を頼む。この前と同じ五羽でいい」

「無理じゃな。病気の鳩がいて、今は三羽しか渡せん」

岩蔵が言うと、文吾がちらりと夏南を見る。

「本当なんだ。元気な鳩は三羽しかいないの」

「ならば、仕方がない。それでいい」

「すぐに発つの？」

「うむ」

「比武良に鳩を用意させよう。すぐじゃ。それまで白湯でも飲んで待っていてくれ」

岩蔵が腰を上げて外に出ていく。

「八之助の具合は、どう？」

「いいようだ。普通に動けるようになっている」

「よかった。計画は、うまくいってる？」

「そう思う。もうすぐだ。あと何日かすれば、われら伊賀者の恨みを晴らすことができる」

「それならいいけど……。わたしは、いつまでここにいなければならないの？」

「おまえの役目は、筑前殿とお頭の連絡を取り次ぐことだ。筑前殿がここにいる限り、おまえもここに残らなければならない」

「それなら、ずっとだね。毛利と睨み合ってるんだもの。そう簡単には動きようがない」

「もし筑前殿が備中を離れるようなことがあれば、おまえもついて行け」

「筑前さまが、どこに行くっていうの？」

「たぶん、都だ」


五月二十五日。

朝早くから、主だった公家たちが内裏《だいり》に集まり、正親町天皇を交えた話し合いが行われた。最初に話し合われたのは信忠への三職推任の件である。今月初め、朝廷は信長に三職推任を提示したが、これを信長は蹴った。すでに信忠に家督を譲ったのだから、三職推任を提示するのであれば信忠に対して為されるべきであろうというのが信長の怒りの理由だった。朝廷からすれば、三職推任を受けるのが信長であろうと信忠であろうと大した違いではないから、この件は簡単に了承された。

問題は、もうひとつの件であった。

すなわち、正親町天皇の譲位である。去年の春、信長から譲位を要求されたとき、その圧力に窮した朝廷は苦し紛れに陰陽道を持ち出して、何とか拒んだ。しかし、年が明け、星の位置関係が変わったので、今度は陰陽道を盾にすることはできない。

「それは、ならんで」

正親町天皇は首を横に振り続け、頑として譲位を承知しようとしなかった。話し合いは深夜に及び、最後には、太政大臣・近衛前久が膝詰めで正親町天皇を説得する羽目になった。夜が白々と明け初《そ》める頃、ようやく正親町天皇は譲位を承知した。二人の間でどういう話し合いが為されたのか、他の公家たちにも明らかにされなかった。譲位の時期については、改めて信長と相談して決めることになった。その内容を信長に伝えるために、直ちに武家伝奏・勧修寺晴豊が安土に差し向けられた。

五月二十六日。

信長は大広間で晴豊と対面した。勅使という肩書きで下向してきたわけではないので、信長も正装していない。型通りに丁寧に挨拶こそしたものの、信長は機嫌がよさそうではなかった。

しかし、晴豊の話を聞くうちに、信長の目が輝き始め、ついには身を乗り出すほどになった。

晴豊が伝えたのは、ふたつのことである。

ひとつは、信忠に対する三職推任。

ひとつは、正親町天皇の譲位。

信長の関心は、言うまでもなく、譲位である。それこそ、長きにわたって望んでいたことであった。誠仁親王が皇位に就き、五の宮が東宮になれば、信長は念願の上皇になれる。朝廷の権威を利用して天下を支配するための重要な布石なのである。

「つきましては、相国さまから、お願いの儀がございまする……」

晴豊は、前久からの要望を信長に伝えた。

正親町天皇が譲位を承知したといっても、まだ時期も未定だし、公家たちにも知らせていない。正親町天皇が譲位の覚悟を決めたというだけに過ぎない。信長の意向を踏まえて、譲位の手続きを進めるために、できるだけ早い時期に上洛してもらいたい……そんな内容である。

「承知したと相国さまに伝えていただきたい。近々、毛利を討つために中国に出陣しなければならぬが、その前に上洛いたそう。三日以内には都に参る」

信長は即答した。

「上洛するに当たって、相国さまより、もうひとつお願いがございまする……」

晴豊が言ったのは、できるだけ少人数で上洛してほしい、ということだった。去年、信長は正親町天皇に譲位を要求し、これを拒否されると、馬揃と称して内裏を大軍で囲んだ。露骨な恫喝であった。公家たちは驚愕し、朝廷は天地がひっくり返ったような騒ぎになった。

正親町天皇が譲位するとなれば、たとえ形だけにしろ、公家たちの了承を得る必要があるが、信長が大軍を率いて上洛すれば、去年の悪夢が甦り、話し合いどころではなくなる怖れがあった。それ故、公家たちを刺激しないように、できるだけひっそりと少人数で上洛してほしいというのが前久からの要望だった。

「承知した。相国さまを悩ませるようなことはせぬ。そう伝えていただきたい」

信長は笑顔でうなずいた。

「…………」

一瞬、晴豊は、瞬きも忘れて信長の顔を見た。これほど晴れやかな信長の笑顔を見るのは初めてだった。朝廷からの申し出を信長が心から喜んでいることが晴豊にもわかった。

その午後……。

すぐ都に戻るという晴豊を見送って、信長は天主の最上階に登った。森蘭丸にワインとチーズを用意するように命じた。どちらもイエズス会の宣教師から献上されたものである。蘭丸は小首を傾げながら命令を承った。明るいうちから信長が酒を口にするというのは滅多になかったからである。伊賀者がペドロに化けて信長に近侍していたことが発覚してから、それまで以上に蘭丸は信長の身辺に目を光らせるようになった。小姓が運んできたワインとチーズについても、まず、蘭丸が毒味した。安全を確認して、ワインとチーズをテーブルに置いて蘭丸が部屋から出ていこうとすると、

「付き合わぬか」

と、信長が声をかけた。

（よほど、いいことがあったのだな）

蘭丸が驚くほど信長は機嫌がよかった。

「なぜ、そのように、わしの顔をじろじろ見ておる？」

「申し訳ございませぬ。あまりにも上様のご機嫌がよろしいように見受けられましたので……」

「ふふふっ、わかるか」

「はい」

「ついに帝が譲位を承知した」

「え。まことでございますか」

「うむ。武田を滅ぼしたとき、わしは、さして嬉しくもなかった。まだまだ天下の争乱を鎮める道程《みちのり》は長いとわかっていたからだ。しかし、これは嬉しい。本当に嬉しい。大きな山を越えたという気がする」

「それは、ようございました。祝着《しゅうちゃく》にございまする」

「飲め。わしに付き合え」

信長がデカンタを持ち上げる。

「は」

　蘭丸が謹んで酌を受ける。

「中国に向かう前に都に寄って、譲位の段取りを決めなければならぬ。できるだけ早く、安土を発つ」

「ならば、すぐにでも出陣の支度を命じまする。とはいえ、一万の軍勢の支度が調うには、あと十日ほどはかかろうかと存じますが」

「一万か……」

　信長の口許に笑みが浮かぶ。

「そのような軍勢を引き連れて上洛するわけにはいかぬ。わしが連れていくのは、そうよなあ、三十騎ほども連れていくか」

「は？　三十と申されましたか」

「うむ。それでよい」

「お言葉を返すようではございますが、わずか三十騎では道中も危のうございます。せめて五百くらいは連れていかなければ……」

「ならぬ。もう決めたことなのだ。去年は公家どもを脅かすために大軍を率いて上洛したが、今度はそうではない。公家どもを怯えさせることはできぬのだ。力尽《ちからず》くで譲位を迫ったと思われては困るのでな。蘭丸、汝には都に茶器を運んでもらうぞ」

「茶器を?」

「これからは、わしも朝廷の人間になる。公家どもとも親しく交わらねばならぬ。最初の挨拶として、公家どもにわしが秘蔵する茶器を見せてやろうと思っておる」

「何ものにも代え難い高価な茶器ばかりでございますが、どれを持っていかれるのですか?」

「全部よ」

「え、全部?」

「けちくさい人間と思われては癪《しゃく》に障るからのう。わしの茶器をすべて安土から都に運んで、公家どもを驚かせてやるのだ。蘭丸にならば、安心して宰領を任せることができる」

「しかし、すべてとなると四十ほどにもなりましょう。ひとつひとつが何ものにも代え難いほどの名器ともなれば、慎重に運び、厳重に守らなければなりませぬ。かなりの人手が必要になるかと思いますが……」

「それ故、わしは三十騎でよい。茶器を無事に運ぶためならば、五百でも一千でも使うがよい。但し、あまり時間をかけることはできぬぞ」

「なるほど」

蘭丸が大きくうなずく。

「茶器を運んだ者たちが都で上様を守護し奉るということでございまするな？」

「いや、そうではない」

信長が首を振る。

「その者たちは、茶器を運び終えたら、すぐに安土に帰す。なぜなら、もう都には十分に兵がおる。先達て、城介が家康を送っていくときに、かなりの兵を連れて行ったからな。更に多くの兵を都に入れることはできぬ」

「なれど……」

蘭丸は、どうしても納得できないという顔である。

「何をそのように心配しておる？」

「あまりにも不用心かと存じます」

「もう都の周りに敵はおらぬ」

「確かに敵はおりませぬが……」

「はっきり申すがよい」

「上様は中将さまと言い争いをなさいました」

「ん？　城介が謀叛でもすると思っておるのか」

「申し訳ございませぬ。都にいるのは中将さまの手勢で、上様の手勢ではありませぬ故、つい余計な心配を……」

「構わぬ。それが汝の役目だからのう。しかし、心配はなかろうよ。わしに謀叛するほどに城介が気骨のある男であれば、織田の行く末も安泰よ」

「上様……」

「何も心配はいらぬ。万が一、城介が邪《よこしま》な考えを抱いたならば、光秀を呼べばよい。急げば都まで半日もかからぬ。本能寺の隣には村井の屋敷もある。わしと村井の手勢を合わせれば百や二百にはなろう。それだけあれば、半日くらい、どうにでも凌ぐことができる」

「本能寺は城郭ではございませぬ」

「寺で死ねば、供養の手間が省けてよいではないか」

信長が愉快そうに笑う。

第二部　本能寺前夜

五月二十六日。

琵琶湖の西岸に面する近江《おうみ》の坂本城は元亀《げんき》二年（一五七一）、信長《のぶなが》の命を受けて明《あけ》智《ち》光秀《みつひで》が築いた城である。延暦寺《えんりやくじ》の監視と琵琶湖の制海権の確保が目的であった。以来、坂本城を本拠としてきたが、三年前に丹波《たんば》を平定したとき、丹波の亀山にも城を築いた。いずれは坂本城を信長に返上し、亀山に移ることになるが、今現在は、光秀がふたつの城を預かる形になっている。

家康《いえやす》の接待役を務めていた光秀が、急遽、信長から中国出陣を命じられ、安土《あづち》から近江に向かったのは、水運の利に恵まれている坂本城ならば、様々な戦略物資を短期間に集めることができるからであった。それらの物資を亀山城に運ぶ段取りを調《ととの》え、光秀が亀山城に向かったのが二十六日である。ここで最終的な軍備を調え、信長の命令が届き次第、中国に向けて出陣することになる。

亀山城に入って間もなく、都から里村紹巴《さとむらじようは》が訪ねてきた。まるで光秀が亀山に来るのを待ち構えていたかのようであった。そのことに光秀は驚きつつも、笑顔で紹巴を歓迎した。

「出陣前で、忙しくしておられるところに押しかけて申し訳ございませぬ」

「とんでもない。わたしの方も、早く紹巴殿に会いたいと思っておりました。あの話が気になっていたのです」

光秀と紹巴は十八日に安土で会っている。そのときに紹巴は、信長が朝廷からの三職推任の申し出を断り、正親町《おおぎまち》天皇の譲位を強く要求したことを説明した。朝廷と信長だけの話ではなく、光秀にも深く関わるほどに重大なことだと口にしながら、紹巴は、その理由を説明しようとしなかった。光秀が気にするのも当然であった。

「上様が三職推任を断り、帝に譲位を迫ることが、なぜ、わたしにも深く関わるのですか？」

「順を追って、お話しいたしましょう。しかし、その前に、ここにやって来たのは、わたし一人の考えではなく、相国《しょうこく》さま（近衛《このえ》前久《さきひさ》）の意を受けてのことだとご承知おき下さいませ」

「相国さまの？」

光秀が怪訝《けげん》な表情になる。

「最初にお話ししなければならないのは、なぜ、上様が帝の譲位にこだわるのか、ということです……」

五の宮を東宮とすることで信長は朝廷を支配しようとしているのだ、と紹巴は口にした。光秀は、ふむふむとうなずくだけで、別に驚いてはいない。だが、朝廷を支配下においた後、諸国の大名たちに領地を返上させるのが信長の考えだと言うと、

「え」

という声が光秀の口から洩《も》れた。

「織田《おだ》に逆らった大名たちの領地を返上する、という意味なのでしょうな？」

「そうではありません」

紹巴が首を振る。

「織田家も領地を返上するのです。となれば、織田家に仕える方たちとて、それに倣うことになりましょう」

「よくわからぬが……」

光秀が小首を傾げる。

「一旦、朝廷に領地を返上し、それから改めて代官に任じられて諸国に送られるということでしょうか」

「そういう方もおられましょう。しかし、皆が皆、代官に任じられるわけではないようです」

「というと？」

「有《あ》り体《てい》に言ってしまえば、上様の天下平定に尽くした功臣たちは代官に任じられることはない。それ故、惟任《これとう》さまが代官に任じられるとは思えませぬ」

「それは、おかしな話ですな。自分を功臣だなどと言うつもりはありませんが、それほど役立たずとも思っておりませぬぞ。功臣を軽んじて、役立たずを代官にするというのでは、まるで話が逆ではありませんか」

「天下を平らげた後、漢の高祖が何をしたか、ご存じでございましょう」

「知らぬではないが……。上様が同じことをするというのですか。功臣たちを処刑していくと？」

「このような話、すぐに信じろというのが無理でしょう。ところで、惟任さま、武田《たけだ》を滅ぼした後、上様と中将さまがたびたび言い争ったことをご存じですか？」

「お二人が言い争いを？　知らぬ。どういうことですか」

「中将さまは上様のお考えに賛成ではないのです。朝廷からの申し出を素直に受けて征夷大将軍になり、織田幕府を開くべきだというお考えなのです。しかし、上様は鎌倉幕府や室町幕府を例に引いて、幕府を開いても、すぐに屋台骨が腐ってしまい、力のある大名に実権を奪われてしまうと思っておられます。それ故、自分の目の黒いうちに、将来、織田家のためにならぬ大名たちを滅ぼしてしまうつもりなのです。筑前《ちくぜん》さまや柴田《しばた》さま、それに惟任さまも含まれていると思われます」

「馬鹿な！　わしは上様に不忠を働くつもりなどない。子々孫々、織田家のために尽くす覚悟ですぞ」

「その言葉、この紹巴は信じまする。しかし、上様は疑い深き御方でございます。惟任さまの真心が通じるものかどうか……。中将さまは、そのようなことをすれば、皆もおとなしく成敗されたりはするまい。きっと刃向かうに違いない。そうなれば、また戦国の世に逆戻りしてしまう。そう上様に諫言なさったのです」

「中将さまがのう……」

「しかしながら、上様は聞き入れて下さいませぬ」

「一度、言い出したら、そう簡単に考えを変えたりしない、そういう頑固な御方ですからな」

「ご覧下さいませ」

紹巴が懐から油紙に包まれた書状を取り出し、光秀の前に置いた。

「中将さまから相国さまに宛てられたものでございます」

「…………」

光秀は、すぐには手を伸ばそうとせず、じっと書状を凝視する。

「どうぞ」

紹巴が書状を光秀の方に押し遣る。

「う、うむ……」

光秀は眉間に小皺を寄せ、微かに手を震わせながら書状を手に取った。常に死と隣り合わせの戦国の世を生き延びてきた光秀の生存本能が、

（わしは、危ない真似をしようとしているのではなかろうか……）

と警告を発しているのだ。

額の汗を拭い、ふーっと大きく息を吐くと、光秀は意を決したように書状を開いた。

五月二十七日。

明智光秀は、わずかな近臣を引き連れて愛宕山《あたごやま》に登った。丹波と山城の国境付近に位置する愛宕山は、古来、比叡山《ひえいざん》と共に信仰の対象とされてきた。その山頂に愛宕神社がある。この神社に祀られている神々に戦勝を祈願し、光秀は、社前で籤《くじ》を引いた。籤を引く前に目を瞑《つむ》って大きく息を吐いた。心を鎮め、雑念を消し去ってから籤に手を伸ばした。

（中将さまにお味方するのは正しきことか……）

最初の籤は「凶」であった。

光秀の顔色が変わる。

(朝廷にお味方するのは正しきことか……)

改めて籤を引いた。

またもや「凶」であった。

光秀の額に汗が滲んでいる。

(明智の家門と、わが一族を守るために戦うのは正しきことか……)

また籤を引いた。「凶」である。

これで三度続けて「凶」が出たことになる。

籤を手にする光秀の手が小さく震えている。

光秀はごくりと生唾を飲み込むと、

(ならば、あくまでも上様に忠節を誓い、坐して誅《ちゅう》されるのを待つのが正しきことか……)

四度目の籤を引く。「吉」であった。

光秀は、ああっ、と呻《うめ》くような声を洩らすと、両手で顔を覆った。今にも膝から崩れ落ちそうになるのを必死に堪《こら》えた。

この夜、光秀は太郎坊に参籠した。

暗い部屋の中で光秀が重苦しい溜息をつきながら、何度となく寝返りを打つ。

(面倒なことに巻き込まれてしまった。何も知らずにいれば、このように苦しむこともなかったものを……)

という気がしないではなく、その面倒を持ち込んできた紹巴を恨めしく思った。

しかし、次の瞬間には、

(いや、そうではない。上様のお考えを知ることができてよかった。何も知らずにいれば、為す術もなく明智の家は滅びるしかなかったのだから)

天下を平定した後、信長が諸国の大名たちの領地を取り上げる決意を固めている、と光秀は紹巴から聞かされた。将来、織田家の脅威になりそうな大名をことごとく潰すだけでなく、漢の高祖に倣って、織田家に仕える武将たちも粛清する考えなのだという。それに信忠《のぶただ》が反対し、信長に諫言した。

紹巴が持参した手紙は、信忠から近衛前久に宛てられたもので、それには信忠の謀叛の意思が明確に述べられていた。武田信玄《しんげん》が父の信虎《のぶとら》を駿河《するが》に追放したことに倣い、信長を三河《みかわ》に追放し、身柄を家康に預かってもらう。すでに家康も承知してくれている。ついては、朝廷への根回しを相国さまにお願いしたい。信長の三河追放と同時に、自分を征夷大将軍に任じてもらえれば、織田幕府を開いて諸国の争乱を鎮め、朝廷を敬い重んじていく覚悟である。そんな内容だ。

その手紙を光秀に見せてから、紹巴は前久からの依頼を口頭で伝えた。それは、光秀の武力で朝廷を守ってもらいたいということであった。信忠の計画では、信長が少数の護衛を連れて上洛したときを狙って信長を捕らえることになっているが、それが円滑に進まず、京都で信長と信忠の兵が市街戦を演じるようなことになれば、御所が争乱に巻き込まれる恐れがある。京都に最も近い位置で大軍を擁しているのは光秀だけなので、万が一、京都で戦いが起こったときには、直ちに軍勢を率いて御所に駆けつけてほしい、というのが前久の依頼であった。

「いかがでございますか、惟任さま？」

「…………」

光秀は返事ができなかった。軽々に結論を出せることではなかった。前久の依頼を承知するのは、すなわち、信忠の謀叛に与《くみ》するのと同じ意味である。

もし信長が天下平定後に諸国の大名を潰すつもりだという話を聞いていなかったら、光秀は、この依頼を即座に断ったに違いない。光秀がためらったのは、信忠の謀叛が成功し、信忠が織田幕府を開くことになれば、明智家は幕府を支える有力大名として生き延びることができるからであった。逆に、信長が権力者の座に居続ければ、いずれ光秀は粛清されることになる。光秀に罪があるわけではない。光秀が有能であり、信長の天下統一に大いに役立っているからこそ、信長の目には光秀が危険な存在に映ってしまうということなのである。

（そんな馬鹿なことがあってたまるか）

光秀は叫びたかった。

だが、馬鹿馬鹿しい話でないことは光秀にもわかる。いかにも信長がやりそうなことだと納得できるのだ。

信忠が幕府を開く以外に明智家が存続する道がないのであれば、迷うことなく信忠に荷担すればよさそうなものだが、信長への恐怖心が光秀を逡巡させた。信長は恐ろしい主だ。裏切り者を決して容赦しない男なのである。信長に逆らった荒木《あらき》村重《むらしげ》一族がどれほど苛酷な運命に見舞われたか、光秀はよく知っている。

もちろん、光秀は愚か者ではないから、

（本当に中将さまが謀叛など起こすのか？）

という極めて根本的な疑いを持たないわけではなかった。

（だが、誰がなんのために、こんな手の込んだ嘘をつかなければならぬのだ？）

信忠の謀叛がでたらめだとすれば、手紙も偽物で、紹巴の口上も嘘だということになる。紹巴が嘘をついているとすれば、近衛前久も口裏を合わせていることになるが、その理由が光秀にはわからない。

疑問を感じているのであれば、その手紙を信長のもとに持参して、紹巴から聞かされたことを信長に告げればよさそうなものだが、そんな馬鹿正直な動きをするには、光秀は賢すぎるし、頭の回転も速すぎる。謀叛の話がでたらめであれば、紹巴や前久が捕らえられ、信長によって厳しく取り調べられることになるだけだが、光秀が怖れるのは、

（もし、これが本当の話だったら……）

　ということであった。

　信忠の謀叛が本当であれば、その事実を信長に告げた瞬間、光秀は信忠に敵対する立場を取ることになる。信長と信忠の父子の争いに光秀は信長派として関わることになるが、それが自分のためになることなのかどうか光秀には判断できなかった。信忠は、すでに家康を味方にしているというし、どうやら朝廷の後ろ盾も得ているようだ。自分以外の織田家の武将たち、特に柴田勝家《かついえ》と羽《は》柴《しば》秀吉《ひでよし》の去就如何によっては、必ずしも信長が勝利するとは確信できなかった。何よりも肝心なのは、信忠が将軍になれば明智家は生き延びることができるが、信長が生き延びるのでは明智家に未来はないということであった。それなのに信長のために戦わなければならないのか……。考えれば考えるほど、光秀の悩みは深まっていく。いくら考えても結論が出ないので、最後には神意にすがろうとした。

　光秀は、籤を四度引いた。謀叛に荷担するべきかという問いかけには三度も「凶」

が出た。信長に忠義を尽くすべきかという問いかけには「吉」が出た。神意に従うのであれば、直ちに安土に赴き、信長に事の次第を説明するべきであった。

が……。

光秀は、そうしなかった。愛宕山に留まり続け、悶々として眠れぬ夜を過ごした。

五月二十八日。

朝早く、紹巴は小僧一人を供にして愛宕山にやって来た。小僧は八之助《はちのすけ》であった。一昨日、亀山城で光秀に会った後、紹巴は都に戻った。光秀が「少し考える時間がほしい」と言ったためでもあるし、光秀との話し合いの首尾を近衛前久に報ずるためでもあった。光秀が紹巴の誘いを一蹴し、偽造した信忠の密書を手にして安土に赴くようなことになれば、紹巴だけでなく、前久も首が飛ぶ。場合によっては、その場で紹巴を捕らえることも考えられた。前久を安心させるためにも、一旦、都に戻る必要があったのである。

「どやった？」

紹巴の顔を見るなり、前久は訊いた。

「驚いておられました。どうしていいか、わからぬという様子でした」

「だから、言うたやないか。明智はあかんのやないか、と。明智の口から信長はんに秘密が知られたら、どないするんや？　わしら、河原で磔《はりつけ》にされてしまうがな」

「お言葉を返すようですが、筑前殿は遠い備中《びっちゅう》におられるのですし、都近くにいる惟任殿を何としてでも巻き込む必要があるのです。惟任殿が信長に逆らう覚悟を決めれば、相国さまの仕事もよほど楽になるはずでございますれば」

「仕事などと嫌な言い方をするもんやない。毒を盛るだけや。ただの人殺しやないか」

「毒殺を警戒させぬためにも、中将殿の謀叛を本当らしく見せなければなりませぬ。惟任殿が心を決めかねて、あれこれ思い迷うのは、そう悪いことではないでしょう。信長に通報されては、確かに困りますが……」

「磔やで」

前久は、頭を抱えて呻き声を洩らした。そんな想像をするだけで恐ろしさのあまり、胸が締め付けられて苦しくなってしまうらしい。

青い顔で震える前久を見つめる紹巴の目は冷たかった。

(信長ほどの男を殺そうというのだから、一度や二度は危険な橋を渡らねばなるまいよ)

という突き放した目である。

紹巴自身、とうに開き直っている。命を惜しんでもいないから、たとえ光秀が信長に忠義を示して、その結果、自分が河原で磔にされるとしても悔やむことはない。運がなかったと諦め、笑ってあの世に旅立つだけのことだ。とはいえ、自分たちの死によって信長暗殺計画が頓挫しては困るから、そういう事態が起こらないように願う気持ちは前久と同じであった。

その日の夕方、光秀の使いが亀山からやって来て、明日、光秀が愛宕山に参籠することと、明後日、百韻興行《ひゃくいんこうぎょう》をすることを告げた。百韻興行の宗匠《そうしょう》を務めてほしい、という光秀の依頼も伝えられた。

(なるほど、自分では気持ちを決められないから神のお告げにすがろうというわけか……)

前久の前では口にしなかったが、紹巴としては光秀が信長に通報しようがしまいが、どうでもよかった。通報によって、信忠の謀叛がでたらめだとわかっても、ならば、なぜ、そんなでたらめが真実味を帯びて語られたのかという話になり、そこから信長が全国の大名を潰すつもりでいるという事実が明るみに出れば、天下が大騒ぎになることは必定である。

信長が安土に腰を据えているのでは信長の命を奪うことは不可能といっていい。天下に乱れが生じてこそ、信長の動きも活発にならざるを得なくなる。これまでに信長に対する暗殺未遂事件は何度か起こっているが、それらはすべて遠征先で起こっている。地理に不案内な土地に足を踏み入れることで信長にも隙ができる。思惑通り、前久が信長の毒殺に成功すればいいが、それが確実に成功すると楽観するほど紹巴は甘い男ではない。毒殺に失敗したときの二の矢、三の矢を用意しておかなければならないのである。

また、光秀が信長を見切って朝廷に味方する決心を固めれば、それはそれでありがたい。何といっても、光秀は都の近くで一万以上の大軍を即座に動かすことのできる唯一の武将なのである。その光秀が味方になってくれれば、その利は計り知れないほどに大きいといっていい。

(さてさて、惟任殿は、どのような決意を固められたのか……)

紹巴は気楽な立場だった。どう転んでも、信長暗殺という究極の目標の妨げにはならないとわかっているからであった。

「何だか楽しそうですね」

背後から八之助が声をかけた。安土で藤林《ふじばやし》の忍者たちに襲われて、深手を負わされた八之助だったが、ようやく傷も癒え、紹巴の供ができるまでに回復した。

「わかるか?」

「はい」

紹巴が肩越しに振り返る。口許に笑みが浮かんでいる。

「少しずつ、あの男に近付いている気がするからだ」

敢えて信長と呼ばず、紹巴は「あの男」と呼んだ。

「もっとも、ひとつだけ心配がないこともない」

それは光秀が紹巴を捕らえて、信長に差し出そうとすることだ、と紹巴は口にした。自分の命など惜しくはないが、紹巴がいなくても暗殺計画が進んでいくほどには、まだ計画が十分に熟しているとはいえない。それ故、捕らえられることは避けたかった。かといって、光秀の誘いを断るわけにもいかないので、八之助を連れてきた。紹巴が捕らえられるようなことになれば、八之助は都に戻って前久に急を知らせることになっている。

（まあ、そういうことにはなるまい）

光秀は慎重で、目端の利く男だ。しかも、信長を魔王の如くに怖れている。謀叛の企みを知れば、すぐに信長に知らせそうなものだが、この計画の首謀者は信長の嫡男・信忠であり、その協力者は、信長の積年の同盟者・家康である。いかに信長のためを思っての通報とはいえ、ひとつ言い方を間違えると讒言《ざんげん》と取られかねない。そんな危ない真似をするとは思えなかったのだ。

戦勝祈願を目的とする百韻興行の連歌会《れんがえ》は愛宕山の威徳院西坊で行われた。光秀の発案で行われたが、形としては、連歌会を主催する「亭主」は西坊の住職・行祐法印で、亭主に招かれた「客」が光秀ということになる。「宗匠」である紹巴は、専門家としての立場から連歌会を実質的に取り仕切る。この三人以外に六人の客がおり、総勢九人が参加する連歌会であった。

ときは今　あめが下なる　五月かな（光秀）
水上《みなかみ》まさる　庭の松山（西坊）
花落つる　流れの末を　せきとめて（紹巴）

主客、亭主、宗匠という順に始まって、九人が順繰りに歌を詠んでいく。これが百韻になるまで続くわけである。

ちなみに光秀の発句《ほっく》については、古来、

ときは今　あめが下知る　五月かな

が有名である。ときを「土岐《とき》」にかけ、土岐一族の出である自分が、あめが下知る、すなわち、「天下を治める」という意味であり、光秀が謀叛の決意を明らかにしたものだと解釈されている。

しかしながら、光秀は、そんな芝居がかった真似をする浅薄な男ではない。雨の多い五月の情景を「あめがしたなる」と詠んだ平凡な歌に過ぎないのが真相であろう。

連歌会が終わり、亭主の行祐が場所を変えて茶菓子を振る舞ってくれるというので、皆が席を立ったとき、光秀はさりげなく紹巴に近付き、

「何も聞いておりませぬぞ。よろしいですな？」

「…………」

紹巴が怪訝そうに光秀を見つめると、その視線を避けるように顔を逸《そ》らし、

「どうか、わたしを頼りになさらぬよう、相国さまにもお伝え下され」

軽く会釈すると、光秀は足早に紹巴から離れた。

（なるほど、どっちつかずで知らん顔を決め込むつもりか。しかし、それで火の粉を浴びずにいられると思っているのなら、惟任殿も甘いのう……）

信長にも信忠にも味方せず、当面は風見鶏を決め込もうというのが光秀の腹に違いない。無難な選択をしたようでありながら、実際には、最も危うい選択をしたように紹巴には思われた。

それから一刻（二時間）ほどして散会になった。

紹巴は、八之助を従えて愛宕神社を後にした。

山道を下りながら、

「惟任殿を、どう見た？」

と、八之助に訊いた。

まだ十六歳の少年だが、八之助には、狢《むじな》が人を誑《たぶら》かす如く、およそ八百人もの人間に自由自在に化けられるという特技がある。忍び仲間から「狢の八百《やお》」と渾名されるほどの変装名人なのだ。誰かに変装するには、相手のちょっとした仕草や表情の変化、指先の動きや癖に至るまで事細かに真似しなければならない。それだけに八之助の観察眼は人並み外れて優れており、相手の顔を眺めるだけで、その心の中を覗き見ることができるほどだ。光秀の心中を推察させることも八之助を同行させた理由であった。

「何かに迷い、どうしていいかわからずに、ひどく苦しんでいる……そんな風に見えました」

「ふふふっ、わしの目にも、そう見えた。おまえの力を借りることもなかったかのう。まあ、それだけ惟任殿が正直な御方ということなのかもしれぬ」

「そうですね。ごまかしようもないほど苦しんでいるということかもしれませんが」

「もし惟任殿に化けよ、と命ずれば、化けられるか？」

「さあ、それは……」

八之助が小首を傾げる。十六歳の八之助に、五十七歳の光秀に化けよというのが、そもそも無理筋というものであろう。背丈も肉付きも違うし、顔の皺、皮膚の染みなど、二人には似ているところがほとんどない。

「ほんの短い時間、暗いところで化けるというのであれば……」

「明るいところでは無理か？」

「声音を似せることはできましょうから、暗いところであれば何とかなるかもしれぬということです。その必要があるのですか？」

「まだ何とも言えぬが、ことによると、惟任殿に成りすましてもらうことになるかもしれぬな」

「じっくり惟任殿の仕草や癖を飲み込むことができれば何とかなるかもしれませぬが、それには時間がかかりまするな」

「生憎《あいにく》と時間はないのだ」

紹巴は、何事か思案しながらつぶやいた。

その夜……。

紹巴が寝所で横になっていると、

「ただ今、戻りましてございます」

暗がりから文吾《ぶんご》の声が聞こえた。

「うむ。よう戻ったな」

紹巴が素早く体を起こす。

「それにしても、この屋敷、随分と厳重に見張られておりまするな。まさかと思いますが、藤林の奴ら、何かつかんだのではありますまいか」

「それは、ない」

紹巴は断定的な口調で言った。

「確証があれば、とうに所司代《しょしだい》の兵が屋敷を囲んでおるわ。厳重といっても、相国さまのお屋敷に比べれば、この屋敷の見張りなど、よほど手緩《てぬる》い。何もわかっておらぬのであろうよ。さて、聞こうか。筑前殿は、どのように申された？」

「相国さまが信長を毒殺する計画、恐らくは、失敗するであろう。しかし、その計画に中将さまと徳川《とくがわ》殿の謀叛という嘘をうまく織り込めば面白いことになるやもしれぬ。自分は、その嘘を本当にしてみようと思う、と」

「嘘を本当にするだと？」

「そのための策を伝えよ、と筑前殿は申され……」

文吾は、秀吉の策を正確に紹巴に伝えた。

やがて、文吾が話し終わると、

「ふふっ……」

闇の中に紹巴の薄笑いが聞こえた。いかにもおかしそうに、いつまでも笑い続けるので文吾が不審に思い、

「どうなされました？」

「筑前め、これまでは忠義者を装ってきたが、とうとう本性を現しおったわ。よそ行きの衣装など身につけていても、生まれつきの本性を変えることなどできぬということよ。あれほど腹黒い男は滅多におらぬからのう」

「信長よりも、ですか？」

「信長は外道《げどう》よ。その外道をずっと騙し続けているのだから、腹黒さという点では筑前の方が上手であろうよ。その筑前が本気で信長を殺すつもりになった。これは先行きが明るくなったと考えていいだろうな」

心なしか紹巴の声が弾んでいる。


同じ頃……。

光秀は眠れずに悶々としていた。

愛宕山から亀山城に戻ってから、余計なことを考えないように出陣準備に没頭した。自ら荷駄を点検して、火薬や飼い葉を増やすように指図したり、忙しく動き回っ

た。日が暮れる頃には、手足が重く感じられるほどに疲労した。食事しながら酒を飲むと、眠気を感じたので、早めに寝所に下がった。ところが、体を横たえて目を瞑った途端、

（本当に、これでよかったのだろうか……？）

という疑問がむくむくと湧いてきて、あれこれ考えているうちに眠気が消えてしまった。

信忠の謀叛という本当かどうかわからない話をすぐさま信長に注進するほど光秀は単純ではない。何しろ、信忠だけでなく、徳川家康や太政大臣《だじょうだいじん》まで関わっているという陰謀である。対応を誤れば、讒言を疑われて、光秀よりも格上の有力者たちに憎まれることになってしまう。それは避けたかった。

謀叛が事実だとすれば、それはそれで対応が難しい。信長に忠義を尽くすのは明智家が滅びる道であり、かといって、積極的に信忠に与するほどの勇気はない。悩み抜いた揚げ句、何も聞かなかったことにする、という道を選んだ。

しかし、それが正しかったという確信はない。紹巴が言ったように、都の近くですぐさま大軍を動かすことができるのは光秀だけである。都で信長と信忠の争いが起こったとして、都に駆けつけた光秀はどちらに味方すればいいのか……そうなれば否応なしに旗幟《きし》を鮮明にしなければならない羽目になるわけで、何も聞かなかったことに

するという曖昧な態度は、結論を先送りしただけに過ぎないとわかる。

やがて、外から鳥のさえずりが聞こえ、板戸の隙間から朝日が射し込んできた。夜明けである。二晩続けて、ほとんど眠っていないのに光秀の頭は冴えたままであった。


五月二十九日。

徳川家康は、二十一日から京都に滞在し、寺社見物をしたり、名所旧跡を訪ねたりして過ごした。光秀に代わって家康の接待を命じられた長谷川秀一《はせがわひでかず》が付きっきりで案内役を務めた。在京していた信忠も細々と家康に気配りした。

この日、家康は堺に向かうことになっていた。船で淀川を大坂湾まで下り、海岸沿いに堺に入る予定になっている。家康も疲れが溜まっているだろうから、少しでも楽に旅をさせてやろうという信忠の心遣いだった。

実は、当初の予定では、信忠も堺に同行することになっていた。ところが、一昨日、安土の信長から、「二十九日に上洛する」という知らせが届いたので、在京して信長の到着を待つことにした。信忠自身の判断であった。

そのために、信忠は、家康に同行できなくなった。それを詫びる意味も込めて、信忠は家康の宿舎に足を運んで、出立を見送ることにしたのである。

「わざわざお越し下さり、忝《かたじけ》のうございまする」

家康は腰を屈めて慇懃《いんぎん》に挨拶した。

「道案内させていただくと約束しておきながら、それを果たすことができなくなってしまい、申し訳なく思うておりまする。どうぞ、お許し下さいませ」

信忠も丁寧に挨拶を返した。

「上様が上洛なさるというのに、中将殿がお迎えせぬわけにはいかぬでしょう。心苦しいのは、こちらの方です。やはり、わたしも出立を先延ばしして上様をお待ちするべきなのでは……」

「いいえ、徳川殿が気持ちよく旅を続けられるように、しっかり心配りせよときつく命じられておりまする。父の急な上洛のせいで徳川殿を足止めしたと知れば、きっと怒るに違いありませぬし、わたしもきつく責められることになりまする。それ故、どうか、父のことは気になさらずに堺に向かって下さいませ」

「そうおっしゃるのであれば……。しかし、くれぐれも上様によろしくお伝え下さいませ。恐らく、中国への出陣が近いのであろうと存じますが、万が一、手が足りぬようなことがあれば、三河より兵を率いて駆けつける覚悟でおりまする」

「今の言葉を聞けば、父も、さぞや喜ぶことでしょう。父に成り代わって、わたしが御礼を述べさせていただきます」

信忠は家康に頭を下げただけでなく、両手で家康の右手をしっかりと握った。織田と徳川の家臣たちは、二人に遠慮して離れたところにいるが、彼らの目には、にこやかに言葉を交わす信忠と家康は、よほど親密な間柄に思われた。

やがて、信忠が去ると、さりげなく服部半蔵《はっとりはんぞう》が家康に近付き、

「気になることがございますれば、今しばらく都に残りたいのでございますが」

と囁いた。

「何があった？」

「藤林の忍びが怪しい動きをしております る」

「前右大臣《さきの》さまが上洛なさるのだ。警戒を強めたとしても不思議はなかろう」

「警戒のために動いているというより、必死に何かを探っているという様子なのです」

「何を探っているのだ？」

「それを知りたいと思うのです」

「百地《ももち》の忍びは、どうなっている？」

「なかなか動きがつかめませぬ。それも気になるので少し探ってみたいのです」

「よかろう。必要なだけ連れて行け」

「よろしいのですか？」

家康の随行者には、服部半蔵配下の腕の立つ忍びが多く加わっている。家康の身辺警護のためであった。彼らを連れて行けば、家康の警護が手薄になる。それを半蔵は懸念したのである。

「構わぬ」

家康がうなずく。

「どうやら、わしを殺すつもりはないらしい。その気があれば、安土でも京でも、いつでも殺すことができただろう。わざわざ堺に行くのを待って殺すとも思えぬ」

誰が家康の命を狙うのか、敢えて名前を伏せて話したが、それが信長を指していることは半蔵にもわかっている。

「行け」

「は」

半蔵が離れていくと、それを待っていたかのように、今度は酒井《さかい》忠次《ただつぐ》が近付いてきた。家康より十五歳も年上の五十六歳で、政治と軍事において抜群の手腕を持つ重臣である。しかも、家康の叔母を妻とする血縁者でもあり、家康も忠次には一目置いている。安土で歓待された折、家康は信長から近い将来の郡県制への移行という秘事を打ち明けられた。それを家康は忠次だけには伝えた。当然ながら、忠次は激昂した。何しろ、徳川家を潰すという話である。なぜ、家康が世間話でもするような顔で平然としていられるのか、忠次には理解できなかった。それ以来、ずっと忠次は機嫌が悪い。

「殿」

「そのように眉間に青筋を立てるものではない。よからぬことでも企んでいるのではないかと疑われるではないか。笑わぬか」

「笑えませぬ。このようなときに、なぜ、のんびり寺社見物などしていられるのですか」

「他に何をしろと言うのだ？」

「すぐにでも国に帰るのです」

「そんなに急いで帰国して何をするのだ？」

「知れたこと。国を守る支度をするのです」

「馬鹿め。そんなことをすれば裏切りを疑われ、たちまち討伐されてしまうわ」

家康が苦い顔をする。

なぜ、安土で信長は家康に郡県制移行という秘事を打ち明けたのか、その魂胆を家康は瞬時に見抜いた。家康を怒らせようとしたのだ。家康が少しでも反発すれば、それを口実に信長は家康を殺したはずであった。安土を発ってからも信長の監視の目は緩んでいない。案内役の長谷川秀一は、家康の動向を逐一、信長に報告しているに違いなかった。信長に疑われるような振る舞いをしたら終わりだと家康は自らを戒めている。異常なほどに猜疑心の強い信長の心に疑惑の種を植えてしまえば取り返しのつかないことになるとわかっている。生き残るためには必死で芝居を続ける必要があるのだ。家康が急に帰国したりすれば、信長はすぐさま徳川討伐の兵を催すに違いなかった。それを言うと、

「今の織田家には徳川を攻める余裕はありますまい。四国征伐も九州征伐も、これから始まるのです。中国征伐とて、前右大臣さまご自身が出馬しなければならぬほど苦戦しているではありませぬか」

その隙に防備を固め、北条《ほうじょう》や上杉《うえすぎ》と連携する道を探れば、織田軍とも互角に戦うことができる、と忠次は口にした。

「もうよい。何も言うな」

家康は、ちっ、と舌打ちした。

（こいつは、何もわかっていない）

そのことが腹立たしく、情けなかった。忠次は戦もうまく、政《まつりごと》の腕も確かだが、戦略眼というものがまるで抜け落ちている、と家康は思った。信長が出馬するのは秀吉が苦戦しているからではなく、毛利《もうり》征伐に目処《めど》がついたからに決まっていた。秀吉に大功を立てさせないために、信長自身が止めを刺しに行くだけのことだ。毛利が屈

服すれば、毛利ほどの実力を持たない長宗我部《ちようそがべ》や島津《しまづ》は恐れをなし、戦わずして白旗を掲げるに違いない。つまり、毛利征伐が終わると同時に、四国と九州も信長の軍門に下る可能性が強いのだ。そんな信長の実力を目の当たりにすれば、信長と友好関係を保っている北条が孤立無援の徳川と手を結ぼうとするはずもなく、下手をすれば、信長と北条に挟み撃ちにされる危険性すらある。あっという間に徳川は滅亡の坂道を下り落ちることになるのだ。

「では、どうなさるのですか？」

忠次は納得できないという顔だ。

「何もせぬ。予定通り、堺に向かう。堺では、いくつもの茶会に招かれておる故、のんびり茶を楽しむこともできよう。よいか、にこにこ楽しげに旅を続けることが徳川を救う道なのだ。それを忘れてはならぬぞ」

そう言うと、家康は、犬でも追い払うように右手を何度も振った。長谷川秀一が怪訝そうな顔で家康と忠次を見つめているのに気が付いたのである。

「…………」

忠次が口を尖らせて離れていこうとする。

「笑え」

「は？」

「汝の仏頂面が徳川を滅ぼすことになるかもしれぬのだぞ。笑え。笑わぬか」

家康は、忠次をきつく睨みつけながら、しかし、口許には笑みを浮かべた。顔は笑っているが、目は笑っていないという不気味な表情だ。

「わかりました」

家康の鬼気迫る顔つきに恐れを為したのか、忠次も、唇の端に力を入れ、何とか笑おうとした。しかし、顔は不自然に引き攣《つ》り、ひひっ、ひひひっ、という猿のような笑い声しか出せなかった。

忠次が去ると、家康は、ふーっと息を吐き、

(浜松城を出るとき、二度と戻ることはできまいと覚悟した。安土で殺されると思っていた。そう覚悟していたおかげで、領地を取り上げると言われても、さして慌てずに済んだ。何とか安土を逃れ、都でも無事に過ごすことができた。堺で茶を喫しながら何日か過ごせば、浜松に帰ることができる。それまでの辛抱じゃ。何があろうとも辛抱するのだ)

そう自分自身に言い聞かせた。

同じ日の朝……。

森蘭丸《もりらんまる》は本能寺にいた。

　この三日ほど、蘭丸は目が回るほど忙しかった。正親町天皇の譲位について話し合うため、急遽、信長の上洛が決まったが、近衛前久の要望もあり、公家たちを刺激しないように、ごく少数で上洛することになった。その数は、わずか三十騎である。信長がそう決めてしまった以上、蘭丸としても異を唱えることはできないが、道中の安全確保には十分に配慮しなければならなかった。信長は過去に何度か命を狙われているが、それらの暗殺未遂事件は、信長が少数の供を従えて移動しているところを鉄砲で狙撃されている。同じ事が繰り返されないように、蘭丸は、京都と安土を結ぶ街道を何組かの騎馬隊に頻繁に巡回させて不審者に目を光らせると共に、狙撃手が身を潜めることができそうな場所に見張りの兵を配置した。

　京都における信長の宿舎は本能寺である。四泊する予定だが、朝廷との交渉が捗《はかど》らなければ、予定が延びることも考えられる。信長がくつろげるように気配りしなければならないし、本能寺の防備についても、しっかり検分する必要があった。

　法華《ほっけ》宗の本山である本能寺は、かつて延暦寺の僧兵の襲撃を受けて破壊され、放火されたことがある。その苦い教訓から、寺が再建されるときには防御機能の向上に主眼が置かれた。寺域は、さほど広いわけではないが、京都にあるどんな寺院よりも頑丈な造りになっている。

　しかも、二年前に信長の命令で大掛かりな改修工事が施され、周辺の民家を強制的に立ち退かせて寺を堀で囲み、堀の内側に土塁を高く築いた。門は、東門、西門、南門の三つで、何か変事があれば、すぐに門扉《もんぴ》を閉ざして立て籠もることができる。寺というよりは砦と呼ぶ方がふさわしい、それが本能寺であった。

信長の道中の安全確保と本能寺の防備検分、それだけでも大仕事だというのに、蘭丸には、もうひとつ重要な任務が与えられていた。それは信長が秘蔵する茶道具を安土から本能寺に運ぶことであった。茶入れにしろ、茶碗にしろ、信長の持ち物は、計り知れないほどの価値を持つ名品揃いである。それほどの茶道具を四十点近くも運ぶことを命じられたのだから、蘭丸が緊張するのも無理はなかった。

なぜ、それほどの茶道具を一度に運ぶのかと言えば、本能寺で茶会を催すからであった。それだけの数の名品が一度に並べられるのだから空前絶後の大茶会になることは間違いなかった。それは信長の権勢の巨大さを誇示すると共に、正親町天皇が譲位を決断したことを信長がどれほど喜び歓迎しているかという現れでもあった。裏を返せば、これだけのことをするのだから、今更、嫌だとは言わせないという無言の恫喝《どうかつ》にもなっている。

蘭丸は数百の兵を宰領し、細心の注意を払って茶道具を安土から本能寺に運んだ。それらの茶道具を納めた箱を本能寺の主殿に無事に並べ終えたとき、蘭丸は膝から崩れ落ちそうなほどの疲労と虚脱感を覚えた。

だが、それで任務が完了したわけではない。本当の仕事は、これから始まるのだ。信長を本能寺に迎え、明日の茶会の打ち合わせをしなければならなかった。茶道具の配置など、すべて信長の意向に従わなければならないから、それらの作業は信長の到着後に為されることになる。信長が夕方に着いたとして、それから打ち合わせをして作業に入るから、

（恐らく、今夜は眠れまいな）

と、蘭丸が徹夜を覚悟するのも当然であった。昨夜もほとんど眠っていないから二日続けての徹夜ということになる。

茶会で饗される茶菓子や料理、酒などについて、京都所司代の村井《むらい》貞勝《さだかつ》と打ち合わせたが、蘭丸があまりにも青白い顔をして、目の下に濃い隈までできているのを哀れんで、

「上様がお着きになる前に少し休んだ方がよろしかろう。明日の支度は、身共《みども》が進めておきましょう」

と、村井貞勝が勧めた。その必要はない、と強がる元気もないほどに疲れを感じていたので、蘭丸はその言葉に甘えることにした。

控え室で横になるが、目が冴えてしまい、どうにも眠ることができない。あれもしなければ、これもしなければ、と信長が到着する前にしなければならないことと、到

着してからしなければならないことが次々に脳裏に浮かんでくる。すでに指図を出してあるから、その場に蘭丸がいる必要はないし、村井貞勝も有能な男だから粗漏《そろう》があろうとは思われないが、蘭丸としては、いつも以上に万全を期したかった。というのも、恐らく、上洛してくる信長は不機嫌に違いないはずだったからだ。

その原因は、信忠にある。

信忠は家康の案内役として堺に同道するように命じられていたにもかかわらず、信長の上洛を知ると、京都に残ることを勝手に決めた。信長が慌しく上洛を決めた理由が正親町天皇の譲位問題であることを信忠も察しているはずで、その件に関して信長と話し合うつもりなのか、あるいは、諫言して再考を促すのか、いずれにしろ、信長の好きにはさせないという強い意思表示が京都残留という形で現れたのだ。信長の到着を知れば、妙覚寺《みょうかくじ》を宿舎としている信忠が本能寺にやって来るはずであった。その話し合いの場を、どのように設けるか、いや、信長の気性を考えれば自分の方から妙覚寺に足を運ぶことも考えられる。その場合の警護は、どうすればいいか……慎重に、しかも、早急に検討しなければならないことが山ほどある。

「やはり、休んでなどおられぬ」

体を起こそうとしたとき、蘭丸は背筋にぞくっとする悪寒を感じた。ハッとして、振り返る。

部屋の暗がりに孔雀王《くじやくおう》が蹲《うずくま》っている。

「いつから、そこにいる？」

蘭丸の眉間に小皺が寄る。驚かされるのが好きではないのだ。

「ずっと」

「…………」

いくら疲れていたとはいえ、部屋に人がいるかどうかわからないほどではない。この部屋には誰もいなかった。どこかに隠れるといっても、何の調度品も置いていない板敷きで、床に畳を二枚敷いてあるだけだ。隠れる場所などない。

（こっそり忍び込んだというのか？）

蘭丸は眠っていたわけではない。物思いに耽《ふけ》っていただけである。蘭丸に感知されずに部屋に忍び込むことができようとは思われなかった。しかし、現に孔雀王は目の前にいる。蘭丸が想像できないような方法で、この部屋に入ったか、そうでなければ、孔雀王が言うように、最初から、この部屋に潜んでいたと考えるしかなかった。

（やはり、伊賀者は物の怪《もののけ》と同類か。上様が伊賀者を嫌うのも無理はない）

蘭丸は目を瞑った。ゆっくりと深呼吸する。何度か繰り返して目を開けたときには落ち着きを取り戻していた。

「話すがよい」

「徳川さまご一行、予定の通りに、ご出立になられましてございまするが……」

「何かあるのか？」

蘭丸は、孔雀王の歯切れの悪い物言いが気になった。

「ひとつだけ……」

服部半蔵が家康から離れ、都に残っている、と孔雀王は言った。

「それは服部の忍びも都に残っているという意味か？」

「そう思われまする」

「都で何をするつもりなのだ？」

「そこまでは調べがついておりませぬが、どうやら百地党の動きに目を光らせているようでございまする」

「百地党だと？」

蘭丸の表情が険しくなる。

「上様に百地党と朝廷の動きを探るように命じられてから、かれこれひと月以上も経つではないか。いったい、今まで何をしていたのだ。服部党にまで後《おく》れを取るようなことになれば、ただでは済まぬぞ」

「命を奪えということであれば、さして難しくはないのですが、上様から、生け捕りにせよと命じられておりまする。これが、なかなか容易なことではなく……」

「言い訳ばかりしおって。要は、何もしていないということではないか」

「申し訳ございませぬ」

「夜には上様が本能寺に入られる。それまでに何かしら上様に満足してもらえることを探り出すのだ。服部のことでも朝廷のことでも百地のことでもよい。手ぶらで戻るようなことがあれば、上様のお怒りを買うことを覚悟せよ。これだけ時間と人手をかけて、今になっても何もわからないというのでは、藤林党がよほど能無し揃いなのか、あるいは、同じ伊賀者ということで百地党に手心を加えているのか、どちらかということになる」

「そのようなことは決して……」

「上様は言い訳を嫌う御方だ。藤林党を守りたければ必死に働くことだな」

蘭丸がぴしゃりと言う。


同じ日の朝……。

里村紹巴は、近衛邸で前久と会っていた。

広間で対面しているが、四方の襖《ふすま》をすべて開け放っている。風通しをよくするためではなく、誰にも聞かれたくない話だから、こうしている。盗み聞きされる心配もないし、誰かがやって来れば、すぐにわかる。

しかし、二人は黙りこくったままだ。何を話すというのでもない。前久は顔色が悪く、何度も額の汗を拭っている。いくら拭っても、すぐに汗が滲んでくる。かといって、汗をかくほど暑いというわけではない。紹巴など、いかにも涼しげな顔をしており、汗など全然かいていない。

耳に聞こえるのは庭から入って広間を吹き抜けていく風の音と、紹巴が連れてきた子猫の鳴き声だけである。紹巴は子猫を膝に抱き、右手に持った猫じゃらしを子猫の頭の上で揺らしている。子猫は、猫じゃらしに向かって盛んに前脚を伸ばしている。

「遅くとも、今日の夜には信長は本能寺に入るでしょう。そうであれば、茶会も予定通り、明日の朝から開かれることになりまするな」

「ふうん、信長はん、今夜にも上洛してくるんかい……」

はあ、そうか、そうか、と前久は汗を拭いながら何度もうなずく。

「つきましては……」

紹巴が左手を前久に突き出す。その掌には小さな袱紗《ふくさ》の袋が載っている。

「…………」

前久の目が、その袋に吸い寄せられる。瞬きもせずに凝視し、それかいな、と訊く。

はい、と紹巴はうなずく。子猫を膝から下ろして、白湯《さゆ》の入った茶碗を手許に引き寄せ、袱紗袋を軽く振った。白い粉がほんの少し白湯に溶けた。猫じゃらしの先を白湯に浸し、それを子猫の顔の前で振る。子猫が器用に前脚で猫じゃらしを引き寄せ、小さな歯で噛み始める。次の瞬間、子猫がびくっと体を震わせ、激しく痙攣《けいれん》しながら、ばたりと横倒しになる。白目を剝き、血の混じった白い泡を口から吹く。

「死んだんか？」

前久がごくりと生唾を飲み込む。

「はい」

「子猫なら死ぬかもしれんけど、人間となると、どうなるかわからんやろ」

「いいえ、ご心配には及びませぬ」

「人間でも死ぬか？」

「はい。死にまする。信長に飲ませれば、この子猫のように……」

「ただの茶会と違うんやで。ほとんどの公家が本能寺に出向くことになる。みんなやで、みんな。お上《かみ》が行幸《ぎょうこう》することになってたら、朝廷が丸ごと本能寺に行くようなものなんや。こっちが想像しとったのとは、まるで違う前代未聞の大掛かりな茶会や。右にも左にも、どこを向いても、信長はんの家来や公家衆がおんのやで。こっそり、毒を盛るなんて無理やで」

「子猫を連れてきたのは、わずかの毒が口に入るだけで信長を殺すことができると納得していただくためです。ほんの少しでよいのです」

「けどなあ……」

前久は浮かない顔だ。何とかして、この厄介な役回りから逃れたいと願っているのであろう。

「茶会がどのように行われるのか、わたしにもわかりませぬ。しかし、安土から数多くの名器を本能寺に持ち込んだという噂ですし、まさか、ひとつの道具しか使わないということはありますまい。それぞれの道具を使って何度となく茶を喫することになるのでしょう。恐らく、信長が亭主となり、相国さまが正客《しょうきゃく》ということになるはず。それを何度か繰り返した後、さりげなく中将殿の茶を飲みたいと信長に所望なされませ。このたびの信長の上洛は、譲位のことを話し合うだけでなく、中将殿の任官についても話し合うことになるはずですから、信長とて相国さまの気遣いに嫌な顔などしますまい。ごく自然に中将殿が亭主、相国さまが正客、信長がお詰《つめ》という形に持っていくのです」

正客というのは茶室で最も上座の客であり、お詰は下座の客である。

「中将さんが亭主なら、茶に毒を盛ることなんぞでけんがな」

「茶を一服喫し、茶巾《ちゃきん》でそっと茶碗を拭いませ。その茶碗を隣にいる信長に回すのです」

「茶巾で茶碗を……」

「あらかじめ毒を染みこませておくのです」

「け、けどな……」

前久がぶるぶると震え出す。顔からは汗が滝のように噴き出している。

「まろの隣で信長はんが死ねば、まろの仕業だとばれてまうやないか。信長はんの家来に八つ裂きにされてまうがな」

「中将殿の茶を所望されるときに、譲位の件で耳に入れておきたいことがあるとでも囁けば、信長の方が気を遣って人払いするでしょう」

「いくら人払いするというても、森蘭丸は信長はんから離れんで。蘭丸に殺されてまうわ」

「文吾に相国さまの供を命じ、片時もおそばを離れぬように命じまする。信長が人払いするときも、文吾だけは、そばにいるようにするのです。信長が毒を呷《あお》って倒れたとき、そばに文吾がいれば、中将殿も森蘭丸も相国さまには指一本触れることはできぬはず」

「それほどの腕利きか、文吾は？」

「はい」

紹巴が自信たっぷりにうなずく。

「信長が血を吐いて倒れたとなれば、大騒ぎになりましょう。その騒ぎに紛れて、文吾が相国さまを本能寺から連れ出しまする」

「そんなにうまくいくやろか……」

「もう後戻りはできませぬぞ。このようなものを用意いたしました」

紹巴が懐から油紙に包んだ書状を取り出す。それを受け取って、前久が書状を読む。みるみる前久の顔色が変わっていく。

「こ、これは……？」

「中将殿の謀叛を後押しすると相国さまが約束した書状でございまする」

「こんな約束しとらんがな」

「はい。わたしが作りました」

「何のために、こんなことをせなならんのや？」

「信長を毒殺できればよし、万が一、しくじったときのために次の手を用意しておかなければならぬからでございます。この書状、今日か明日には信長の手許に届くように手配いたしまする」

「そんなことをしたら、まろの首が飛ぶやないか！」

前久は悲鳴のような声で叫ぶ。顔から汗が滴り落ち、目が血走り、呼吸も荒くなっている。

「何を企んどんのや？」

「それは申せませぬ。何も知らぬのが相国さまのためなのです。ひとつだけ確かなことは、信長の命を奪わなければ、相国さまが生き長らえる術もなくなるということでございまする」

「…………」

前久は言葉を失った。

「ここに文吾を呼んで、ようございますか？」

「は……ああ……」

前久が呆けたような顔で曖昧にうなずく。

紹巴が立ち上がり、別室に控えている文吾を呼びに行く。しばらくすると紹巴が広間に戻ってくる。紹巴の背後に従う者の顔を見て、前久が怪訝な顔になる。

「文吾を連れてくるんやなかったんか。それは誰や？」

前久は文吾の顔を見知っている。紹巴が連れてきたのは別人であった。背丈や目方は同じくらいだが、顔つきがまるで違う。文吾よりも老けているし、頬もふっくらしており、目尻の下がり方や口許の感じ、鼻の形も違っている。

「いいえ、文吾でございまする」

紹巴がにやりと笑う。

「けど……」

「もう少し近寄って目を凝らし、よくよくご覧になって下さいませ」

「ん？」

前久がぐいっと身を乗り出し、目を細める。

「お……。それは作り物の鼻か」

「作り物というわけではありませぬ。鼻の穴の奥に詰め物をしているだけです。口の中にも入れております る」

「目も違《ちご》うとるやないか」

「目尻を墨で黒くしてあるだけです。それだけのことで、まるで感じが変わってしまうのです。その他のところも大したことをしているわけではなく、子供騙しのような変装に過ぎませぬ」

「ふうん、変装かいな。大したもんやなあ。さすが伊賀者は普通とは違うわ」

「文吾には、明日、相国さまのお供をするという大切な役目がございますれば、藤林の忍びどもに密書を奪われるときに素顔を見られるわけには参りませぬ」

「藤林の忍びに密書を奪われるやて？」

「文吾には、これから密書を携えて妙覚寺に使いをしてもらいまする」

「織田の中将のところにか？」

「はい」

と、紹巴はうなずくと、外の様子はどうなっているか、と文吾に訊いた。

「どうやら五人衆が出てきているようです。五人全員が顔を揃えているかどうかわかりませんが」

「信長の上洛に備えて、相国さまの動きを厳重に見張ろうという魂胆か。ふふふっ、こちらの思う壺よ。孔雀王もいるのか？」

「それはわかりません。ただ……」

「何だ？」

「服部の忍びもいるようでした」

「服部が？　藤林に手を貸しているのか」

「それは何とも……。見かけたのは一人だけですから、どれくらいの数がいるのか、相国さまのお屋敷を見張っているのか、それとも、藤林の動きを探っているのか、よくわかりませぬ」

「おいおい、服部いうたら徳川の忍びやろ？　何で、まろが徳川に見張られなあかんのや」

「文吾が言うように何もわかりませぬ。わからぬことを、あれこれ考えても仕方のないこと。ここで大切なのは、どっしり構えて落ち着くことでございますぞ。茶会は明日なのですから。今更、じたばたしたところで何も変わりませぬ」

「う、うむ……それは、わかっとるけどな」

「それに服部が動き出したのは、そう悪いことでもないかもしれませぬ。服部半蔵は鼻の利く男です。都に怪しい動きがあると感付いたからこそ、配下の忍びを都で動かしているのでしょう。そうでなければ、徳川殿を警護するために配下の忍びも堺に連れて行くでしょうから」

「どこがええことなんや。徳川ですら怪しむようやったら、信長はんかて怪しむがな」

「少しくらい疑われる方がいいのです。相国さまを疑うとしても、どこかの武将と手を結んで信長に敵対しようと企んでいると思うくらいで、まさか相国さまが信長を殺《あや》めるつもりだとは疑っていないはず。それ故、相国さまが誰と手を結ぼうとしているか、それを探り出そうとしているのでしょう。以前にも申し上げましたが、相国さまご自身が何かをすると疑っているのであれば、とうに織田兵が屋敷を囲んでおりましょう」

「その見通しに間違いがないことを祈りたいわ。その密書を信長はんが読んだら、それこそ織田兵に囲まれて屋敷を焼かれるかもしれんからな」

前久は両手で顔を覆って深い溜息をついた。

その直後、文吾は、密書を懐に納めて、前久の御前を辞した。屋敷の裏手に回り、築地塀《ついじべい》を見上げながら腕組みする。

（さて、これは、なかなか厄介な役目だぞ）

藤林の忍びも、さすがに屋敷の敷地内にまでは入り込んでいない。その代わり、昼夜を問わず、屋敷に出入りする者に目を光らせている。文吾がこの築地塀を乗り越えた途端、彼らの監視下に置かれることになるはずであった。しかも、門を通らずに、こっそり屋敷から出ていこうとするのだから、当然、怪しまれることになるし、常人と異なる文吾の動きを見れば、自分たちと同類の忍びだと察するに違いなかった。近衛邸に出入りする忍びとなれば、

（百地党か）

と見当がつくであろう。そこで相手がどう出てくるか、それを文吾は想像している。文吾が密書を携えていることを相手は知らないわけだから、普通であれば、文吾を泳がせて尾行し、どこに行くのか探ろうとするであろう。しかし、それでは困るのだ。この密書を奪われるように仕向けなければならない。それが紹巴の命令なのだ。

藤林五人衆は、いずれも孔雀王配下の腕利きの忍びだが、得意技が違っているだけでなく、その性格もまるで違う。犬笛《いぬぶえ》と風笛《かざぶえ》の兄妹は年齢が若いせいもあり、頭に血

が上りやすい。宿敵といっていい百地の忍びを目にすれば、黙って見ていることなどできず、きっと襲いかかってくるに違いなかった。

しかしながら、天竺斎《てんじくさい》や左文字《さもじ》、水蜘蛛《みずぐも》といった経験豊かで老獪《ろうかい》な忍びであれば、決して無理をせず、文吾を泳がせようとするに違いない。誰が指揮を執っているかによって、相手方の対応がまるで違うということだ。

「わからん……」

いくら考えてもわからないのならば、考えるのは無駄だ、と文吾は首を振り、

(奴らが誘いに乗ってこなければ、こっちから斬り込んでやる)

と覚悟を決めた。

築地塀の壁面にあるでこぼこを利用して、文吾が身軽に塀の上によじ登る。塀の上から、さっと周囲を見回す。人影はない。しかし、文吾は、四方から痛いほどの視線を感じた。

(さあ、ついてこい)

近衛邸は押小路通《おしこうじどおり》を挟んで二条御所の北側にあり、東を烏丸通《からすまどおり》に面している。文吾は西側の塀を越えて、室町通《むろまちどおり》に向かう小路に走りこんだ。目指す妙覚寺は、西に一町(約百メートル)ほどのところにある。妙覚寺に向かうのは、そこを宿舎としている織田信忠と近衛前久の関係を信長に疑わせるためであった。わざと人気のない裏通り

を選んだ。周囲を警戒しながら進むが、敵が襲ってくる気配はない。

（くそっ、なぜ、誘いに乗らぬ）

文吾が舌打ちしたとき、雨が降ってきた。さっきまで晴れていたのに、いきなりの雨か……文吾が空を見上げる。空には雲など見えず、青空が広がっている。雨も降っておらず、明るい太陽が輝いている。

（しまった！）

文吾が刀に手をかけようとする。だが、腕を動かすことができない。雨だと思ったのは、実は、細い糸のような物質であった。蜘蛛の糸のように粘着性があり、しかも、強靱さも併せ持つ。糸から逃れようとして、もがけばもがくほど、糸が体にきつく食い込んで動きが封じられてしまう。これは藤林五人衆の一人・水蜘蛛の得意技だ。水蜘蛛がいるかもしれないと警戒しながら、たやすく相手の術中に嵌《はま》った己の愚かさに腹が立った。懐の密書を奪われるのは作戦のうちだが、文吾自身が囚われの身となるのは作戦の想定外であり、作戦そのものが水泡に帰すほどの失態といってよかった。

何とか、水蜘蛛の糸から逃れようとするが、身をよじればよじるほど、かえって糸が絡みつく。さすがに文吾の心にも焦りが生じる。

「百地党を、ようやく一人捕まえたぞ」

「なかなか、尻尾を出さなかったが、諦めずに見張りを続けた甲斐があったな」

いつの間にか文吾の周囲を藤林の忍びたちが囲んでいる。黒装束の一団である。顔も布で覆い隠しており、目許しか見えない。

「都で動き回っているのは百地四天王だけだというぞ。こいつは、四人のうちの誰だ？」

「夏南《かな》じゃないね。どう見ても、男だよ」

「ならば、道林坊《どうりんぼう》か、狢の八百か、あるいは、石川《いしかわ》村の文吾か」

「狢にしては変装がお粗末だ。道林坊か文吾だろう」

「文吾だとすれば、腕が落ちたものよ。こんなに簡単に生け捕りにできるとは」

忍びたちが低い声で笑う。

（今のは犬笛の声だな。それに左文字、天竺斎、水蜘蛛、風笛……五人衆が顔を揃えている）

今日にも信長が上洛するという話は文吾も耳にしていたから、五人衆のうち何人かは孔雀王と共に本能寺に詰め、信長の身辺警護に当たるのではないか、と予想していた。その予想は、まるで的外れだった。五人衆が揃って近衛邸を見張っていたというのは、それだけ強く紹巴と前久が疑われているということの現れに違いなかった。このまま自分が生け捕りにされれば、取り返しのつかないことになる、と文吾は愕然とした。もちろん、どんな厳しい責めを受けようと口を割ることなどないが、天竺斎が調合する薬を飲まされると、自分の意思と関係なく、相手から質問されたことには何でも正直に答えてしまう。痛みには耐えられても、薬物の力に抗《あらが》うことは文吾にも不可能である。

咄嗟《とっさ》に文吾は覚悟を決めた。いざというときに自分の命を絶つ覚悟もできており、その手段も講じてある。奥歯のひとつは自分の舌で取り外しができるようになっており、そこに毒物を仕込んである。文吾が舌を動かして、舌が奥歯に触れたとき、

「おいおい、勝手な真似をするな。まだ死なれては困る」

犬笛がいきなり文吾の口に手拭いをぐいっと押し込んだ。これでは舌を動かすこともできない。文吾は自決する手段すら奪われてしまった。

「すぐに死のうとするとは、よほど大切な役目を負っているらしいな。ん？」

犬笛が文吾の懐に手を入れ、油紙に包まれた密書を取り出す。

「誰かに届けるつもりだったのだな。だが、自分が死んだところで書状は、こっちの手に入る。にもかかわらず、死のうとしたということは……」

「そいつ自身、何か重大な秘密を知っているということだ」

「わしの力も知っているのじゃろうな。どんな秘密も隠し通すことはできぬわ」

ひひひっ、と笑ったのは天竺斎であった。

「さあ、引き揚げるぞ。長居は無用」

犬笛が言ったとき、どかん、どかん、と周囲で地雷火《じらいか》が破裂した。それが合図だったかのように沿道に並ぶ樹木の上から手裏剣が飛んできた。さすがに五人衆は際どいところで手裏剣をかわしたが、他の者たちは、そうはいかなかった。ぎゃっ、と悲鳴を上げて次々に倒れた。

「くそっ、四天王しか都にいないのではなかったのか」

「十人はいる」

「囲まれているぞ」

またもや地雷火が立て続けに破裂した。しかも、煙玉まで投じられた。たちまち黒い煙が立ち籠めて視界が利かなくなった。そこに馬が疾走してきた。ハッとして、文吾が振り返ると、「乗れ!」という声が聞こえ、太い腕が文吾に向かって差し出された。両手の動きを封じられた文吾は、地面を蹴って飛び上がることしかできなかった。その黒装束の男は文吾の体を馬の背に引きずり上げてくれた。よほどの怪力といっていい。

文吾を奪われまいと斬りかかってくる犬笛と左文字を軽くあしらうと、その男は、馬の腹を蹴って、馬を走らせた。

(すごい業《わざ》だ)

怪力で、しかも、馬の扱いに巧みなだけではない。剣術もかなりの腕前だと文吾にはわかった。並の腕では犬笛や左文字を子供扱いになどできるものではない。こんな怪物じみた真似のできる男を文吾は一人しか知らなかった。服部半蔵である。

四半刻（三十分）ほど後……。

ようやく服部半蔵は馬の速度を落とし、周囲を見回してから馬を止めた。まず自分が馬から下り、それから文吾を引きずり下ろした。本人に悪気はないのかもしれないが、扱いはかなり乱暴だった。半蔵は文吾の両手の動きを封じている水蜘蛛の糸を小刀で切り、一本ずつ丁寧に引き離した。面倒な作業だが、こうする以外に方法がない。しかも、糸を取っても粘り気は残る。これは根気よく洗い流すしかない。

「あとは自分でやれ」

文吾の右手が自由になると、半蔵は文吾に小刀を渡した。

「すまない」

礼を言って、文吾は糸を一本ずつ切り離し始める。

「どうやら追っては来ないようだな」

「ここは、どのあたりですか？」

「あれは通玄寺《つうげんじ》だ。このまま真っ直ぐ進めば鴨川に出る。それで見当がつくだろう」

「なるほど、わかりました」

馬から振り落とされないようにするのに必死で周囲の景色に目を配る余裕がなかった。しかし、今の半蔵の説明で自分がどこにいるのか文吾にもわかった。

「わしが誰なのか、おまえにはわかっているようだな」

「服部半蔵さまとお見受けいたしましたが違っておりましょうか？」

「わしは何も答えぬ。わしが名乗れば、おまえも名乗らなければならぬぞ。おまえと同じように、わしの方でもおまえが何者なのか大体の見当はついている。下手な変装をしているが、それにごまかされるほど、わしの目は節穴ではない」

「ならば、名乗りますまい。しかし、ひとつ……」

「何だ？」

「なぜ、わたしを助けてくれたのですか？　あの者たちは藤林の忍び、すなわち、織田の配下でございますぞ。徳川さまに従う服部さまが……」

「わしは名乗らぬ、そう申したはずだぞ」

「ならば、通りすがりの御方に助けていただいたと思うことにしましょう」

「おまえは、あの者たちを誘っていた。ところが、誘ったつもりが、相手を甘く見て、気が緩んだのか、うっかり囚われてしまった。そのまま見過ごすつもりでいたが、おまえは死のうとした。それで助ける気になった。百地党の生き残りは、安土の上様のお命を狙っていると耳にしている。その悲願を果たすこともできずに、そう簡単に命など捨てられるはずがない。にもかかわらず、死のうとしたということは、生きて囚われれば仲間に迷惑がかかると考えてのことに違いない。どうだ、わしの見立ては間違っているか？」

「…………」

「藤林の忍びは、おまえの懐から書状を奪い取った。というか、おまえがそう仕向けたのだろうがな。ひとつだけ教えろ、あの書状を、どこに持っていくつもりだった？いや、もちろん、本当に持っていくつもりではなかっただろうが、な」

「妙覚寺に」

「ほう、中将さまのところか」

なるほど、そういうことか、とうなずくと、半蔵は馬に跨《また》がった。

「おまえには、ひとつ貸しがある。それを忘れるなよ。この貸しは、いつか返してもらうぞ、石川村の文吾よ」

半蔵が馬を走らせる。文吾は唇を噛みながら、その背中を見送った。しかし、不覚を取ったことを悔やんでいる暇はなかった。文吾には行かなければならないところがある。半蔵とは逆方向、鴨川に向かって文吾は歩き出した。

その一刻（二時間）後……。

文吾は慈照寺《じしょうじ》にいた。俗に銀閣寺と呼ばれる寺院である。観音殿をぐるりと回ったが、そこには人の姿はなかった。

（間に合わなかったか……）

文吾が唇を噛む。約束の時間に、それほど大きく遅れたわけでもないのにと舌打ちしながら、文吾は観音殿を離れ、池に沿って歩き始めた。すぐに都に戻るには体が疲れすぎている。どこかで休憩したかった。

（む？）

文吾が立ち止まる。東求堂《とうぐどう》の陰から猫背の老人が姿を現した。焙烙《ほうろく》頭巾を被り、覆面布で顔を隠している。その怪しい出で立ちを見て、文吾は、自分が探している相手ではないかと思った。

更に、その老人が左足を引きずっているのを見て、

（これは間違いない）

と確信した。黒田《くろだ》官兵衛《かんべえ》である。

文吾の変装も拙《つたな》いが、官兵衛の変装もひどい。猫背になり、髪を白く染めて老人の振りをしているだけだ。元々、すれ違った者がぎょっとするほど醜い顔をしているから、顔そのものに手を加えることもできず、仕方なく覆面布で顔を隠しているのだろ

うが、かえって異様な雰囲気を醸《かも》し出している。

官兵衛は軽く顎をしゃくると、庭園の奥に入っていった。文吾は池を回り、官兵衛の後を追って小道を辿る。茂みの中の腰掛けに官兵衛が坐っている。

本当であれば、官兵衛は備中で毛利軍と対峙している秀吉のそばにいるはずである。密かに都に戻ることを紹巴と文吾が知ったのは昨日のことで、夏南が伝書鳩で知らせてきた。鳩の脚に結びつけられた短い手紙には、官兵衛が都に向かっていることと、明日の午後、文吾か紹巴のどちらかが慈照寺の観音殿のそばに出向いてほしいということが記されていた。

できれば紹巴が足を運ぶ方がよかったが、近衛邸だけでなく、紹巴の屋敷も藤林の忍びたちに見張られており、その監視網をかいくぐって東山までやって来るのは容易なことではない。今や百地丹波《たんば》は里村紹巴として生きている。紹巴は名士である。公家や大名とも自由に往来できる立場にある。その名前と立場を、そう簡単に危険にさらすわけにはいかなかった。それ故、文吾がやって来たわけであった。

「今日中に上様が安土から上洛なさると聞いた。ということは、明日の茶会は予定通りに行われるのだな？」

官兵衛が文吾に訊く。

「そう聞いております」

「相国さまは覚悟を決められたか？」

「口では、そう申しておられますが、その話になると、顔色も悪くなり、顔から汗をだらだら流すような有様で、正直なところ、わたしも心配です」

「無理もない。武家とは違う」

「明日は、わたしが相国さまのお供をして本能寺に参ることになっています」

「おまえが？」

官兵衛が怪訝な顔で文吾を見る。

「一服盛ることに成功したとしても、相国さまが怪しまれることになり、その場にいる警護の武士に捕らえられるか、あるいは、斬られることになるかもしれませぬ。相国さまは、そのことをひどく怖れておられるので、わたしがおそばに……」

「上様が血反吐《ちへど》を吐いて倒れたら、次は、おまえの出番ということか。蘭丸を始めとする小姓共を血祭りに上げるのだな」

官兵衛が口許を歪めて、にやりと笑う。自分は秀吉に仕えているのであって、信長に仕えているのではない、というのが官兵衛の本心だ。信長にも、その側近たちにも冷ややかな感情しか抱いていない。文吾が信長の小姓たちを斬殺することを想像してほくそ笑んだのは、そういう理由であった。

「それがうまくいけば、わしの出番はない。そうなってくれれば、ありがたい。殿が危ない橋を渡ることもなくなる」

「筑前さまがですか？」

「殿は毛利と和睦の話し合いをしているところだ。毛利もその気だから、あとは高松城の始末さえつけば、すぐに決着するだろう。上様が死んだという知らせが届いたら、直ちに軍勢を率いて都に戻ってくる。それ故……」

官兵衛が文吾を睨む。

「決して粗漏があってはならぬのだ。上様が生き長らえることとなり、わが殿が密かに毛利との和睦を進めていたことが知られれば、羽柴一族は皆殺しにされる。言うまでもなく、黒田一族も運命を共にすることになる」

「わが百地党も命懸けで事に当たっておりまする」

文吾が言うと、官兵衛は、ふんっと鼻を鳴らし、当たり前ではないか、とつぶやく。

「毒殺が失敗したら、すぐに次の手を打たなければならぬ。手筈通りに進んでいるか？」

「はい。しかしながら……」

「何だ？」

「これでうまくいくのでしょうか？　相国さまが中将殿の謀叛を後押しする……そん

な疑いを抱けば、今夜にでも信長は中将殿を本能寺に呼びつけて、謀叛の真偽を問い質《ただ》すのではありませんか？　そうすれば、すぐに……」

「嘘だとばれると心配しているのか？」

「そうなれば、茶会も中止となり、相国さまが捕らえられるのではないか、と」

「おまえは上様の気性をわかっておらぬのだ。あの御方は、自分がほしいと思ったものは、どんな手を使ってでも手に入れようとする。明日の茶会はどんなことがあっても開こうとするはずだ。なぜなら、それこそが帝を譲位させる布石となるからだ。相国さまを捕らえたりすれば、帝も公家どもも右往左往の大騒ぎになり、譲位の打ち合わせどころではなくなる。それ故、何があろうと、上様は茶会を開こうとするであろうし、どれほど相国さまを疑おうとも決して無体なことはしないはずだ。少なくとも譲位の話し合いがつくまでは、な」

「そういうものですか……」

「中将さまの謀叛を疑えば、おまえの言うように、本能寺に呼びつけて、どういうことだと問い質すに違いない。中将さまは知らぬ存ぜぬで通すであろう。何も知らず、身に覚えもないのだから、そう言うしかあるまい。普通であれば、ああ、そうか、おまえを疑ってすまなかった、と落着するところだが、上様は、そういう普通の御方ではない。恐らく、中将さまが何も知りませぬと強情に言い張れば言い張るほど、上様の疑いは濃くなるはずだ。もし織田家の武将が同じような疑いをかけられたら、その場で手討ちにされてもおかしくはない。しかし、相手は中将さまだから、さすがに手討ちにはできぬ。疑心暗鬼になるであろうな」

「で、どうなるのですか？」

「都のあちらこちらにいる中将さまの手勢を掻き集めれば二千ほどにはなろう。一方、上様は、わずかの手勢で上洛なさる。恐らく、本能寺には百にも足りぬ武士しかおるまい。中将さまが謀叛しようと思えば、本能寺を囲んで上様を討ち取ることは、さして難しいことではない。誰にでもわかる理屈だ。となれば、上様はどうなさるか……」

官兵衛は口をつぐんだ。文吾は、話の続きを待ったが、それきり官兵衛は黙り込んでしまった。文吾のことなど忘れてしまったかのように一心に物思いに耽っている。


五月二十九日。夕方。

わずか三十人の近臣を従えて、信長が安土から上洛し、本能寺に入った。去年の三月以来、久し振りの上洛であった。

本能寺を宿舎とするに当たっては、元から存在する寺の建物を利用するのではなく、信長のために新たに造営された建物を利用している。それらの建物は本堂の北側に造営され、主なものは主殿、台所、式台、常の間、会所、長局《ながつぼね》などである。このうち、勅使を迎えたりする儀礼的な場所が主殿、信長が日常生活をする場所が常の間、女房たちの住居が長局である。これらを総称して御座所と呼ぶ。

信長は常の間に腰を落ち着けると、すぐに森蘭丸を呼んだ。

「道具は無事に着いているのだな?」

何よりも茶道具のことが信長は気になるらしかった。

「箱に納めたまま、本坊主殿に並べてございます。上様のお指図をいただければ、すぐにでも明日の支度に取りかかるつもりでおりまする」

茶会は御座所ではなく、本能寺の建物で行う予定になっており、本坊主殿を中心に、それに附属する建物群が会場になる。

「大儀であった。さぞ、気を遣ったことであろう」

「ありがたきお言葉でございます」

蘭丸が平伏する。

「茶会の指図は後でするとして、他に、わしが聞いておかねばならぬことはないか」

「いくつかございまする」

「申せ」

「中将さまが都に残っておられます」

「ん？」

信長が怪訝な顔になる。

「城介《じょうのすけ》が都に？　まさか、家康め、わしに気を遣って出立を延ばしたのか」

「いいえ、そうではなく、徳川殿は予定通り堺に向かいましたが、中将さまは都に……」

「家康の道案内役として堺に行くように命じたにもかかわらず、勝手に都に残ったというのか。わしの命令に逆らって」

信長の額に青筋が浮かび、それが、ぴくぴくと小さく震える。頭に血が上った証拠であった。

「呼べ！　すぐに城介をここに呼ぶのだ」

「上様が本能寺に入ったことは、中将さまにも知らせてございますれば、間もなく、ここに来られましょう」

「城介め、わしの命令に逆らうほどに慢心しておるのか。正直に申せ、お蘭」

「決して、そのようなことはないと存じます」

「庇《かば》うことはない。まあ、よいわ。目と鼻の先の妙覚寺にいるのだ。すぐに城介も来るであろう。本人に問い質す方が早い。他には？」

「徳川殿は堺に向かった由にございますが、服部半蔵とその配下の忍びが都に残っておりまする」

「あの男は家康を守るために三河からついてきたのであろう。なぜ、都に残る?」

「百地党の動きに目を光らせているのではないか、と孔雀王が申しました」

「わからんな。なぜ、服部半蔵が百地党の動きを気にするのだ? もちろん、家康が気にしているのだろうが……」

「朝廷と百地党の動きを探ることを上様が命じてから、かれこれひと月以上も経とうかというのに、いまだにこれといった報告がありませぬ。服部党に後れを取るようなことになれば覚悟せよ、ときつく孔雀王に申し伝えました。そのせいかどうか、このようなものを手に入れて参りました」

蘭丸が懐から油紙に包まれた書状を取り出して、信長に差し出す。

「それは?」

「恐らく、百地の忍びであると思われますが、相国さまの屋敷から密かに抜け出し、どこかに書状を届けるつもりだったとのこと。その忍びを生け捕りにしようとしたものの、思わぬ邪魔が入って逃げられたそうですが、この書状だけは手に入れた……言い訳がましく孔雀王が、そのように申しておりました。何でしたら、この場に呼んで、本人から説明させますが?」

「まずは、読んでみよう」

信長はうなずくと、油紙から手紙を取り出して読み始めた。

同じ頃……。

亀山城では明智光秀が落ち着かない足取りで歩き回っていた。もっとも、忙しげなのは光秀だけではない。城の者たちは誰もが忙しそうに立ち働いている。

信長が上洛したことは光秀にも知らされており、そうなれば、いつ出陣命令が下されるかわからないから、いざというときに慌てないように、せっせと支度に励んでいるのだ。鉄砲の玉薬や弓矢、槍などの武器、食糧などは、すでに数日前から順繰りに西国に送り出しているものの、まだ蔵には多くの物資が残っている。

光秀は、家臣だけでなく、近くの農村から人夫として駆り出されてきた百姓たちにも親しげにねぎらいの言葉をかけてやった。いつもながらの光秀の姿であった。

光秀の表情は穏やかで、口許には笑みを浮かべているが、それは作り笑いに過ぎない。その証拠に、周囲に人がいなくなった途端、むっつりとした物憂い顔になる。

（いったい、どうなるのか……？）

光秀が紹巴から聞かされた計画では、上洛した信長を信忠が捕らえて三河に追放し、それと同時に朝廷が信忠を征夷大将軍に任じるという流れになっている。それが事実なのかどうか、光秀には確かめる術《すべ》がない。光秀にできることは、どんな些細な情報も見逃さないように、都の動きに神経を尖らせることだけであった。

光秀にとって衝撃だったのは信忠が都に残ったことだ。当初、光秀自身が家康の饗《きょう》応《おう》役を務めていたから、信長がどういう風に家康をもてなすつもりなのか十分に承知している。織田の家督を継いだ信忠が、家康の道案内役として都から堺に同道するのは、信長が示す最大限の厚意のはずであった。それが突然、予定が変わり、家康だけが堺に向かった。これは、どういうことなのか……光秀は気になって仕方がない。信忠の行動は家康と示し合わせてのものなのか、それとも、謀叛の動きに気付いた信長が信忠を足止めしたのか。しかし、信忠を糺《ただ》すつもりならば、なぜ、信長は、わずかの手勢を率いただけで上洛したのか……。

それとも、信長は何も気付かないままに上洛したのだろうか。明日は本能寺で茶会が開かれ、大勢の公家が招かれるというが、それは予定通りに行われるのだろうか。信長が油断しているとすれば、それこそ信忠の思う壺であり、今夜にでも、信忠が本能寺を奇襲する可能性すらあるのではないか……。

賢く、頭の回転の速い男だけに様々な可能性を想像することができるものの、情報が乏しすぎて、現実がどう動いているのか判断できなかった。

(わしは、どうすればいい?)

紹巴からは、都で争乱が起こったら、直ちに兵を率いて駆けつけて御所を守護してほしい、という近衛前久の依頼を伝えられている。その依頼に光秀は何の返事もしていない。

それも当然で、もし都で争乱が起こったら、信長から出陣命令が下るはずであった。信長と信忠の争いであれば、信忠から命令が下ることも考えられる。その場合、自分はどちらの命令に従えばいいのか……その決断が光秀と、光秀の一族、家臣たちの運命を決めることになる。選択を誤れば身の破滅だ。

（ああ、何事も起こらぬうちに、さっさと備中に向けて出立したいものよ）

光秀は、そう願わずにいられなかった。


その夜……。

信長は常の間にいた。

他にも、信忠、森蘭丸、京都所司代・村井貞勝の三人が顔を揃えた。まず、明日の茶会の段取りについて蘭丸が説明する。事前に信長と打ち合わせた内容の最終確認といったところだ。茶会といっても、明日は安土から運んできた数々の名器の披露会という意味合いが強く、一般的な意味での茶会は明後日、招待客を絞って開かれることになっている。その説明が終わると、

「父上、二人だけで相談したいことがございます」

と、信忠が膝を進めた。

「まあ、待て」

信長が右手を上げて信忠を制し、面白いものを手に入れたと言い、蘭丸に小さくうなずく。蘭丸は信忠ににじり寄り、その前に書状を置く。信忠は怪訝な顔で書状を手に取って読み始める。ほんの一瞬、驚いたように両目が大きく見開かれたものの何も言葉を発せず、黙ったまま、その書状を村井貞勝に渡した。貞勝は畏《かしこ》まって書状を受け取ると、書状に目を落とす。すぐに、その口から「げ」という声が洩れた。

「こ、これは……?」

顔から血の気が引いて真っ青になっている。

「わたしが謀叛を企んでいるとお考えなのですか?」

信忠が真正面から信長の目を見つめる。落ち着いた物言いで、その言葉には動揺や驚きの色はない。むしろ、突き放したような冷たさが感じられるほどだ。

「ふんっ、それは偽物よ。そんなものに騙されるほど、わしは愚かではない」

「ご存じなのであれば、わざわざ見せずともよいものを」

「たとえ偽物だとしても、いかにも本当らしく思えるではないか。汝は、わしの命令に従わず、勝手に都に残った。わしはわずかの手勢しか連れておらず、汝の手許には多くの兵がいる。その気になれば、すぐにでも本能寺を囲むことができる」

「上様、そのようなことを……」

有能な官僚として都の市政を担当し、常に沈着冷静な態度を崩さない村井貞勝がこのときばかりは、動転し、うろたえていた。ちらりと横目で蘭丸を見たのは、

(何とかせぬか)

という苛立ちの表れであった。信長と信忠の親子喧嘩を仲裁できるのは、信長の信頼が厚く、深く寵愛されている蘭丸以外にはいないと思ったからだ。

しかし、蘭丸は目を伏せたまま黙り込んでいる。

「謀叛を企んでいるのならば、ここにやって来たりしませぬ」

「ならば、なぜ、都に残った？　三河の弟をねぎらうより大事なことがあるのか」

「伏してお願いいたします。どうか征夷大将軍になって幕府を開いて下さいませ」

「将軍になるつもりはない、そう申したはずだぞ」

「父上がなさろうとしていることは、新たなる戦国の世を生み出すことでございますぞ」

「なるほど、そういうことか。まずは、わしの説得を試み、それがうまくいかぬときは本能寺を囲もうというのだな？」

「父上のお言葉とも思えませせぬ」

信忠が顔を顰《しか》める。

「それほど疑うのであれば、ここに相国さまをお連れすればよいではありませんか。わたしと相国さまを並べ、この書状に記されていることが真実であるかどうか、吟味なさって下さいませ」

「面白い趣向だが、それは無理というものよ。相国さまを脅かすような真似をすれば、公家どもが大騒ぎをして明日の茶会が流れるだけでなく、帝の譲位を話し合うこともできなくなる」

「ならば、どうなさるのですか？　わたしを手討ちになさいますか」

「何もせぬわ。これが偽物だということは、わかっている。気に入らぬのは、わしらの諍《いさか》いが世間に知られているということだ。そうでなければ、このようなものが出回るはずがない」

「わたしに、どうせよと申されるのですか？」

「おとなしく、わしに従えばよいのだ。簡単なことではないか」

「わかりませぬ……」

信忠が溜息をつく。

「父上は偉大な御方でございます。長く続いた戦国の世を終わらせ、天下をひとつにされようとしておられる。ようやく、そこまで辿り着いたというのに、なぜ、ご自分の手で新たなる災いの種を蒔《ま》こうとされるのか……それがわからぬのです」

首を振りながら、信忠が腰を上げようとする。

「帰るがよい。頭を冷やして、よく考えよ。明日の茶会に遅参してはならぬぞ。二度と勝手な振る舞いをすることは許さぬ」

信長がぴしゃりと言う。


その夜……。

家康は堺にいた。松井友閑《まついゆうかん》の饗応を受け、酔っ払って顔を赤くして寝所に引き揚げた。布団に体を横たえて目を瞑っていると、

「申し上げます。服部殿が目通りを願っております」

宿直番《とのい》の武士が襖越しに声をかける。

「通すがよい」

体を起こし、水差しを手に取る。水を飲んでいるところに服部半蔵が現れた。

「そこに坐れ。足を崩して構わぬぞ」

埃にまみれて、疲れ切った顔を見れば、半蔵が都から馬を駆けさせてきたことは家康にもわかった。よほど大事な用件に違いないと察した。そのようなときに堅苦しい儀礼など無用だと家康は心得ている。

「畏れ入りまする」

半蔵があぐらを掻いて坐り込む。遠慮する余裕もないほどに疲れていた。

「飲むか？」

家康が水差しを半蔵の方に突き出す。

「それとも酒がよいか」

「水をいただきまする」

半蔵は水差しを受け取ると、ごくごくと喉を鳴らして水を飲む。たちまち水差しが空になる。

「もっと持ってこさせよう」

「いいえ、もう十分でございます」

「ならば、聞こう」

家康が目を瞑る。

「はい……」

半蔵は、近衛前久の屋敷を抜け出した文吾が藤林の忍びに襲われて密書を奪われたこと、生け捕られそうになった文吾を半蔵が助けたこと、その密書が本能寺の森蘭丸のもとに届けられたらしいこと……それらのことを淡々と語った。

「やはり、噂に間違いはなかったようでございますな」

「うむ、そのようだな」

家康がうなずく。浜松を出立するとき、百地党の生き残りが信長の暗殺を企んでおり、それに朝廷も関与しているらしい、という噂を半蔵から耳打ちされている。家康は、その噂を無視した。聞かなかったことにして、知らん顔を決め込んだ。

だが、半蔵の話を聞けば、それが根も葉もない噂などでないことは明らかであり、何らかの陰謀が都で進行しているのは間違いないと家康は直感した。そうなれば、もはや、家康としても無視することはできない。

「して、その伊賀者、密書を誰に届けるつもりだったのだ？」

「妙覚寺と聞きました」

「何と、中将殿のもとに？」

家康が目を開けて、まじまじと半蔵を見つめる。まさか中将殿が暗殺に与しているというのか、馬鹿な、それでは謀叛ではないか、あり得ぬ、とても信じられぬ……盛んに首を振りながら、口の中でつぶやく。

「そう簡単に信じられることではありませんが、それが本当であれば、中将さまが都に残ったのは、そのせいだとも考えられまする」

「ふうむ……」

百地党と朝廷が信長の暗殺を企んだとしても、どうせ成功するはずがないと家康は高を括《くく》っていたが、信忠の関与が事実だとすると、

（万にひとつ、うまくいくかもしれぬな……）

という気がしないでもない。

しかし、所詮は、万にひとつという際どい話に過ぎない。信長が死んでくれれば家康にとってもありがたいが、だからといって、積極的に陰謀に与したいとは考えなかった。陰謀が失敗したときの信長の憤怒と、陰謀に荷担した者たちへの報復の凄まじさを想像するだけで身の縮む思いがするからであった。

「ひとつだけ気になることがございます」

「言え」

「わたしの目には文吾が、藤林の者たちを誘っているように見えたのです」

「おかしいではないか。その忍びは自ら命を絶とうとしたのであろうが。それ故、汝が救ってやった、そう申したではないか」

「誘いはしたが、捕らえられるつもりはなかったのではないか、わざと密書を奪われるように仕向けたのではないか……そんな気がするのです」

「わざと？」

「密書は森蘭丸の手から上様のもとに届くことになりましょう。その密書を読めば、上様は中将さまと相国さまが悪巧みをしていると信じるやもしれませぬ」

「そのようなことはあり得ぬ」

家康が首を振る。

「中将殿を本能寺に呼んで、身に覚えがあるかどうか確かめればいいだけのことではないか。嘘など、すぐにばれる」

「そうだとしても、一片の疑いが心に残るはず。相国さまと百地党の繋がりは、今更、隠しようもないことでございます。そこに中将さまを巻き込もうとするのは……」

信忠に疑いの目を向けさせることで、他の誰かから信長の目を逸らさせようとしているのではないか、と半蔵は言った。

「相国さまと百地党以外に、この件に関わっている何者かがいるというのか？　しかし、そんな大それたことに与しようとする者は都の近くには……」

家康がハッとする。

「まさか、惟任殿か」

「確かに、亀山城におられる惟任さま以外には、都のそばで大軍を動かすことのできる武将はおりませぬな」

「惟任殿が朝廷を敬う心が篤いことは知っておるが、だからといって、上様に弓引くような大それたことをするような人柄とも思えぬがのう」

「あり得ぬことでございましょうか？」

「ふうむ、どうであろう……」

家康は小首を傾げながら、近い将来における郡県制度施行について安土城で信長から聞かされたことを思い出した。家康に話すほどだから、すでに織田家の主立った重臣たちの耳に入っていると考えるべきであった。長年にわたって忠実な同盟者であり続けた家康ですら身の危険を感じ、徳川家の行く末に不安を抱くほどだから、織田家の重臣たちが自分たちの将来を危惧したとしても不思議ではない。

(光秀も領地を取り上げられることになる。さぞや、心配でたまらぬであろう。魔が差して、うかうかと朝廷の誘いに乗ってしまわぬとも限らぬ……)

どうせ謀叛するのなら、ぜひ、成功させてもらいたいものだ、と家康は思った。郡県制度が施行され、先祖代々の土地を召し上げられることになれば、たとえ家康が忍従したとしても、配下の三河武士どもが黙ってはいないであろう。勝算などなくても織田軍と一戦交えようとするに違いなく、それを家康が止めようとすれば、家康すら殺してしまうであろう。まだ若い頃、三河で大規模な一向一揆が起こり、多くの家臣が家康を見限って一揆に与するという苦い経験をしている。先祖代々の土地と家康への忠誠心を秤にかけられれば、またもや家康が家臣に捨てられてしまう可能性は高い。だからこそ、そんな悪夢が現実になる前に信長には消えてほしい、と願わずにいられなかった。

「これより都に戻りまする」

一礼して、半蔵が下がろうとする。

「待て」

家康が止める。

「都には戻らずともよい」

「は？」

「他に頼みたいことがあるのだ」

難しい顔つきで、家康が言った。

五月二十九日の夜が更けていく。

旧暦には大の月と小の月があり、この年の五月は小の月なので二十九日までしかない。

従って、二十九日の翌日は六月一日ということになる。現在の新暦で言えば六月三十日、雨の多い梅雨どきである。

第三部　信長の二十四時間

六月一日。払暁《ふつぎょう》。

まだ暗いうちに近衛前久《このえさきひさ》は起床した。公家というのは早起きだが、今日の前久はいつも以上に早起きだった。それもそのはずで、昨夜はほとんど眠ることができなかったのである。

板戸を開けるように小者に命じると、前久は体を起こして姿勢を正し、雑念を払って、属星《ぞくしょう》の名前を七回唱えた。属星というのは自分の運命を司るとされる星で、その人の生まれた年によって決まっている。天文《てんぶん》五年（一五三六）の干支《えと》は丙申《ひのえさる》で、この年に生まれた前久の属星は廉貞星《れんていせい》になる。次に、前久は手鏡を出して自分の顔を見た。肌の張りや色艶、吹き出物や染みをひとつひとつ確認して体調の変化を探る。毎日の習慣だから、いつもと違ったところがあれば、すぐに気が付く。

（あかんわ……）

前久は溜息をついた。肌艶も悪く、目も腫れぼったい。ここ数日、ろくに眠れず、食事も喉を通らないせいであった。特に今日はひどい。

鏡をしまうと、具注暦《ぐちゅうれき》を取り出して文机《ふづくえ》に向かう。具注暦は、毎年、陰陽寮《おんみょうりょう》の暦博士が作成して公家に配る。その日の日付のある頁を開くと、一行目にその日の吉凶が記されている。二行目と三行目は空白になっていて、ここに前日の日記を書く仕組みになっている。

（やっぱり、あかんがな……）

前久の表情が歪む。今日の運勢は凶であった。こういう日は外出せず、客に会うことも控えて、屋敷でおとなしく過ごすべきであった。

しかし、そうもいかない事情がある。今日の前久の働き如何で朝廷の運命が決まる。たとえ己が厄災に見舞われることになろうとも外出しなければならなかった。

具注暦を閉じると、前久は気を取り直して洗面を始める。それから極楽浄土があるという西方に向かって仏名を唱え、神仏の加護を願う。それが済むと、もう一度、文机に向かって具注暦を開く。昨日の日記を書くためであった。その頃になると、庭から雀の鳴き声が聞こえ、部屋に朝日が射し込んできた。

本当のことなど書けるはずがないから、日記には埒《らち》もないことを書いた。信長の暗殺に成功したら、もう少し詳しいことを書き足そうと決めて具注暦を片付ける。女房が運んできた粥を食べながら、沐浴《もくよく》の支度をするように女房に命じた。

「え？　よろしいのですか」

女房が驚いたような顔で前久の顔を見たのは、今日が沐浴の日ではないと承知していたからだ。公家というのは、体を洗うのも爪を切るのも、すべて占いによって日を決める。勝手に予定を変えて運勢が変わるのを怖れるからだ。

「ええんや」

半ば捨て鉢な気持ちで前久はうなずき、

「どうせ……」

と言って、口を閉ざした。女房は、その言葉の続きを待ったが、いつまでも前久が黙りこくっているので、

「では、お支度を」

と腰を上げた。

どうせ本能寺で死ぬかもしれんのや、そうなれば、この屋敷に戻ることもない、予定を変えて沐浴したことで明日の運勢が悪くなったとしても、そんなことを気にする必要があるかいな……そう言いたかったが、咄嗟《とっさ》に言葉を飲み込んだのである。

前久が呆《ほう》けたように文机の前に坐り込んでいると、

「相国《しょうこく》さま」

と背後から声をかけられた。

前久は振り返らない。それが文吾《ぶんご》の声だとわかっている。文吾は、今日の茶会に前久の供として付き従うことになっているのだ。

「ゆうべ、あまり眠れなかったようですが、大丈夫でございますか？」

「まろを見張っとったな」

前久が体を文吾に向け、じろりと睨む。文吾が本能寺に供をするのは、前久を守護するためだと紹巴《じょうは》は言ったが、

（それだけやないな）

と、わかっている。前久が腰砕けにならないように見張るために違いなかった。

昨日の朝、文吾は変装して屋敷から出ていき、日が暮れてから屋敷に戻った。どうやって屋敷に戻ったのか、前久にはわからなかった。表門から堂々と戻ったのでないことだけは確かだった。前久に挨拶すると、また姿を消した。屋敷のどこかに隠れ潜んで、こっそり、前久を見張っていたのであろうが、前久が薄気味悪く思ったのは、文吾の気配すら感じなかったことである。

（伊賀《いが》者は得体《えたい》が知れんで）

前久は微かな不快を感じた。

「今日の運勢はひどく悪い。明日の方がええんと違うかな」

さりげなく前久は切り出した。

本能寺における茶会は六月一日と六月二日の二回予定されている。一日の茶会には四十人ほどの公家が招かれており、これは茶会というより、信長《のぶなが》が安土《あづち》から運ばせた数多くの名器を披露する集いという色彩が強い。

紹巴の計画では、信忠《のぶただ》の任官を餌として信長の気を引き、信忠を亭主として濃茶《こいちゃ》をいただくという趣向を演出する。そうなれば、太政大臣たる前久が正客になり、前右大臣《さきの》・信長が次客になる。その席順を利用して信長に毒を飲ませようというのだ。しかし、四十人もの招待客がいる場で、そんな手の込んだことができるものかどうか、前久は不安だった。二日であれば、招待客も限られており、最初から少数のこぢんまりとした茶会になるはずだから、信忠を亭主に据えて濃茶をいただくのも、さして難しくないのではないか、と前久は口にした。

「それは……」

文吾は苦笑いした。嫌なことを先延ばしにしたいという前久の魂胆が見え透いていた。要は、臆病風に吹かれて腰が引けているのだ。しかし、さすがに、そんなことを口にすることはできないから、

「仰せの通りではございますが、そうなれば、何もかも相国さまお一人で片付けなければならぬこととなりますが、それでもよろしいのですか?」

文吾は、やんわりと前久の恐怖心を刺激した。

限られた客だけが招かれるこぢんまりした茶会ともなれば、茶室に入るのは亭主と客だけであり、文吾が前久のそばにいることは不可能になる。それは、信長の毒殺に成功したとき、前久の周りにいるのは敵ばかりになることを意味する。大人数の茶会であれば、狭い茶室を使うわけにはいかず、書院か広間を使って何人かずつに分かれて茶を喫するという趣向になるはずであり、それならば、いざというとき、文吾もすぐに前久のもとに駆けつけることができる。

だからこそ、信長を毒殺するのは六月一日の茶会でなければならない、と前久も紹巴から説明されたはずであった。そのときには納得したものの、文吾が推察したように、無意識のうちに厄介事を先送りしたいという気持ちが働いてしまうらしかった。

「そ、それは困るやないか……」

前久がうろたえる。

「ならば」

文吾がじっと前久の顔を見つめる。

「今日、やるしかございませぬな」

「う、うむ……。そうやな。やはり、それしかないやろな」

前久が額の汗を拭う。

「例の物、お預かりいたします」

「濡れているところが毒の染みこんでいるところでございまする。それ故、こうして

「茶碗を拭うとき、わしの手にも毒がつかんやろか？」

「はい」

「その茶巾で茶碗を拭って、信長はんに死んでもらうのやろ？」

前久は茶巾を文吾に渡しながら、

「結構や。文吾に任せる」

「それとも、相国さまご自身の手で茶巾に毒を染みこませて下さいますか」

「茶巾もか？」

「茶巾も預からせていただきまする」

から渡された毒薬である。

前久は顔を引き攣《つ》らせると、手箱から小さな袱紗《ふくさ》袋を取り出して文吾に渡す。紹巴

「ひ」

……」

「万が一、相国さまの懐で毒薬が袋からこぼれたりすれば、お命に関わりまする故

「何や？」

「相国さまの持ち物は、供の者が持たねばなりませぬ。それに……」

「おまえが持っていくいうんか？」

「……」

文吾は、茶巾をふたつ折にして前久に示す。

「乾いたところで濡れたところをつかみ、手早く茶碗の縁を拭うのです。そうすれば、乾いたところに毒が滲んでくる前に茶巾を片付けることができましょう」

「なるほど、手早くか……」

「しかしながら、気持ちが急《せ》いてしまうと、茶碗に毒が薄くしかつかぬことになってしまいます。それ故、茶碗を拭うときに、一度、ぎゅっと強く茶巾を握って毒を絞り出して下さいませ」

「ぎゅっと強くなあ……」

前久は、あまり気乗りしない顔つきだ。

「やるからには、必ずや信長を殺さなければなりませぬ。毒が足りずに信長が生き長らえるようなことになれば……」

最後まで口にせず、文吾は上目遣いに前久を見た。

「信長はんの怒りをまろがまともに浴びることになるわけやな」

「生きたまま地獄の責め苦を受けることになりましょう」

「余計なことを言わんでええわい」

前久が溜息をつく。

同じ頃……。

森蘭丸《もりらんまる》も夜明け前から忙しく動き回っていた。

あと二刻（四時間）ほどで客たちが本能寺にやって来る。四十人ほどの公家だけでなく、都の有力者たちも招かれているから、その数は優に百人以上になる。台所では、客たちに振る舞う料理の支度も進められている。

蘭丸は座敷や広間を回って、茶会の準備が万全であることを確認した。あとは、茶会で使う水と、広間に飾る生花の到着を待てばよかった。水も生花も新鮮でなければならないので、茶会の直前に用意するのだ。水は、洛中名水のひとつである柳水町の井戸から汲んでくるし、生花は、小紫陽花《こあじさい》、白桔梗《しろききょう》、夏椿、木槿《むくげ》を東山の菜園から摘んでくる。

（うまくいっている）

茶会の支度が信長の指示通りに順調に進んでいることに、蘭丸はほっとした。寝る間も惜しんで、この日の準備に没頭してきた蘭丸とすれば、ようやく肩の荷が下りる気持ちだった。

だが、まだ気を抜くことはできなかった。茶会の支度の他にも心配なことがある。

（上様にお会いせねば……）

蘭丸は信長の寝所に向かった。

信長は朝が早い。すでに身繕いも済ませていた。

「わしの方から呼ぶつもりでいた。茶会の支度は調《ととの》ったか？」

「は」

蘭丸が畏《かしこ》まって平伏する。

「あとは水と花が届きますれば」

「うむ、大儀であった。よう働いてくれたのう」

信長がにこっと笑う。

「上様」

「ん？　どうした、その顔は？　何か不手際でもあったのか」

眉間に小皺を寄せた深刻そうな蘭丸の顔を見て、信長が訊いた。

「そうではございませぬ。茶会の支度は調いましてございまする。しかしながら
……」

「申すがよい」

「あの密書のことが気になって仕方がないのでございまする」

「あれは偽物よ。ゆうべ、城介《じょうのすけ》と直に話して、はっきりわかった。謀叛など企んでおらぬ」

「たとえ偽物だとしても、それを拵《こしら》えた者がいるはずでございまする。しかも、偽物を携えていたのは伊賀者であり、その伊賀者は相国さまの屋敷から出てきた……そう孔雀王《くじゃくおう》は申しました」

「ふうむ、相国さまが黒幕か。もう少しすれば、ここに相国さまも来られる。あの書状を相国さまに見せてみるか。さてさて、どんな顔をなさるかのう」

信長が愉快そうに笑う。

「上様……」

蘭丸は困惑している。

「心配せずともよい。決して油断しているわけではない。だが、公家どものことは、よう知っておる。あの者たちには知恵がある。ただの知恵ではないぞ。悪知恵よ。しかしながら、力がない。刀も持てず、血を見れば腰を抜かすような輩に過ぎぬ。公家どもにできるのは誰かを唆《そそのか》すことだけで、自分たちでは何もできぬのだ」

「そこまで見通しておられるのであれば……」

「去年、帝に譲位を申し入れたとき、公家どもは陰陽道を楯に譲位を拒みおった。まだ武田《たけだ》も滅ぼしておらぬときであったし、一年くらいならば待ってもよいかと考えた。この一年、公家どもが何もしなかったわけではない。諸国に伊賀者を走らせ、朝廷に味方するように頼んだ。武田、上杉《うえすぎ》、北条《ほうじょう》、長宗我部《ちょうそがべ》、毛利《もうり》……。勝家《かついえ》や猿のところにまで行ったらしい。光秀《みつひで》のところにもな。朝廷に手を差し伸べる者はいなかったが、わしは朝廷の動きを封じるために伊賀を攻め、伊賀の物の怪どもを皆殺しにしてやった。すべてを根絶やしにしたわけではないが、生き残っているのは、ほんの一握りの百地《ももち》党に過ぎぬ。今の朝廷に味方するのは、その者たちだけなのだ。偽りの密書でも拵えて、わしと城介の仲を裂こうとするくらいの知恵しか浮かばぬのであろうよ。それ故、朝廷など怖れることはない。その証拠に、太政大臣を始めとする百官が、ここにやって来る。朝廷がわしに膝を屈するということだ。帝が行幸を拒んだのは、最後の意地なのであろうが、そんな意地を通すのも、今日が最後になる」

「しつこいようでございますが、この密書の件、本当に公家と百地党だけの企みでしょうか？」

「何をそのように心配しておる？」

「上様の周りには、わずかの兵しかおりませぬ。あまりにも手薄ではございますまいか？　それが気になるのでございます」

「城介がわしを攻めるかもしれぬと疑っておるのか？」

「本能寺には百ばかりの兵しかおりませぬ。一方、中将さまは即座に一千を超える兵を集めることができますれば……」

「光秀がいるではないか。光秀が西に向かうのは明後日の夜明けであろう。今日と明日の茶会は何としても開き、相国さまに譲位の件を念押ししなければならぬが、それが済んでしまえば、わしもいつでも出陣できる。光秀と共に出発してもよいのだ。お蘭の言う通り、本能寺の守りは手薄だ。誰が見ても、そう思うであろうよ。公家どもを安心させるために、わざとそうしているのだが、今ならば、たやすく、わしを討ち取ることができると考える輩がおるやもしれぬな。人の心には、魔が差すということがある。子が親を討つという例も古今に多い。城介とて、わしを討つのがたやすいと思えば、魔が差して、兵を動かすかもしれぬ。だが、何の備えもないわけではない。わしも、それほど迂闊《うかつ》ではないぞ。もし怪しい動きがあれば、すぐにでも光秀を呼ぶ。光秀を亀山に足止めしているのは、そのためなのだからな」

「そこまでお考えでございましたか」

蘭丸は、信長に尊敬の眼差しを向ける。

「都に大兵を入れることを控える代わりに、亀山に惟任《これとう》殿を留め置くとは……。その言葉を聞いて安心いたしました」

ふと、蘭丸は小首を傾げ、

「これは思いつきに過ぎませぬが……」

「構わぬ。申せ」

「惟任殿が朝廷と、あるいは、中将さまと手を結ぶなどということは……。さすがに気の回しすぎでございましょうか？」

「光秀が謀叛するというのか？」

わははは、と信長は笑い、それはあり得ぬ、と首を振った。それから、わしに謀叛するとすれば、猿に違いない、と言った。

その言葉に蘭丸は驚き、

「そうでしょうか」

と怪訝な顔をした。秀吉《ひでよし》は、信長のご機嫌取りにすべての神経を使っているのではないかと思われるほどのおべっか使いである。口先だけのおべっかではなく、信長の子を養子にもらい受けるほど、そのおべっかは徹底している。とても信長に反旗を翻すほどの度胸があるとは蘭丸には思えなかった。それに今は遠い中国にいる。

「うむ、わしの方から備中《びっちゅう》の猿のところに出向こうというのだ」

「え、まさか……」

蘭丸の顔色が変わる。信長に援軍要請し、信長自身の出馬を請い願ったのは、備中に信長を誘《おび》き寄せて謀叛しようと企んでいるのではないか、と思い当たったのだ。それを口にすると、

「かもしれぬ」

信長はうなずき、誰でも心に魔が差すことがあるのだと繰り返し、それ故、どれほ

ど信頼している者であろうとも決して隙を見せてはならぬのだと言い、光秀だけでなく長岡《ながおか》、池田《いけだ》、中川《なかがわ》といった大名たちにも出陣を命じたのは、彼らが秀吉とは不仲で、間違っても秀吉に与して悪巧みすることなどないとわかっているからだと付け加えた。

蘭丸にとって意外だったのは、信長がそれほどまでに光秀を高く評価し、逆に、秀吉を警戒しているように感じられることだった。これまでの信長は、誰が見ても秀吉を寵愛し、それに比べれば、光秀など、ずっと低く評価されているようにしか思えなかった。

「時代が変わるのだ」

と、信長は言った。

絶え間なく戦乱が続いているときには、信長の手足となって労を惜しまず必死に働き、しかも、戦のうまい秀吉のような男が役に立った。

しかし、戦国の世が終わり、信長の手で新しい社会秩序が構築されるようになれば、何よりも行政能力に秀でた官僚が必要とされる。それが光秀や長岡藤孝《ふじたか》であり、しかも、この二人には公家たちとそつなく交際できる教養がある。

「では、たとえ諸大名が朝廷に領地を返上したとしても、惟任殿と長岡殿だけは何の心配もないということでございますか？」

「これからの時代になくてはならぬ者たちよ」

「そのことを惟任殿が知れば、さぞ、お喜びになりますでしょうに……」

「光秀には備中に向かう道々、話すつもりでおる。賢い男だから、わしの考えの正しさがわかるであろうよ」

「筑前《ちくぜん》殿は、どうなさるのですか？」

「まずは毛利を屈服させ、次は九州に渡って島津《しまづ》を倒す。その仕事には、猿ほどにふさわしい者はおるまい」

「九州が鎮まれば、その後は……？」

「そうよなあ……」

信長は、ふうむ、と思案し、

「二万ほどの兵を与えて海を渡らせてみるか。あの男ならば、朝鮮の国をひとつかふたつくらい、たやすく刈り取ってしまうのではないか」

「朝鮮、でございますか？」

「なかなか、よい考えだとは思わぬか？」

信長が愉快そうに笑い声を上げる。よほど機嫌がいい証拠だった。

六月一日。早朝。堺。

家康《いえやす》の目覚めは、あまりよくなかった。ゆうべの酒が残っているせいでもあり、旅の疲れが蓄積しているせいでもあった。

浜松城を出発したのが五月十一日で、安土に着いたのが十五日。それ以来、ずっと信長による手厚い接待が続いている。接待攻めとでも言いたくなるほど、これでもかというくらい、連日、豪華な接待が続いているのだ。高級酒を飲み、山海の珍味ばかりを口にしているせいで、この半月で家康はかなり太った。太りやすいたちなので、浜松にいるときには鷹狩りをしたり、剣術に励んだりして、日々の鍛錬を欠かさないようにしているが、旅先では運動不足になりがちである。ろくに運動もせずに過度に飲食ばかりするから、どうしても太ってしまう。

客としてもてなされるだけだから気楽でいいかといえば、決してそんなことはなく、家康の動静は逐一、信長に知らされているとわかっているから、常に笑顔を保って、喜びと感謝を表現していなければならない。ちょっとでも退屈そうな顔をすると、同行する長谷川秀一《はせがわひでかず》が、どうなされました、何かお気に召しませぬか、と騒ぎ立てる。長谷川秀一にしても、家康をしっかりもてなすように信長から厳命されているから、家康を楽しませようと必死なのだ。

そういう長谷川秀一の立場もわかるし、家康の方にも、たとえ本心は違っていても、この旅を心から楽しんでいるように演じなければならない理由があった。安土城で信長から、徳川《とくがわ》の領地を朝廷に返上してもらうことになる、と聞かされたばかりだから、万が一、家康が不機嫌そうな素振りでも見せれば、

（家康め、やはり、心の底では、わしの考えに賛同していなかったのだな……）

などと信長に勘繰られ、妙な疑いをかけられないとも限らない。信長という強大な権力者とうまく付き合うには、そこまで気を遣わなければならないのである。それ故、家康は、安土でも、都でも、この堺でも片時も気を緩《ゆる》めることなく、常に己に緊張を強いていた。そんな旅が楽しいはずもなく、だからこそ、心も体も疲れ切っているわけであった。

昨日は、淀川を船で下って堺に入った。堺代官・松井友閑《まついゆうかん》が待ち受けており、夜には代官屋敷で松井友閑主催の宴があった。友閑は、家康が堺に滞在している間、誠心誠意、もてなすように信長から「賄方ノ儀《まかないがた》」を命じられている。

船旅に慣れていない家康は、淀川を下るときに軽い船酔いになり、船の中でずっと臥せていたこともあって、できれば早めに宿舎に引き揚げて休みたいのが本音だったが、そんなことを口にできる雰囲気ではなかった。結局、夜が更けるまで松井友閑や長谷川秀一に付き合って酒杯を傾けることになった。その酒がまだ残っていて、家康は目覚めが悪かったのである。

今日も朝から夜まで、びっしり予定が詰まっており、それを考えるだけで自然と溜

息が洩れる。あと半刻（一時間）ほどしたら、今井宗久《いまいそうきゅう》の屋敷に出向かなければならない。茶会に招かれているのだ。朝の茶会なので酒が出ることはないはずだった。午後には津田宗及《つだそうぎゅう》の屋敷で茶会がある。恐らく、茶の湯の後には酒宴になる。夜には、代官屋敷で松井友閑主催の茶会がある。当然ながら、茶の湯の後には酒宴が催されるであろうし、幸若舞《こうわかまい》が演じられるとも聞いている。

二日酔いで、ひどく喉が渇く。水差しを手にして、ごくごくと水を飲みながら、

（今日も長い一日になる……）

と、家康は物憂かった。

ふと、半蔵《はんぞう》は、うまくやっているだろうか、と家康は考えた。

実際のところ、都でどのような陰謀が進んでいるのか、家康にはわからないし、できることなど何もない。下手に関わって火の粉を浴びることだけは避けなければならなかった。

しかし、何も知らない振りをするというのは、手をこまねいて何もしないという意味ではない。自分の身を守る算段をしておかなければならなかった。もし都で何らかの大きな事件が起これば、堺に滞在している家康も否応なしに大きな渦に巻き込まれるに違いないからであった。そのために、昨夜、服部《はっとり》半蔵を都ではなく、別の場所に向かわせたのだ。

本能寺の周辺には町家がほとんどない。森と畠に囲まれており、しかも、寺の敷地内に竹藪が多いので、あたかも森の中に寺が埋もれているかのように見える。

日中でもほとんど人通りのない淋しい場所だが、この日ばかりは違った。表門は東側の西洞院通《にしのとういんどおり》に面しているが、門前に貴人を乗せる輿《こし》が密集し、身動きもできないような有様だった。輿の数は、ざっと五、六十ほどもあり、輿を担ぐ下人や輿に付き添う従者たちの数が、その十倍はいる。輿の列は、表門から南の四条坊門通まで連なっている。何しろ、病で外出できないような者を除いて、ほとんどすべての公家たちが本能寺にやって来た。近衛前久を始めとする五摂家からの出席者が七人、現職の大納言が七人、現職の参議・中納言が七人、それ以外に前内大臣、前大納言、前中納言といった面々が十九人もいる。公家の他にも、名のある僧侶や、京都や堺の大商人なども招かれているから、本能寺の門前が混雑するのも当然であった。

その中に文吾もいた。前久の輿に寄り添いながら、油断なく周囲に視線を走らせている。

（あそこにもいる。向こうにいるのも、そうだな。そして、あっちの方にも……）

輿を門の中に誘導する織田《おだ》の武士たち、それを手助けする本能寺の下男たち、あるいは、文吾と同じように公家の輿に従う者たち……そういう者たちの中に、さりげなく藤林《ふじばやし》の忍びが混じり込んでいることに文吾は気が付いた。なぜ、それが忍びだとわかるのかと問われても、文吾には答えることができないであろう。強いて言うならば、彼らが持っている独特の匂いを嗅ぎ分けられるとでも言うしかない。少なくとも、見た目だけでは、それが忍びだと判別することは不可能だった。一瞬の目つきや動作で、その者たちが常人ではないと文吾は見破ったのである。

しかしながら、文吾がたやすく見破ることのできる忍びなど、所詮、雑魚《ざこ》に過ぎない。恐るべき敵は孔雀王と藤林五人衆である。信長が主催し、数多くの名物を揃え、四十人にも及ぶ公家たちを招いた盛大な茶会ともなれば、藤林五人衆も、彼らを束ねる孔雀王も本能寺にいないはずはないが、その六人の姿を文吾は一人として見付けることができなかった。

孔雀王が見付からないのは不思議ではない。信長の近くにいるに違いないからだ。孔雀王が忍びとして優れているのは、妖術や運動能力、格闘術などという点ではない。妖術ならば、天竺斎《てんじくさい》や水蜘蛛《みずぐも》の方が巧みに使いこなすし、運動能力ならば、風笛《かざぶえ》や左文字《さもじ》の方が上だし、剣術や武器の扱いならば、犬笛《いぬぶえ》の技量が卓越している。

にもかかわらず、孔雀王が藤林の頭の地位にあり、信長から絶大な信頼を得ているのは、殺気を感知する能力が尋常でないからだ。そのおかげで、これまでに信長は何度も命拾いしている。

その中でも、元亀《げんき》元年（一五七〇）五月、鉄砲名人として天下に名前を知られていた杉谷善住坊《すぎたにぜんじゅうぼう》に狙撃されたときと、天正《てんしょう》九年（一五八一）十月、伊賀の敢国《あえくに》神社で楯《たて》岡道順《おかどうじゅん》に狙撃されたときの二回は、なぜ、信長が無事だったのか、周囲の者たちが驚いたほどに危険な状況だった。杉谷善住坊は空高く飛んでいく鳥をたやすく打ち落とすほどの名人であり、楯岡道順にしても、三十間《けん》（約五十メートル）先の小さな的を撃ち抜くことができるほどの手練《てだ》れだった。その二人が、至近距離から信長を狙いながら、信長にかすり傷を負わせることさえできなかったのである。狙撃を失敗した瞬間、善住坊と道順は奇しくも同じことを思った。すなわち、

（信長は魔物に違いない）

と背筋を震わせたのだ。魔物でなければ、弾丸に打ち倒されていたに違いなく、信長が人間ならば、その生涯は元亀元年五月に終わっていたはずなのだ。

しかし、実際は、そうではなかった。信長が魔物なのではなく、影のように信長に付き従っていた孔雀王が常人ではなかったのだ。信長が狙撃される寸前、孔雀王は善住坊や道順の殺気を感じ取り、素早く信長に知らせた。そのおかげで命拾いしたのが真相なのである。善住坊の狙撃から逃れて以来、信長は孔雀王に絶大な信頼を寄せるようになっている。

孔雀王の異常な能力を知っているから、文吾は、何ひとつとして武器を携えていな

い。本能寺を警戒する織田の武士たちや藤林の忍びたちに武器を見咎められたら、それが命取りになりかねないし、武器を身に付けて信長の姿を目にしたら、どうしても自分の体から殺気が漂い出てしまうとわかっている。信長の肉を食らい、血を啜《すす》りたいほどに憎悪しているのだ。わずかでも殺す隙があれば、己の意思に関わりなく、信長に襲いかかるかもしれなかった。そんなことになれば、すべてがぶち壊しである。だから、文吾は丸腰なのであり、憎しみで心が乱れぬように己を戒めている。

ようやく前久の輿が本堂の前に着いた。

「あーっ、うんざりするほど待たされたなあ」

ぶつくさ文句を言いながら、前久が輿を降りる。ここ数日、夜も眠れず、食事も喉を通らず、すっかり憔悴《しょうすい》しきっていた前久だが、いよいよ本能寺に向かうとなって腹を括ったのか、それとも、自暴自棄になっているのか、妙にさっぱりした表情である。

輿を担いでいた者たち、輿に従っていた者たちは、敷地の一角に設けられた待合所で茶会が終わるのを待つことになる。前久と共に本能寺に入るのは文吾だけである。これが、ごくありきたりの茶会であれば、供を連れ歩くことすら遠慮しなければならなかったはずである。

実際、招待客のほとんどは、輿を降りると、自分一人だけで本堂に入っていく。供を連れているのは、誰かの助けを借りなければ歩行がおぼつかないような老人くらいのものであった。それだけに前久が文吾を従えているのは目立ったが、つい最近まで公家の最高位・太政大臣という立場にいたことに遠慮するのか、それを咎めるような者はいない。

文吾を従えて、前久が本堂から本坊主殿へと渡っていく。

四畳半以下の茶室を小間、それより広ければ広間というが、当然ながら、この日は招待客が多いので広間が使われる。しかも、道具類を並べるのにひとつの広間では足りないのか、襖《ふすま》を取り払って、客たちが広間と広間の間を自由に行き来できるようにしてある。

茶会に招かれた客は、まず、広間の床正面に坐って、壁に掛けられた掛物を拝見する。掛物が茶会の主題を象徴するので、客はじっくりと掛物を吟味する。それから床に並べられている花や花入、香合《こうごう》を拝見するという流れになる。

ところが、前久が最初に入った広間には、横幅が三間以上もある大きな床があり、そこに三つの掛物が並んで壁に掛けられていた。これを見て、さすがに前久もぎょっとしたように顔を引き攣らせた。掛物は、趙昌《ちようしよう》の「菓子絵」、牧谿《もつけい》の「くわい」「ぬれ鳥」と、いずれも粒選りの名物だが、単に傑作を並べたというだけで、そこには何の主題も存在していない。名物同士が互いに個性を潰し合っているといってもいい。

統一性のなさは掛物だけのことではなく、花入にしても、青磁の「蕪無《かぶらなし》」「筒瓶青磁」「貨狄《かてき》」といった名物が並べられ、白桔梗、夏椿、木槿が生けられている。それは単に花入に花を生けたというだけに過ぎず、掛物と花入、花入と生花の間に何の繋がりも感じられなかった。

「…………」

滅多に見ることのできない名物の数々を前にして、前久は、しばし言葉を失った。

初めこそ、この常識外れの、あまりにも無造作な並べ方に何らかの信長の意図が隠されているのではないかと深読みし、その意図を探ろうと試みたが、

(いや、そうやないな。これは、自分がどれほどの物持ちかということを、見せびらかしたいだけや……)

と納得した。

床の左右には横幅が一間以上もある違い棚が置かれており、そこにも青磁筒花入、千鳥《ちどり》の香炉《こうろ》、珠徳の茶杓《ちやしやく》、切桶《きりおけ》の水指《みずさし》、勢高肩衝《せいたかかたつき》の茶入といった目も眩むような名物がずらりと陳列されている。前久に続いて広間に入ってきた客たちも、あまりの豪華さに驚愕し、そこかしこで賛嘆の声が洩れた。

「見事なもんや……」

「眼福、眼福」

「これだけの名物を一度に目にできるとは夢にも思うとらんかった」

この当時、茶人として一流かどうかという基準は、ひとつしかない。それは、誰もが認める名物をいくつ所有しているか、という一点だけであった。

名物の中でも、特に有名なものを大名物というが、大名物の代名詞となっているのが「つくも茄子」の茶入である。濃茶を入れる茄子形の茶入で、大きさは柘榴《ざくろ》の実くらいである。「つくも茄子」は足利義満《あしかがよしみつ》が愛用したことで知られており、義政《よしまさ》のときに花の御所から流出した。その後、諸国の有力者の手を転々とするが、持ち主が変わるたびに価格が高騰した。松永久秀《まつながひさひで》が手に入れたとき、その値は一千貫文と言われた。一貫は銭一千文で、米ならば一石に相当する。松永久秀が信長に献上したときには、その価値は一万貫文と言われた。掌に載るほどの小さな茶入が一万石に相当したのである。

さすがに「つくも茄子」ほどに高価な名物は滅多にないが、一千貫文くらいの名物なら、さして珍しくもない。自分の屋敷で茶会を開くような商人や公家、僧侶であれば、ひとつやふたつは名物を所有しているものだ。

つまり、この時代の茶というのは、ごく限られた金持ちだけの道楽なのである。金持ちでなければ茶人にはなれないし、茶人であることが金持ちの証でもあった。優れた名物をたくさん持っている者が一流の茶人の基準ならば、間違いなく信長は日本一の茶人であり、日本一の大金持ちといってよかった。最初の広間に陳列されている名物の価値だけで、ざっと十万石に相当する。招待客たちは、信長の経済力の凄まじさを見せつけられて驚嘆したのである。

次の広間に入ると、招待客の驚きは倍加した。

そこには、角を小屛風で囲われた点前座《てまえざ》が四つ用意されていた。大勢の招待客に点茶するための配慮であった。それぞれの点前座には飾り付けられた台子《だいす》が置かれていた。客たちの間から羨望の溜息が洩れるほどの名物揃いだが、何よりも、客たちの目を惹きつけたのは最も奥まったところにある点前座である。台子の上には、内赤盆に載せた「つくも茄子」があり、「浅茅《あさじ》」と名付けられた珠徳の竹茶杓が置かれており、その脇には、紹鷗《じょうおう》の「白天目」が数台《かずのだい》に坐っている。台子の内には「占切」の水指、「柑子口《こうじぐち》」の杓立《しゃくたて》、「天下一合子」の建水《けんすい》、「開山五徳」の蓋置が置かれている。

それを見た招待客の一人、それは茶人としても知られる京都の大商人だったが、

「ああ、つくも茄子と浅茅、それに白天目まで……。ここで死んでも悔いはない。いや、できれば、今すぐに死にたい。こんな素晴らしい名物を間近で眺められることは二度とないやろから……」

この幸せの絶頂の瞬間に死にたいものだ、と涙ぐみながらつぶやいたが、それは、この場に居合わせた者たちの本音だったに違いない。噂でしか聞いたことのない伝説

的な名物が、これだけまとまって陳列されたことなど過去に一度もないし、実際、この先も二度となかった。なぜなら、これらの名物のほとんどが、この茶会の二十四時間後には本能寺と共に灰燼《かいじん》に帰したからである。

「つくも茄子」のある点前座を眺める客たちの中で、ただ一人、近衛前久だけは、他の者たちと違うことを考えていた。

（あそこで、まろは信長はんに一服盛らなならんのやな……）

それを想像するだけで、足許から寒気が這い上ってくるような気がして、前久は、その場に坐り込んでしまいそうになる。名物を鑑賞して感動に心を震わせている客たちと前久は、まるで異なる次元にいたといっていい。

（まろにできるのやろか？　そんなことをして、無事に屋敷に帰ることができるのやろか？　しくじって、首を斬られるようなことになったら……）

嫌な想像が次々と心に浮かんで、前久の口からは重苦しい溜息ばかりが洩れる。

そのとき、

「相国さま、ようこそおいで下さいました」

背後から肩を叩かれた。

何気なく振り返った前久は、そこに信長が立っているのを見て、腰を抜かしそうになった。

「あっ……あわわわっ……」

「どうなさいました、そのように慌てて？」

「え？　いや、その、あまりにもすごい名物揃いで、まるで夢でも見ているような気になりまして……」

「それは何とも嬉しいお言葉でございまするな」

信長は満更でもなさそうな顔で笑う。

普通ならば、前久の態度の不自然さを信長も訝《いぶか》しく思うのであろうが、伝説的な名物の数々を目の当たりにした客たちが涙ぐんだり、熱に浮かされたように興奮気味に語り合ったり、とにかく、この広間全体に何とも表現しようのない異様な熱気が渦巻いていたから、信長も前久の言葉を疑わなかった。

「あちらに食事を用意させておりますれば、どうか召し上がって下さいませ」

「お心遣いに感謝いたしまする」

「大したものも用意できませんでしたので、お口に合うかどうか。まあ、茶漬け代わりに」

信長は謙虚な物言いをしたが、朝餉《あさげ》として用意された食事は茶漬けどころではなかった。信長の茶会では、いつも豪華な食事が出ることで有名だったが、この日の食事は、いつにも増して手が込んでおり、贅《ぜい》を尽くしたものだった。この茶会にかける信長の意気込みが現れていたといっていい。

食事は正式な本膳料理で、足付き膳の初膳には、赤椀に入った白飯、串鮑《くしあわび》、煮昆布、胡桃《くるみ》添えの帆立焼き、鯛の青膾《あおなます》などが、二の膳には、香の物、柚子味噌、松茸、鶉《うずら》の焼き鳥などが、三の膳には、鯉の刺身、蒔絵《まきえ》の桶に入った鰻《うなぎ》の梅漬け、金箔をあしらった煎《い》り麩《ふ》、酒などが並べられている。食事の膳とは別に、砂糖菓子や果実など九種類の菓子が盛られた膳も出された。これだけでも豪華すぎるほどの料理だったが、更に客たちを驚かせたのは、大きな土器で白鳥の汁が出されたことだった。白鳥の汁は、この日、本能寺に招かれた有力者たちですら滅多に口にすることのできない、汁物としては最高級の格式ある料理だった。

百人以上もの客たちを招き、このような豪華な食事を振る舞えば、それだけでも莫大な出費である。客たちは料理に舌鼓を打ちながら、改めて信長の富力の凄まじさを思い知らされた。

しかも、給仕するのは、美しく着飾り、顔立ちの整った少年たちだった。それが場を華やいだものにして、客たちを大いに喜ばせた。

名物を間近で鑑賞できるのも、豪華な料理でもてなされるのも、当然ながら、招待客だけであり、その従者たちは広間に入ることもできず、廊下で控えることになる。

そこに文吾もいる。

突然、信長が広間に姿を見せ、前久に話しかけたとき、文吾は息が止まるほど驚いた。これほど近くで信長を見るのは初めてだった。文吾の脳裏に焦土と化した故郷の光景が甦る。無造作に放置され、腐臭を放ちながら、累々と横たわっていた無数の死体……。次の瞬間、文吾の胸にめらめらと殺意が燃え上がった。怒りと憎悪で体が熱くなり、興奮で体が小刻みに震える。

だが、すぐに、

（いかん）

と己を戒めた。信長のそばには孔雀王がいるはずだから、文吾が信長に殺意を抱いたりすれば、その殺気を感知されてしまうに違いなかった。文吾は信長から目を逸《そ》らすと、視線を床に落とし、大きく深呼吸してから、板敷きの木目をじっと見つめた。なまじ目を瞑《つむ》ったりすると心に雑念が湧いてしまうので、目を開けたまま、心を空しくするように努めた。一流の忍びというのは、例外なく己の気配を消す術を身に付けており、一瞬にして木石と同化することができる。そうでなければ、忍びとして生き長らえることなどできるものではない。

文吾の目は開いているが、その目は何も見ていなかったし、耳からは様々な音や声が入ってきたが、その音や声は反対側の耳から出ていった。

やがて、周りにいる者たちが腰を上げ始めた。文吾がハッとして我に返る。広間で名物を鑑賞していた客たちが食事の用意されている大広間に移動したので、従者たちも廊下を移動するのである。文吾も立ち上がる。掌に痛みを感じたので、両手を開いてみると、掌に爪が食い込んで血が出ていた。文吾自身は、まったく意識していなかったが、よほど強い力で拳を握り締めていたのに違いなかった。すぐそばに信長がいたにもかかわらず、敢えて信長を無視しなければならない文吾の悔しさが、その爪痕に如実に現れていた。

半刻（一時間）ほど後……。

客たちの食事が済んだ頃合いを見計らって森蘭丸が現れ、これから籤《くじ》を引いて、どの点前座で茶を喫するか決める、と告げた。客たちが大きくどよめく。客の数が多すぎるので、今日のところは名物を披露するだけで、点茶をしないのではないかと予想していたからだ。その予想に反して点茶をするというし、しかも、籤で席を決めるという風変わりな趣向に盛り上がった。当然ながら、誰もが、大名物「つくも茄子」の置かれている点前座に坐ることを望んだ。

蘭丸が役人たちに籤を用意させているとき、信長が前久のそばにやって来て、

「相国さまにはそれがしの茶を味わっていただきたいと存じます」

と耳許で囁いた。

信長が言うには、「つくも茄子」の置かれている点前座では信長自身が亭主となって客たちに茶を振る舞い、その横の「珠光小茄子」の置かれている点前座では信忠が亭主になるのだという。信長は前久を特別扱いし、籤を引くことなく、自分の点前座に前久を招こうというのだ。破格の厚遇といっていい。正親町《おおぎまち》天皇が譲位を決断するに当たって、前久が大きな役割を果たしたことを、どれだけ信長が感謝しているかという証であった。

「それは何ともありがたい申し出ですけどなあ……」

前久は大きく息を吸った。ここが正念場である。信長が亭主となって、前久に茶を振る舞うという趣向を受け入れるわけにはいかなかった。信長には相客となって、前久と一緒に茶を飲んでもらわなくてはならないのだ。

「どうせなら、中将さんの茶を、御身《おんみ》と一緒に味わいたいもんですな」

「は？」

信長が怪訝な顔になる。

「と言いますのもな……」

今度は前久が信長の耳許で何かを囁いた。最初こそ、信長は難しげな顔をしていたが、やがて、穏やかな表情になり、終いには笑顔まで浮かべて、

「お心遣い、痛み入りまする。では、そのように支度いたしましょう」

軽く会釈すると、信長は広間から出ていった。

（うまくいった……）

前久は体中の力が抜けたような気がした。

信長には、こう言ったのである。

正親町天皇は、信長が毛利征伐を終えて帰京したときに譲位する。誠仁《さねひと》親王が即位し、その東宮には信長の猶子《ゆうし》である五の宮が就く。そうなれば、信長は上皇としての待遇を受けることになる。譲位の時期を明確にしたことだけでも信長を喜ばせるには十分だったが、前久は更に、

「中将さんに三職推任《さんしきすいにん》を考えている」

と口にしたのである。

三職推任とは、太政大臣、関白、征夷大将軍の三職のどれかに任じようという朝廷からの申し出であり、この場合、関白には一条内基《いちじょううちもと》がおり、信長は織田幕府を開かないという方針だから信忠が征夷大将軍になることはあり得ない。となれば、残るのは太政大臣である。五月に前久は太政大臣を辞しているので空席になっている。前久は信忠を太政大臣にしてやろうと申し出たのだ。信長が上皇になり、信忠が太政大臣になれば、朝廷との結びつきは強固なものとなり、織田家の行く末は安泰といってい

い。近々、太政大臣になるのであれば、中将として点茶することもなくなるから、今のうちに二人で信忠の点じた茶を飲まないか、と前久は誘ったわけである。信長の頬が緩むのも当然であった。

（何とか、うまくいった……）

前久は吐息を洩らし、額の汗を拭った。

「ご案内いたしまする」

前久の前で美童が平伏する。

「ん」

前久が腰を上げ、点前座の用意されている広間に移動する。横目でちらりと廊下の方を見る。文吾の姿を探したのである。騒ぎが起これば、すぐに文吾が飛んできて前久を守ってくれることになっている。言うなれば、文吾が前久の命綱なのだ。

（あいつ……）

文吾は、いた。ところが、ぼんやりした表情で床に視線を落としている。文吾のことを知らなければ、痴呆ではないか、と疑いたくなるほどに緊張感のない弛緩した顔をしている。

（こっちは命懸けでやっとるというのに）

前久は不快であった。同時に、またもや胸の底から絶望的な不安がむくむくと頭をもたげてきた。懐には、毒液を染み込ませた茶巾がある。それが、ずっしりと重く感じられた。

その八半刻（十五分）後……。

茶席の一番の上席に、前久は着座している。前久が正客なのである。その隣に次客として信長が坐る。てっきり前久は、この点前座の客たちは、朝廷の官位に準じて信長が指名するのかと思っていたが、そうではなかった。なぜなら、信長の横、三客には博多の豪商・島井《しまい》宗室《そうしつ》が坐ったからである。

前久も知らなかったが、この茶会の目的のひとつは、島井宗室をもてなすことにあり、数多くの名物を安土から運んできたのは宗室に鑑賞させるためだった。すでに信長の頭の中では毛利征伐など終わったも同然であり、九州征伐が片付けば、朝鮮半島や大陸、東南アジア諸国との交易に乗り出す方針を固めており、そのために海外貿易に詳しい宗室との関係を深めたいという考えがあったのである。

四客には聖護院《しょうごいん》の門跡が、五客には前内大臣・菊亭晴季《きくていはるすえ》が坐った。末客は権大納言・飛鳥井雅教《あすかいまさのり》で、末客には茶道に通じた者が坐って、茶会を円滑に進行させるという役回りを負うことになるから、これは適切な席次といってよかった。

「そう言えば、相国さま……」

信長が前久に顔を向ける。

「昨日、面白いものを手に入れましてな」

「また何か有名な名物でも手に入れはったんですかな?」

「いや、茶道具ではありませぬ。手紙なのです」

「は、手紙?」

「相国さまと、それがしの倅・城介が密かに手を結んで謀叛を企んでいるという内容でしてな」

「え……」

前久は言葉を失った。表情を凍りつかせ、瞬きもせず、じっと信長を見つめる。信長は口許に笑みを浮かべているが、その目はまったく笑っていない。

「…………」

前久は、ごくりと生唾を飲み込んだ。背筋を冷たい汗が流れ落ちる。何か言わなければ、そんなことがあるはずがないと否定しなければ、できれば冗談に紛らわせて笑い飛ばしてしまうのがいいのだが……そんなことを頭の中で必死に考えるが、信長に見つめられていると、まるで蛇に睨まれた蛙のように身動きもできず、言葉も出てこなかった。

ここで、

「何もかもわかっているのだ。正直に言わぬか！」

と、信長が怒鳴りつければ、たちまち前久は腰砕けになり、

「申し訳ございませぬ。実は……」

と、すべての陰謀を洗いざらいぶちまけていたに違いない。すでに前久の神経は疲弊しきって、限界に近付いていたのだ。これ以上の緊張には耐えられそうになかった。前久の額に脂汗が浮かび、腋の下も汗ばんでいる。そのとき、

「中将さんでっせ」

という声が聞こえた。末客の飛鳥井雅教の声だった。信忠が亭主の座についたのだ。その声を聞いて、信長も点前座に顔を向け、姿勢を正した。前久も半ば朦朧としながら、点前座に顔を向けた。生きた心地がしなかった。

（無理や。信長はんは、全部わかっとるんや。何もかも承知した上で、この席で、まろをなぶり者にするつもりなんや……）

嫌な想像が頭の中を駆け巡り、前久はめまいがした。今にも貧血でも起こして卒倒してしまいそうだった。

「相国さま」

と、信長に声をかけられて、前久は飛び上がりそうになった。

「茶を」

「は？」

前久がぼんやりしているうちに、すでに信忠が茶を点じ、紹鷗の「白天目」が目の前に置かれている。

「あ……」

前久は茶碗を手許に引き寄せると、畳に手をつき、信忠に向かって礼をした。それに合わせて、他の客たちも礼をする。これが作法である。

薄茶《うすちゃ》の場合には客の人数分だけ茶を点じ、客が茶を飲んだら茶碗を亭主に戻すという作業を繰り返すが、濃茶の場合には、客の人数分だけの茶が最初から茶碗に入れられている。客たちは順繰りに茶を飲んで、末客が最後の茶を飲み干して、空になった茶碗を亭主に戻すことになる。

「…………」

茶碗を右手で取り、左の掌に載せる。茶碗を右手前に二回回してから、まず、一啜《いっせつ》する。

「加減はいかがでございましょうか」

亭主の信忠が訊く。これも作法である。

「結構な加減でございます」

前久は、左手に茶碗を載せたまま、畳に右の指をついて、信忠に一礼する。

更に二口半いただき、茶碗を膝の前に置く。ここで茶巾を取り出して、自分が口を付けたところを清めることになる。

（あ）

前久は声を上げそうになった。うっかり濡れた部分を握ってしまったのだ。文吾が毒液に浸けた部分である。ちょっと嘗めただけでも死に至るという猛毒の液に触れてしまったことで、前久の動揺は大きくなった。自分の目にもはっきりわかるほど右手が震える。顔から汗が噴き出すのがわかる。

（まずい。落ち着かなければ……）

そう己に言い聞かせるが、呼吸は荒くなり、動悸も激しくなるばかりである。何とか飲み口を清めると、茶碗を両手で持ち上げ、信長の方に体を向ける。今にも信長から怒声を浴びせられるのではないか、と前久はびくびくしていたが、信長は作法通りに茶碗を受け取っただけだった。前久は送り礼をし、信長も目を伏せて受け礼をする。信長が茶碗を右手前に二回回し、濃茶を啜ろうとする。そのとき、

「お待ち下さいませ、上様」

広間の隅に控えていた蘭丸が声を発した。

信長の動きがぴたりと止まり、

「控えておれ。無礼であるぞ」

振り返ることなく叱った。声に怒りが滲んでいる。

蘭丸が合図すると、警護の武士たちが文吾を囲んだ。広間にいた招待客や、廊下に控えていた従者たちは戸惑ったような声を上げてざわめいた。

そのときになって、ようやく、信長が肩越しに振り返った。額に青筋が浮いている。怒りが爆発する寸前という感じである。

「申し訳ございませぬ。しかしながら、どうか……」

蘭丸が平伏し、訴えかけるような眼差しで信長を見つめる。信長は、ちっと舌打ちすると、茶碗を床に置き、城介、あとを頼むぞ、と言い残し、荒々しい足取りで広間を出ていった。

蘭丸は、素早く前久に近付くと、

「どうぞ、こちらへ」

と耳許で囁いた。

「………」

前久の顔からは、すっかり血の気が引き、まるで死人のような土気色になっている。立ち上がろうとして体勢を崩し、すとんと尻餅をついた。膝に力が入らないのだ。蘭丸が助け起こし、

「相国さまは、お加減が優れぬようでございまする」

と声を発した。

前久は、蘭丸の肩を借りて広間から出ていく。その後ろから、濃茶の入った白天目を両手で恭しく捧げた武士がついていく。文吾も警護の武士たちに連れ出された。

十二畳ほどの控えの間に信長はいた。上座に畳を一枚敷いただけの板敷きの部屋である。その畳にあぐらをかいて坐り、信長は、ひどく不機嫌そうな顔をしている。

そこに蘭丸に連れられた前久と、警護の武士たちに囲まれた文吾がやって来た。前久は観念したように肩を落とし、溜息ばかりついている。文吾は落ち着いた様子だが、この場では、その態度がかえって不自然に見えた。ただの平凡な従者であれば、いきなり捕らえられて信長の面前に引き出されたのだから、わけがわからずに動転して泣き叫んでも不思議はない。いや、それが当たり前の反応であろう。これほど落ち着き払っているからには、ただの従者などではあるまい、と勘繰られても不思議はなかった。

文吾がおとなしく言いなりになっているのは、周りの武士たちの正体を藤林の忍びだと見抜いていたからである。いかに文吾が優れた忍びであるといっても、これだけの数の敵が相手では、さすがに素手では戦いようもない。悪あがきをしても無駄だと悟ったのだ。あまり冷静に振る舞うのは、相手から疑われることになるから、臆病な

従者を演じて、うるさく泣き喚くべきだということも承知していたが、

（いや、それも、かえって危ない……）

下手に騒がない方がいいと文吾は己を戒めた。そう思わせたのは、信長の性格であった。広間から出ていく信長は凄まじい怒りの形相を浮かべていた。噂には聞いていたが、よほど気が短く、怒りっぽい男なのだと感じた。客たちの前で恥をかかされて、信長の腹の中には激しい怒りが渦巻いているはずであった。そんなときに、下手に泣き叫んだりして信長の癇《かん》に障れば、問答無用で手討ちにされる怖れがある、と直感した。いきなり斬られては、たまらないから、たとえ相手方の疑惑を深めることになろうとも、信長の怒りを浴びるような振る舞いは避けようと決めたのだ。忍びとしての文吾の生存本能の為せる業であったといっていい。

「お蘭！」

信長の怒声が響き渡る。

「茶席で見苦しい真似をさせおって。その理由によっては、ただでは済まぬぞ！」

「は」

蘭丸は、信長の正面に前久を坐らせると、つつつっと信長に近寄り、

「孔雀王が」

と、信長だけに聞こえる小声で囁いた。

「何?」

信長が目を細める。その短い言葉だけで蘭丸の言いたいことが信長にも理解できた。孔雀王が何らかの危険を察知して、蘭丸に警告したという意味であった。孔雀王には特殊な能力が備わっていて、その能力のおかげで、これまでに信長は何度も命拾いしている。信長の目から怒りの色が消えたのは、そのせいであった。代わって、信長は怪訝な顔になった。

「相国さまが、か?」

それは、相国さまがわしの命を狙ったのか、という問いかけであった。

「そのようでございまする」

「ならば、始めよ」

「は」

蘭丸が体を前久の方に向ける。すでに前久の前には、さきほど使われた白天目の茶碗と茶巾、文吾の懐から探り出された袱紗の小袋が並べられている。

「信長はん、これは……」

目に涙を浮かべ、恐怖のせいで、歯をかちかちと鳴らしながら、前久は何とか弁明を試みる。

「お黙りなさいませ」

蘭丸が鋭い口調でぴしゃりと言うと、前久は口を閉ざした。

「その袋には何が入っているのでございましょう？」

「こ、これは……」

「毒なのでは……違いましょうや？」

「ち、ちがう」

前久が首を振る。

「その毒をあらかじめ茶巾にいくらか隠しておき、ご自身が茶を喫した後、そっと茶碗に落としたのではございませぬか？」

「そのようなこと……まろは何もしておらぬぞ」

「その茶巾は随分と湿っているようでございますが……。毒を茶碗に落としたのでなければ、あらかじめ水に溶かした毒を茶巾に染み込ませておき、飲み口を拭うときに毒を茶碗に擦りつけた……そういうことでございましょうや？」

「バ、バカな……わけがわからん……」

口では否定しながらも、前久は今にも卒倒してしまいそうな表情で、顔から滝のように汗が流れ落ちている。その表情が蘭丸の推測の正しさを裏付けているといってよかった。

「わしは、相国さまを信じよう」

信長が言うと、

「ありがたいお言葉や。よう信じて下さいました」

「お蘭、それを茶碗に入れよ。全部じゃ」

「は」

蘭丸が袱紗の小袋を開け、袋に入っている黒い粉をすべて茶碗の中に入れた。

「このような馬鹿馬鹿しいことは、さっさと終わりにしたいもの。それ故、相国さま、それを食らうて下され。そうすれば、お蘭も納得するに違いない」

「え……」

前久が息を呑む。

「まさか、それが毒であるはずがない。相国さまがわしに毒を食らわせようとするものか。そんなはずはない。そうですな、相国さま？」

「も、もちろん」

前久はうなずきながら、ちらりと背後に視線を走らせた。文吾は武士たちに囲まれて身動きできない。しかも、丸腰だ。とても、この窮地から前久を救い出すことなどできそうにない。

「どうなされた、相国さま？」

「い、いや、これは、その……」

「さっさと食らわぬか！」

ついに信長が大きな声を出した。

「ひ」

前久は慌てて茶碗を両手で持ち上げた。

（南無阿弥陀仏、南無阿弥陀仏……）

観念したように小さな溜息をつくと、前久は目を瞑って茶碗に口をつけた。

次の瞬間、前久は、うっと呻き声を発して、顔を引き攣らせる。

前久が噎《む》せた。苦しげに顔を引き攣らせる。

部屋の中に緊張が走る。早くも毒が効いたのか、と思ったのだ。信長も身を乗り出して、じっと前久を見つめる。

「水を……水をくれぬか……」

咳《せ》き込みながら、前久が言う。信長がうなずくと、蘭丸が前久に水差しを渡す。前久はごくりごくりと水を飲むと、

「ああ、苦しい。粉が喉に貼り付いて息ができんようになってもうたがな……」

ふーっと息を吐く。口の周りには黒い粉が点々とついており、舌先も黒ずんでいる。ごまかしたわけではなく、間違いなく、前久は黒い粉を口に入れた。にもかかわらず、平然としている。

「どういうこともないようだが……」

信長が小首を傾げる。

「そんなはずは……」

蘭丸の顔色が変わる。前久に膝を寄せると、

「相国さま、今一度、ご賞味下さいませ」

「ああ、ええで」

どうやら、この黒い粉は毒薬ではないと前久にもわかったらしく、いくらか余裕が出てきた。茶碗を手に取ると、濃茶と黒い粉を口に入れた。今度は噎せないように少しずつ飲み下した。

「これでええか？」

前久が蘭丸に訊く。前久の顔は血色がよくなってきているのに、それと対照的に蘭丸の顔がみるみる青ざめていく。

「こ、こんなはずは……」

蘭丸は、文吾を囲んでいる武士たちに顔を向けると、

「袋をすり替えられたということはあるまいな？」

「もうよい」

信長が右手を上げて蘭丸を制する。

「しかし……」

「その袋は相国さまが持っていたのではなかろう。ならば、中身が何であろうと、わしの口に入れることはできぬ。茶席で相国さまが手にしていたのは、その茶巾だけだ。茶巾に毒がついていたのなら、あるいは、手に隠し持って茶碗に落としたのなら、今頃、相国さまは三途の川を渡っておられるわ」

「……」

蘭丸が言葉を失って黙り込む。

「ご無礼をいたしました」

信長が前久に軽く頭を下げる。

「ああ、驚きましたわ。ま、何か、思い違いがあったんでしょうな。せっかく、たくさんの人たちが集まった盛大な茶会です。何もなかったことにしておきましょか」

「ありがたきお言葉にございまする」

「帝の譲位のこととか、中将さんの三職推任のこととか、これから忙しくなりますからな」

「相国さまのお力添えを願わねばならぬことばかりでございます。ところで……」

信長が、じっと前久を見る。

「その黒い粉は、いったい、何なのですか？」

「これは……」

一瞬、前久は口籠もったが、すぐに、

「気付け薬でしてな」

「気付け薬？」

「つまり、その、イモリを黒焼きにしたものを摺り潰して粉末にして……」

「まことですかな、相国さま？」

「え、ええ」

「ふふっ……」

信長の口許が緩み、

「隅に置けませぬな。そんな薬で女房どもを喜ばせておられるとは」

わははは、と豪快に笑い出した。古来、イモリの黒焼きは精力剤として知られているのだ。

二刻（四時間）後……。

濃茶の席で、近衛前久が体調を崩して茶事が中断するという、思いがけない突発事に水を差されはしたものの、茶会は盛況のうちに終わり、客たちは本能寺から引き揚げた。

この日は信長が秘蔵する数多くの名物を披露するという色合いが強く、一般的な意味での茶会は、明日、人数を絞り込んで行われることになっており、その茶会に招かれていない者たちは後ろ髪を引かれる思いで本能寺を後にした。

客が帰り、静けさを取り戻した本能寺の常の間で信長と森蘭丸が向き合っている。

「いかようにでも罰していただきたく存じまする」

「その方が悪いわけではない。そうだな？」

信長が部屋の隅をじろりと睨む。その暗がりに孔雀王が蹲《うずくま》っている。

「汝は、なぜ、お蘭のように詫びぬのだ？」

「相国さまは……」

孔雀王がいつもと変わらぬ低い声で答える。

「あのとき、上様のお命を奪う覚悟だったに違いありませぬ」

「その言葉を信じて、わしは上様が濃茶を啜るのを止めた。しかし、毒薬どころか、茶碗の中には何も怪しいものは入っていなかったではないか。小者が持っていたのは気付け薬だったぞ」

蘭丸が振り返って、孔雀王を睨む。

「そうだとしても、相国さまは……」

「言い訳がましいことばかり言わず、己の過ちを素直に詫びてはどうだ」

「待て、お蘭」

信長は蘭丸を制すると、相国さまが毒を盛ろうとしたのは本当かもしれぬな、と口にした。

「しかし、あれは毒薬などではなく、ただの気付け薬だと……」

「相国さまは、あれを毒薬だと信じ、その毒薬でわしの命を奪おうとしていたのかもしれぬ。だからこそ、孔雀王は殺気を感じ取ったのであろう……」

初めから相国さまの様子は不自然だったし、汗のかき方も普通ではなく、顔色も死人のようで、わしに茶碗を渡すときにも、がくがく体が震えていた……信長は前久の不審な点を並べた。

「ということは、あの黒い粉が毒薬だと相国さまに信じ込ませた者がいるということになりまするな」

蘭丸が訊く。

「恐らく、相国さまは命懸けで今日の茶会に乗り込んできたのであろう。相国さまに覚悟を決めさせ、毒を用意し、その上で、毒をすり替えた何者かがいる……」

信長は、ふうむと顎を撫でながら、不自然といえば、相国さまだけでなく、城介の態度も不自然だったな、とつぶやいた。

「何と申されました？」

「そうは思わぬか。わしが濃茶を飲むのをおまえが止め、わしが広間を出たとき、城介は何をしていた？」

「わたしが相国さまを助け起こし、肩を貸して広間から連れ出したとき、中将さまは点前座に坐って……」

「何事もなかったような顔をして、ということだな？」

「そう言われてみますと、確かに……」

「おかしくはないか？　あの場にいた者たちは、いったい、何が起こったのかと騒いでいた。なぜ、城介だけが何事もなかったような顔をしていられるのだ」

「それは……」

「何が起こるか承知していた、ということではないのか？」

信長の表情が険しくなった。


同じ頃……。

近衛邸。

前久は寝所で死んだように横たわっている。枕頭に紹巴が控えている。

「怒っとんのやろな……」

「何もおっしゃいますな。相国さまのせいではございませぬ」

「信長はん、命拾いやなあ。けど、これで朝廷も終わりや。乗っ取られてまうがな」

「そうはさせませぬ」

「そやけど……」

「お休み下さいませ。お疲れなのでございます。疲れが取れてから、また改めて話すことにいたしましょう」

「文吾を叱ってはならんで」

「ご心配いりませぬ」

「わかった」

前久が目を瞑る。

しばらくすると、前久の口から寝息が洩れ始めた。紹巴は静かに立ち上がると廊下に出た。廊下を渡っていき、小さな部屋の前で立ち止まる。その場に佇んで耳を澄ます。周囲に人気はない。それを確かめてから、紹巴は板戸を引いて部屋に入った。薄暗い板敷きの部屋である。そこに文吾がいた。下座に畏まって正座している。その向かい側に紹巴が坐る。

「…………」

紹巴がきつい目でじっと文吾を睨む。文吾は顔を上げると、

「相国さまは？」

と訊く。

「お休みになられた。ひどく疲れておいでのようだ」

「無理もありませぬ。今日一日でかなり寿命が縮んだことでしょうから」

「どうやら、うまくいったようだな」

「本能寺の至る所に藤林の者たちがいて、怪しい者はいないか、おかしな振る舞いをする者はいないか、と目を光らせておりました。その上、相国さまは、この屋敷を出るときから普通ではありませんでした。本能寺に着いてからも落ち着かない様子で、茶席についてからは、もう見るも無惨な有様であり、あれでは孔雀王でなくても、何かおかしいと感じたはず……」

「当然、信長もそう感じたであろうな？」

「さて、それはどうでしょう」

文吾が小首を傾げる。

「蘭丸が止めなければ、案外、そのまま茶を喫していたようにも見えました」

「信長は食えぬ男よ。最後の最後まで相国さまの様子を見極めようとしていたのかもしれぬ」

「自分の命が狙われているとしてもですか？」

「今の信長には誰よりも相国さまが大事なのだ。相国さまなしには譲位の件も先に進んでいかぬとわかっているからな。それ故、蘭丸が止めるまで、いや、孔雀王が止めるまで、何も気付かぬ振りをしていたのかもしれぬ。まあ、それはいい。肝心なのは、これから信長がどう動くか、ということだ」

「こちらの思うように動いてくれるでしょうか？」

「何とも言えぬ」

紹巴が腕組みして難しい顔になる。

「遅くとも四日には信長は中国に出陣する。そうなれば、筑前殿も終わりだ。勝手に毛利と和睦の話し合いを進めていることを信長が知れば、信長は腹を立てて筑前殿を殺すだろう。もちろん、黒田《くろだ》殿も殺される。それだけではない。なぜ、筑前殿がそんなことをしたのかと疑い、その理由を蘭丸に探らせるに違いない」

「筑前殿と相国さまを結びつけることはできぬと思いますが」

「甘いぞ、文吾」

紹巴が首を振る。

「まず、わしが怪しまれる。わしとの繋がりから惟任殿が怪しまれる。惟任殿は、わしからどんな話を聞かされたか信長に話すに違いない。そうなれば、今度こそ相国さまもただでは済まぬ」

「では……」

「だからこそ、信長を都から出すことはできぬ。都にいるうちに殺さなければならぬのだ」

紹巴は、ふっと息を吐くと、

「とはいえ、これ以上、わしらにできることはない。できることはやった。あとは待つだけだ。待つのは辛い。時間が過ぎるのが長く感じられるな……」

相国さまのもとに戻る、と言って紹巴は部屋を出ていった。一人になると、文吾は板敷きにごろりと横になった。

（確かに、ここまでは計画通りだが……）

紹巴も文吾も、前久が信長を毒殺できるとは最初から思っていなかったが、何としても一度は暗殺を試みる必要があった。少なくとも前久には、自分が毒殺の実行犯になるのだと信じ込ませなければならなかった。前久が、そう信じたからこそ、表情や態度や仕草に真実味が出たのであり、最後の瞬間、孔雀王が感知するほどの殺気を醸《かも》し出した。袱紗袋の黒い粉が毒薬だと信じていたからだ。

文吾が咄嗟の機転を働かせて、窮地を救ってくれたと前久は信じているが、実は、何もかも紹巴の筋書き通りなのである。前久が毒殺に成功する可能性は万にひとつもなかった。孔雀王がいる限り、不可能なのである。前久に期待されていた役割は信長を毒殺することではなく、自分が誰かに命を狙われているのではないか、という疑いを信長に持たせることであった。大芝居を打つことで信長の猜疑心の強さを刺激しようとしたのだ。それは十分に成功したといっていい。あとは、信長がどういう反応を示すかが問題だった。

まず、前久と信忠が示し合わせて何か企んでいるかのように疑わせ、次に、茶会の席で前久が信長の毒殺を試みたかのような芝居をする……結果として、どちらも事実無根であるとしても、異常なほどに猜疑心が強く、用心深い信長であれば、何らかの行動を起こすに違いない……そういう前提で紹巴は計画を立てた。黒田官兵衛《かんべえ》が密かに都に戻ってきたのも、その計画の一環だ。

何らかの危険が迫っていると感じたとしても、信長は都に留まるであろうというのが紹巴の計画の土台だが、信長の気性からすれば、予定を早めて、さっさと都から中国に出陣してしまう可能性もある。そんなことになれば、紹巴の計画は水泡に帰し、同時に秀吉の命運も尽きることになってしまう。信長を都に引き留める餌が天皇の譲位問題であり、この問題を早急に解決したいと考えれば都に留まるであろうし、先延ばしにしても構わないと考えれば都を発《た》つに違いなかった。要は、譲位問題の解決をどれほど信長が望んでいるかということによって、紹巴の計画の成否が左右されるということなのである。選択権を持っているのは信長だけであり、紹巴も文吾も、その選択を待つしかなかった。動きようもなかった。本能寺を出てから、ずっと藤林の忍びにつけられ、今も屋敷を厳重に見張られているからだ。

「信長……」

文吾は小さくつぶやいた。その名前を口にすると、間近で見た信長の姿が脳裏に甦り、はらわたが煮えくり返る。

(仲間たちが味わった地獄の苦しみをおまえにも味わってもらう。楽には死なせぬぞ……)

本能寺。

主殿と台所を繋ぐ廊下のそばにある小部屋に森蘭丸がいる。蘭丸と向かい合う下座の席に孔雀王が坐り、その背後には藤林五人衆が控えている。

「上様のお命を何者かが狙っている。それが誰なのか、しかとはわからぬ。今日の茶会で相国さまは上様に毒を盛ろうとなされたが、本当は毒ではなかった。相国さまは、それをご存じなかったらしい。つまり、相国さまに、そう信じさせた者がいるということだ」

「百地の生き残りでは……」

孔雀王が言うと、

「そのようなこと、とうにわかっておるわ!」

蘭丸が鋭い声を発する。

「だからこそ、百地の忍びを捕らえよと上様は汝らに命じたのではないか。にもかかわらず、一人として捕らえることができず、揚げ句に今日の失態。もはや、言い逃れはできまいぞ」

「申し訳ございませぬ」

孔雀王が平伏する。五人衆も、じっと頭を垂れる。

「もう捕らえよとは言わぬ。見付け次第殺してしまえ。悪巧みできぬようにするのだ。百地の忍びがいなくなれば、朝廷も動きようがあるまい。相国さまが誰と手を結んでいるのか、それは上様が毛利を討ち滅ぼして都に戻ってから取り調べることにする。それまで何もできぬようにするのだ。天下平定も間近に迫り、上様にとっては大切なときなのだ。余計なことで上様の心を煩わせてはならぬ」

「畏まってございまする」

孔雀王が一礼すると、蘭丸は立ち上がって部屋から出ていった。

「お頭」

犬笛が顔を上げる。

「相国さまに付き従っていた小者、あれは文吾ではありますまいか？」

「うむ、わしも、そう見た。顔を変えていたが、あれは文吾に違いない。最初は狢《むじな》の八百《やお》が化けているのではないかと疑ったが、上様の前に引き出されても落ち着き払っているのを見て、文吾に間違いないと思った。狢であれば、ぶるぶる震えて泣き叫んでいたことであろう」

左文字がうなずく。

「なぜ、みすみす帰してしまったのですか？　お頭も気付いておられたはず」

犬笛が孔雀王に問う。

「相国さまは上様に毒を盛ったつもりでいた。だから、相国さまから殺気が醸し出され、わしは森さまに警告した。まんまと一杯食わされ、上様の面前で恥を掻かされた。今日の茶会は、上様にとって、この上なく大切な茶会だとわかっていたが、上様のお命に関わることだから、敢えて濃茶の儀をお止めしたのだ。上様は激しく怒っておられた。相国さまの従者は百地の忍びに違いあるまいし、それは文吾だったかもしれぬが、更に騒ぎを大きくして、百地の忍び一人を捕らえるために茶会を台無しにしたとなれば、上様のお怒りはわしらに向けられたかもしれぬ」

孔雀王は振り返ることなく落ち着いた声で言った。

「お頭の言う通りだ。今日のところは茶会を成功させるのが何よりも大切なことだった。上様もご無事だったわけだし、それに満足しなければなるまいよ。そもそも、あれが文吾だとすれば、わしらが茶会を台無しにしてまで自分を捕らえることはあるまいと見越していたに違いない。そうでなければ、丸腰でわしらの前に姿を現すことなどできるはずがない」

最年長の天竺斎が言う。

「おれたちを侮りおって……。文吾め、許せぬ」

犬笛が歯軋《はぎし》りする。

「相国さまのお屋敷にいるとわかっているのだから慌てることはない。文吾が屋敷から抜け出したら、今度こそ叩き殺してやろうではないか」

水蜘蛛が言うと、

「これも罠だということはないのかな？」

風笛がつぶやく。

「どういう意味だ？」

犬笛が訊く。

「文吾が囮《おとり》になって、わたしらを相国さまのお屋敷に誘き寄せる。その隙に、他の者たちが本能寺を襲うとか……」

「上様のそばには、わしがおる。心配せずともよい」

孔雀王が言うと、

「ならば、行こう。ここにいても仕方がない。文吾だけでなく、相国さまのお屋敷に出入りする忍びを皆殺しにしてやるのだ」

犬笛が立ち上がった。


本能寺。常の間。

大勢の客を迎えた茶会を終え、さすがに信長も疲れを感じたらしく、人払いしてくつろいでいた。そこに蘭丸がやって来た。

「お願いがございます」

「申せ」

「出陣を早めていただきとうございます」

「それは聞けぬな。わかっているはずだぞ」

信長が首を振る。

明日の六月二日には、もう一度、招待客を絞り込んで茶会を開くことになっている。三日には譲位について話を詰め、その上で四日に出陣する……そう予定が決まっている。来月、毛利征伐を終えて都に戻ってきたとき、譲位に関する段取りが調っているように、明日と明後日の二日間で朝廷側との打ち合わせを終えてしまうつもりなのである。明日の茶会は、この日の茶会と違って、こぢんまりとしたものになるはずだから、茶会の後で近衛前久を始めとする朝廷の実力者たちと膝詰めで話し合いができるであろうし、そこで煮詰め切れないことを三日にじっくり話し合うことができる。出陣を早めれば、譲位の打ち合わせが中途半端なまま放置されることになってしまう。ある意味、譲位問題の解決は、信長にとって毛利征伐よりも重大なのである。それ故、出陣の日程を変えることは絶対にできない。

「無理を承知でお願いしているのでございます」

「何をそのように心配しておるのだ？　相国さまのことか、それとも、城介のことか？」

「どちらも心配でございます。それ以外のことも心配でございます」

「それ以外のこととは？」

「相国さまを操っている者がいるのではないか、と疑っておりまする。それが中将さまであるとは思えぬのです」

「何か証拠でも手に入れたのか？」

「いいえ、何も」

蘭丸は首を振り、もし明白な証拠があれば、お願いするのではなく、即座に都を立ち退いていただきまする、と付け加えた。

「そのように心配せずともよい。四日には出陣するのだ」

「しかしながら、今日、明日、明後日の三日間、警護の手薄な本能寺で上様が過ごされることが心配でならぬのでございます」

「どのような理由があろうとも、予定を変えることはできぬ。出陣は四日じゃ」

「ならば……」

蘭丸が信長に膝を進める。

「惟任殿の兵を都に呼び寄せて下さいませ」

「光秀ならば亀山におる。都とは指呼《しこ》の間ではないか」

「そうは思えませぬ。何者かが本能寺を襲えば、亀山に急を知らせて惟任殿が駆けつけるのに半日はかかりましょう。それでは、いざというときに間に合いませぬ」

「それも聞けぬのう」

信長が首を振る。

去年、二月と三月に二度、信長は織田軍を都に入れ、御所の近くで馬揃《うまぞろえ》を行った。帝や公家衆に織田軍の閲兵を願い奉るというのが表向きの理由だったが、実際には譲位を渋る正親町天皇に軍事的な圧力をかけるのが狙いだった。

ところが、叡山《えいざん》の焼き討ちや長島の掃討作戦などで、織田軍の情け容赦のないやり方を知っている公家たちは恐慌状態に陥り、譲位の話し合いどころではなくなった。薬が効きすぎて、かえって譲位問題がこじれたのである。そのことに懲りたからこそ、今回の上洛に当たって、信長は、わずかばかりの馬廻《うままわり》しか引き連れず、本能寺に詰める警護の武士も百人足らずに抑えた。信忠の手勢はもっと多いが、やはり、朝廷に配慮して都のあちらこちらに分宿させている。それほどまで気配りし、細心の注意を払って譲位問題を進展させようとしているのに、ここで光秀の大軍を都に呼び寄せたりすれば、またもや恫喝《どうかつ》と受け止められて去年の二の舞になりかねない、と信長は懸念しているのである。

「去年は都に兵を入れ、御所の近くで馬揃を行いました。ですから、惟任殿の兵を呼ぶとしても都に入れなければよろしかろうと思います」

「ふうむ、都の外に呼ぶのか……」

信長が思案する。すぐに蘭丸の提案を拒否しなかったのは、信長自身、何者かが自分の命を狙っていることに危機感を抱いているせいであった。

「桂川の岸辺で留まれば、公家衆が怯えることもないでしょうし、こちらとしても、いざというとき、すぐに兵を本能寺に呼ぶことができるので安心できます」

「というより、光秀の軍勢を都のそばに呼べば、たとえ城介や相国さまが邪心を抱いているとしても、もはや、わしに手出しなどできぬと考えているのではないのか」

ふふふっ、と信長が笑う。

「畏れ入りまする」

「桂川の畔に留まるのであれば構わぬであろう。わしが四日に出陣することは公家どもにも知らせてある故、光秀がわしを迎えに来たとでも説明すればよい」

「上様が都から惟任殿の軍勢を率いて中国に向かわれるのであれば、何者であろうと上様に手出しすることはできぬと存じます」

自分の提案が受け入れられた喜びを隠しきれない様子で、蘭丸が声を弾ませる。

「うむ。手配りせよ」

信長がうなずく。


同じ頃……。

今井宗久の屋敷で開かれた茶会を終えた家康は、津田宗及の屋敷に向かっていた。午後は、そこで過ごし、夜には松井友閑の茶会に出ることになっている。正直なところ、家康は茶会が好きではない。格式張ったことが苦手なのである。もちろん、茶の湯がただの風流などではなく、極めて政治的な儀式であることは承知しており、好き嫌いで判断できるものではないとわかっているから、茶の湯の招待を断ったりはしない。堺の大商人である今井宗久と津田宗及と誼《よしみ》を結んでおくことは徳川家の将来にとって是非とも必要なことだったし、松井友閑は信長の代官である。傍《はた》から見れば物見遊山の旅だとしても、家康にとっては片時も気を緩めることのできない政治的な意味を持つ行事の連続だった。だからこそ、家康は常に口許から笑みを絶やさず、この旅を心から楽しんでいる姿を演じなければならなかった。

作り笑いを浮かべながら、家康は、

（半蔵は、うまくやっているだろうか……）

と考えている。

家康の用心深さは骨身に沁みた習性といっていい。何事を為すに当たっても、どのような決断を下すときも、慎重に、何度となく思案を重ねた上で自らの進退を決めてきた。そのおかげで、油断して死の淵へ滑り落ちるような危険を免れ、家康と徳川家は今でも生き長らえることができている。もはや、家康の本能といってもいい鋭敏な用心深さが、都で何か起こりそうだと家康に警告している。それが杞憂に過ぎず、何事もなければ、予定通りに旅を続けて何食わぬ顔をして三河《みかわ》に帰国すればいいだけのことだが、もし不測の事態が起こったら、何よりも自分の身を守ることを考えなければならない。そのために家康は、服部半蔵を堺から旅立たせたのである。何事かが都で起こる前に、半蔵が無事に使命を果たすことを家康は願わずにいられなかった。

昼八ツ過ぎ（午後二時頃）……。

丹波《たんば》亀山城に森蘭丸の使者が着いた。形としては蘭丸の使者とはいえ、実際には信長の意思を伝える使者であると承知していたから、光秀は畏まって使者を迎えた。命令の内容は簡潔だった。出陣前に信長が明智《あけち》軍を閲兵し、そのまま明智軍と共に西国に向かうので、急ぎ出陣支度を調えて桂川まで来るように、というのである。

光秀は表情を変えずに命令を受けたが、心の中では、

（やはり、そういうことなのか……）

と納得していた。

これまでは半信半疑だったが、信忠の謀叛は本当なのだと確信した。信長が明智軍を閲兵すること自体は不自然ではないが、その日程がおかしい。信長の出陣予定は四日である。にもかかわらず、なぜ、一日の夕方に使者がやって来て、すぐに都のそばに来いなどと命令するのか。これから大急ぎで支度を調えて亀山城を出ると、都には明日の早朝に着く。二日に閲兵すると、明智軍は次の一日を無為に過ごさなければならない。信長が明智軍と共に西に向かうのであれば、二日ではなく、三日に閲兵するべきであろうし、そうでなければ、信長の出陣を一日早めるべきであった。わずか一日とはいえ、一万三千もの大軍が桂川のそばで宿営するのは大変なのだ。信長や蘭丸に、それがわからないはずがない。にもかかわらず、急いで都に来いというのは、そうしなければならない理由があるということであった。

（つまり、いつ中将さまが本能寺を攻めてもおかしくないので、わしを都近くに呼んでおこうということなのだろうな……）

都で何かしら不穏な動きがあり、それを信長が危惧して、念のために明智軍を呼ぶ気になったのではないか、と光秀は推測した。わざわざ「閲兵」などという理由を付けるのは、できるだけ事を穏便に進めようという配慮であろうし、そこまで信長が気を遣わなければならない相手となれば嫡男・信忠以外には考えられなかった。

命令を承った旨を蘭丸に伝えるように頼んで使者を帰すと、光秀は腹心の家臣たちを集めた。筆頭重臣である明智秀満《ひでみつ》を始め、明智次右衛門《じえもん》、斎藤利三《さいとうとしみつ》、藤田伝五郎《ふじたでんごろう》、溝尾庄兵衛《みぞおしょうべえ》という面々である。

「上様が桂川の畔でわれらを閲兵なさるそうだ。急いで出立しなければならぬ」

光秀は、使者から聞かされた通りのことを家臣たちに伝えた。

「それはまた急なことですなあ。まだ支度が調っておりませぬぞ」

明智秀満が顔を顰《しか》める。秀満は光秀の娘婿で、まだ二十六歳の若者だ。

「間に合わぬものは、後から届けさせればよい。どうせ、四日には、また亀山の近くを通るのだからな。すぐに来いと上様に命じられれば、行かぬわけにはいくまい」

光秀が言うと、

「確かに」

家臣たちがうなずく。誰もが信長の性格を知っている。もたもたして、信長の怒りを買うことが何よりも恐ろしい。

「それにしても、なぜ、急に閲兵など……。どうせならば、四日に上様が都から出陣なさるときでもよさそうなものですが……」

斎藤利三が小首を傾げる。利三は光秀の甥で、光秀よりも八つ年下の四十九歳だ。その思慮深さを光秀から厚く信頼されている。

「上様には何かお考えがあるのでしょうな。身共などにはわからぬようなお考えが」

藤田伝五郎が言うと、他の者たちも、違いない、とうなずいた。己を神の化身と信じているような男の考えていることなど、自分たちのような平凡な人間にわかるはずもない、という皮肉めいた思いがあるのだ。

出陣の準備が調ったという知らせを受けると、光秀は五人の家臣たちを集めた。

「殿、どうなされたのですか。すぐにでも出立できまするぞ」

明智秀満が言うと、

「うむ……」

光秀は難しい顔のまま腕組みした。

「わし一人の胸に納めておくべきか否か、わしも随分と迷ったのだが、いざというときに汝らが戸惑わぬよう、やはり、前もって話しておくべきではないか、と思う」

「…………」

五人は怪訝そうに顔を見合わせた。

「いったい、何事でございまするか？」

斎藤利三が訊く。

「上様がわしらを都の近くに呼ぶのは閲兵のためではない」

「では、何のために？」

明智秀満が小首を傾げる。

「まさか徳川さまを成敗なさるおつもりなのでは……？」

藤田伝五郎が声を潜《ひそ》める。

「滅多なことを言うものではない」

斎藤利三が叱る。

「殿が安土で徳川さまの饗応役を務めておられるときにも、そんな噂が囁かれているのを耳にしましたぞ」

明智次右衛門がうなずく。

「そもそも、徳川さまを安土に招いたのは、武田を滅ぼしたことで徳川さまの役目も終わったので、この際、徳川主従を討ち取ってしまおうという企みだったとか……。安土で討ち損なったので都で討つ……そういうことではないのですか？」

「徳川殿ならば、とうに都を離れ、今頃は堺におられるはずだ。そうではない。徳川殿ではない。上様が案じておられるのは中将さまのことなのだ」

光秀が首を振る。

「は、中将さま?」

「上様は中将さまが謀叛するのではないかと疑っておられる。それ故、万一のために、わしらを都のそばに呼ぼうというのだ。本能寺には、わずかの馬廻しかおらぬのでな」

「お待ち下さいませ。中将さまの謀叛など……。わしらには、さっぱりわけがわかりませぬ」

驚愕の表情を浮かべて明智秀満が言う。

「わしも最初は、そうであった。とても信じられぬと思った。しかし、よくよく考えてみると、なるほど、中将さまは謀叛するかもしれぬと思うようになった……」

光秀は、先月の二十六日、亀山城を訪ねてきた里村紹巴《さとむら》から聞かされたことを、かいつまんで説明した。

すなわち、信長が正親町天皇に強く譲位を迫っており、譲位が実現した暁には、信長は上皇となって諸国の大名から領地を取り上げるつもりでいること。

しかしながら、そんな荒療治をすれば、またもや戦国の世に戻ってしまうと信忠は憂え、上皇ではなく、武家の伝統に従い、征夷大将軍となって幕府を開くべきだと主張していること。

信忠は朝廷に力添えを願い、近衛前久が信忠の依頼を了解したこと。

光秀自身、すでに前久から、万が一、都で信長と信忠が戦いを始めるようなことになったら、兵を率いて都に駆けつけ、御所を守ってほしいと頼まれていること。

それは信忠に味方することを意味するので、光秀は何の返事もしなかったこと。

そういう経緯を話し終えると、

「愛宕《あたご》山に参籠した日、殿のお顔が晴れぬと心配しておりましたが、それが理由だったのですか……」

明智秀満が溜息をつく。

「どうしていいか自分でもわからなかったのだ。中将さまの申されることは道理にかなっているように思えるが、上様は恐ろしき御方。謀叛など成功するとは思えぬ」

光秀が首を振る。

「それにしても諸国の大名から領地を取り上げるとは……。とんでもないことを考えるものですなあ。われらも浪人しなければならぬわけですな？　わしらだけでなく、殿までも」

斎藤利三が言う。

「皆が皆、召し放たれるわけではないらしいが……。もう役に立たぬと見極められれば、身ひとつで放り出される。いや、それどころか、下手をすれば滅ぼされるかもしれぬ」

「そういう話を聞くと、確かに、中将さまの申されることが正しいような気になりまするな」

溝尾勝兵衛がうなずく。

「お待ち下され」

明智次右衛門が片手を挙げる。

「皆の衆は、今の話を簡単に信じてしまったようだが、わしには、どうしても信じられぬ。中将さまが上様に謀叛するとな？　あり得まい。すでに中将さまは織田の家督を継いでおられるのだぞ。いずれ上様の後を継いで諸国に号令なさる身ではないか。その御方が何のために謀叛などする必要がある？」

「そう言われると腑に落ちぬ気もする。天下平定は目前とはいえ、まだ戦は続いている。東には上杉、西には毛利、長宗我部、島津……倒さなければならぬ敵は多い。そんなときに上様と中将さまが争うなど、敵を喜ばせるだけではありませぬか？」

斎藤利三が光秀に疑念を呈する。

「わしも考えた。確かに、とても本当のことには思えぬ。中将さまが謀叛するなど、信じられぬ。しかし、嘘にしては手が込んでいるし、相国さまから使いが来たのも本当のことなのだ。嘘であってくれ、もし本当のことだとしても、どうか、わしらが都を離れてからにしてくれ……そう願わずにはいられなかった。わしにとっては、上様も、中将さまも大切な主。どちらかの肩を持つことなどということは考えられぬし、そんな争いに巻き込まれるのは、明智家にとっては不運なことだ。しかし、願いはかなわなかった。上様がわれらを都に呼ぶということが中将さまが謀叛を企んでいる証に違いない」

光秀が険しい表情で言う。

「つまり、殿は、上様の指図に従う覚悟を決めたということでございますな?」

明智秀満が訊く。

「中将さまご自身からの誘いがないのであれば、上様の命令に逆らいようもありますまい」

藤田伝五郎が言う。

「何とも嫌な役回りでございまするなあ。たとえ謀叛を未然に防いだとしても、相手は中将さま。もし、われらが中将さまを討つようなことになれば……」

明智は、よく働いたと誰が誉めてくれるであろうか……と斎藤利三が溜息をつく。

「好きこのんで都に行くわけではないわ」

光秀が額に青筋を浮き上がらせ、だからこそ、ここ何日か、ろくに眠ることもできないほど悩んできたのではないか、と語気を荒らげる。

そう言われると、家臣たちも返す言葉がない。信長の命令には逆らいようがないのだから何を口にしても愚痴になってしまうだけなのだ。

「殿、そろそろ出発しませぬと」

明智秀満が促すと、

「うむ、そうしよう」

光秀が腰を上げた。ひどく顔色が悪かった。

本能寺。常の間。

「亀山城から使者が戻りましてございまする」

蘭丸が信長に知らせる。

「できるだけ急ぐように申し伝えましたので、恐らく、明日の夜明け頃には、惟任殿の軍勢が都に着くはずでございます。それまでの半日ほどが心配ではありまするが……」

「たとえ何が起こったとしても、半日くらいならば、どうにでもなるではないか。のう？」

部屋の片隅に控える孔雀王に信長は顔を向ける。

「は。それくらいならば、いかようにも」

孔雀王が平伏し、ちらりと上目遣いに信長を見る。信長も目で合図する。孔雀王と信長は、森蘭丸ですら知らされていない秘密を共有しているということであった。

(あのことでございますな、上様？)

(うむ。いざとなれば、あれを使う)

(承知いたしました)

無言のうちに、二人は、そういう意思疎通を図ったのである。蘭丸は何も気が付かず、

「それにしては、上様のお顔色もよろしからぬように見受けられまするが……」

と小首を傾げる。

「うむ」

と、うなずき、実は妙覚寺《みょうかくじ》に使いを出した、と信長は言った。

「中将さまに使いを？　どういう用向きでお呼びになるのですか」

「急いで来るように、と申し伝えただけだ」

「さようでございましたか」

蘭丸がうなずく。

「城介が素直に現れるものかどうか……」

信長は浮かない顔である。信長ほどの男でも、わが子の謀叛を疑わなければならないとなると、さすがに気が滅入ってしまうらしかった。

本能寺の北は六角通に面している。

六角通を東に進み、新町通、室町通、烏丸通《からすまどおり》と過ぎると、そこが六角堂前町で、ここに頂法寺《ちょうほうじ》という寺がある。本堂が六角形をしていることから、町の者からは「六角堂さま」と呼ばれている。本能寺と四町ほどしか離れておらず、まさに指呼の間といっていい。

この六角堂さまの周辺には町家が建ち並んでおり、かなり大きな商家もある。そういう商家のひとつ、裏庭にある土蔵に、ざっと五十人の男たちが息を潜めていた。その中心に坐り込んでいるのは黒田官兵衛だ。この男たちは官兵衛が信頼する家臣たちで、この他にも周辺の町家に分散して潜んでいる家臣たちがいて、それらをすべて合わせれば三百人ほどになる。官兵衛を始めとして、どの男たちも出陣前のように戦支度をしており、誰もが緊張した顔をしている。無駄口を叩く者もいないので、土蔵は静まり返っている。時折、パチッという音がするのは体にたかってくる蚊を手で打つ音だ。蒸し暑い夜に、狭苦しくて換気の悪い土蔵に大勢がひしめいているため誰もが汗にまみれている。その汗の臭いに誘われて蚊がたかる。

（さて、うまくいくものかどうか……）

身じろぎもせず、官兵衛は、じっと思案を続けている。秀吉と相談して練り上げ、紹巴にも承知させた作戦である。

元々の信長暗殺計画は紹巴が立案して近衛前久を巻き込んだものだが、朝廷と伊賀者の力だけで信長を暗殺することなどできるはずがない、というのが秀吉と官兵衛の一致した結論だった。そんな危なっかしい話に関わるほど秀吉も迂闊な男ではないが、否応なしに関わらざるを得ない事情が秀吉にもある。それは信長の描く未来図に秀吉の居場所がないということであった。有能であるが故に危険分子と見なされて排除されるに違いないのだ。官兵衛もそう判断し、朝廷と伊賀者を見殺しにするのではなく、彼らの力を利用して、最終的には秀吉自身の手で信長暗殺を成功させるべきだと進言した。

官兵衛は、

（おれほどの軍師は滅多におるまい）

と自負している男だ。今までに自分と互角の器量を持っていると認めた軍師は竹中《たけなか》半兵衛《はんべえ》くらいのものだ。

しかし、秀吉だけは自分よりも半兵衛よりも優れていると一目置いている。器の大きさが違いすぎるのだ。だからこそ、官兵衛は一途に秀吉に忠義を尽くしている。

その秀吉と官兵衛が考え抜いて捻り出したのが、今回の作戦なのである。紹巴と近衛前久が検討していた信長の毒殺計画を前段階として利用し、前久と信忠に対する信長の警戒感を強めることで、亀山城の明智軍を都に呼び入れさせる……それが作戦の根幹を成している。

つまり、秀吉が紹巴に力を貸すという段階を通り過ぎ、今や秀吉自身が黒幕となって信長の抹殺を図るという段階に進んでいるのだ。作戦を仕上げるために官兵衛は密かに都に戻った。

信長を殺すだけでよければ、これほど慎重に事を進める必要はなかった。備中から都にやって来て、信長がいかに警備の手薄な状況に身を置いているか、官兵衛にもわかった。今日の昼も、変装して本能寺の周辺を歩いてみたが、一千ほどの兵で本能寺を囲めば確実に信長を討ち取ることができる、と官兵衛は考えた。

なるほど、寺としては堅固な造りには違いないが、やはり、城とは違う。不意を衝いて四方から押し寄せれば、百人ほどの近臣たちに守られているに過ぎない信長を討ち取るのに、さほどの時間はかかるまいと思う。狭い寺域では隠れる場所もないし、もし見付からなければ寺を焼き払えばいいだけのことである。軍事的な見地から判断すれば、信長を討つことは、たやすいといっていい。

しかし、秀吉も官兵衛も、もはや、それだけでは満足できなくなっている。信長を殺すほどのことを企むのであれば、いっそ天下を奪い取ってしまおうではないか、というところまで発想が飛躍している。もちろん、信長が死んだからといって、すぐに織田家がなくなるわけではなく、織田の天下が瓦解するわけでもないが、間違いなく天下は乱れる。そうなれば、秀吉が天下取りに参加する芽も出てくるはずだった。ただ、そのためには、ひとつだけ絶対条件がある。主殺しの汚名を背負わないことだ。秀吉が信長殺しの黒幕だということが明らかになれば、天下取りどころの騒ぎではなくなる。信長が死んでも強力な織田軍団は健在であり、軍団を率いる武将たちがよってたかって秀吉を袋叩きにするに違いないからだ。それ故、誰かに主殺しの大罪をなすりつけて、犯人に仕立て上げる必要がある。秀吉と官兵衛が白羽の矢を立てたのが光秀であった。

「誰か来ますぞ」

扉口で見張っていた武士が刀に手をかける。武士たちが表情を強張《こわば》らせる。

現れたのは道林坊《どうりんぼう》と八之助《はちのすけ》であった。

「おまえたちか」

官兵衛が顔を上げる。

道林坊と八之助は、亀山から戻ったばかりだった。明智軍の動きを探るために出かけたのだ。

「出陣支度を始めましてございます。あの慌てようでは、今頃は、亀山城を出立しているものと思われます」

「よし」

官兵衛が膝をぽんと打ち、口許に笑みを浮かべた。

信長が明智軍を都に呼ばなければ、秀吉と官兵衛の計画は水泡に帰する。四日に信長が出陣する前に何としてでも明智軍を引きずり出さなければならなかった。万が一、信長が無事に都を出るようなことになれば、秀吉も官兵衛も破滅である。何しろ、秀吉は信長が死ぬという前提で毛利と和睦《わぼく》交渉を進めているのだ。信長に知られれば、秀吉と官兵衛の命はない。危険な賭けだったが、どうしても必要なことだった。信長が死んだら、すぐに秀吉は都に戻らなければならないからであった。他の誰よりも早く都に着き、陰謀の証拠を消す必要があるからだ。信長が死んでから和睦交渉を始めたのでは、どれだけ時間がかかるかわからない。

それ故、官兵衛は、信長が明智軍を呼ぼうとしなければ、八之助を信長の使者に仕立てることを考えていた。八之助と道林坊が亀山に赴いたのは、そのためであり、偽の命令書を携え、変装道具まで持参した。明日の昼まで待って、それでも明智軍に動きがなければ、八之助と道林坊が亀山城に乗り込む手筈《てはず》になっていたのである。幸いにも、その必要はなくなった。

「とりあえず、ここまではうまくいったが……」

官兵衛が表情を引き締める。

最初の難所を越えたという思いだったが、しかし、すぐに次の難所が待っている。それは明智軍の到着時間であった。陰暦の六月一日は、太陽暦の六月三十日に当たる。夏至が六月二十一日だから、一年のうち、最も昼の時間が長い時期だ。つまり、夜が明けるのが早い。午前五時になれば、もう都には朝日が降り注ぐのである。

官兵衛としては、まだ暗いうちに明智軍が都に着いてほしいと願っている。官兵衛と家臣たちは闇を味方にしなければならなかった。明るい場所で行動することを避けたかったのである。

亀山城から都までの距離は五里（二十キロ）少々に過ぎない。およそ二十キロである。この時間に出発していれば、余裕を持って夜明け前に都に着きそうなものだが、実際には、そう簡単にはいくまいと官兵衛にはわかっている。官兵衛自身、経験豊富な武将である。だからこそ、光秀の立場になって考えれば、いかに信長から急いで都に来るように命じられたとしても、それが容易なことではないとわかるのだ。

「あれこれ考えても仕方がない。あとは待つしかないか……」

そうつぶやくと、官兵衛は、道林坊と八之助に顔を向け、桂川の向こう岸に明智軍が現れたらすぐに知らせるように命じた。あとは目を瞑って黙り込み、それきり口を利かなくなった。

堺。

家康は、ふーっと溜息をついた。朝からふたつの茶会をこなして、さすがに疲れている。しかし、まだ終わりではない。これから最も重要な松井友閑主催の茶会が控えている。気を引き締めて、もうひと頑張りしなければならなかった。

(半蔵は、どこにいるのか……?)

それが気懸かりであった。

昨夜、家康は服部半蔵に重要な使命を負わせて堺を発たせた。その半蔵が、まだ戻らない。

備中。

秀吉は、湖に浮かぶ高松城をじっと眺めている。

真っ赤な夕陽に照らされる天守を指差しながら、

「まるで城が血を流しているように見える。そう思わぬか、平馬?」

秀吉は肩越しに振り返った。そこには本陣の馬廻を務める大谷吉継《おおたによしつぐ》が地面に膝をついて控えている。吉継は二十四歳の若者で、八年前、秀吉が長浜城主になったときに召し抱えられた。秀吉の馬廻には、加藤清正《かとうきよまさ》や福島正則《ふくしままさのり》といった血の気の多い荒武者ばかりが多く、政治を理解できる有能な官僚型の近習が少ない。吉継は、石田三成《いしだみつなり》と共に数少ない官僚型の一人であり、その性格が生真面目で誠実なこともあって、秀吉から大いに目をかけられている。

「おっしゃる通りでございます。いつもは美しく、見る者の心を和ませる夕陽が、なぜか、物悲しく感じられまする」

にこりともせずに、吉継がうなずく。

「城の者たちは苦しんでいるらしい。食う物がなくなって、死人の肉まで食らっているという話も聞いた。清水宗治《しみずむねはる》というのは頑固な男よなあ。あんな城など、さっさと捨てて、城兵の命を守ればよいものを……。毛利に義理立てし、城などにこだわって、家臣たちを不幸にしておるわ。馬鹿な男よ」

「命さえあれば、身ひとつでやり直しができる……殿の教えでございまする」

「教えというほどのことではない。わしは、元々が武家の生まれではないから、変なところでつまらぬ意地など張らぬのだ。命は、ひとつしかないからのう。これほど大切なものはない」

秀吉は、山の端に沈んでいく太陽を見つめながら、小さな溜息をついた。

（あの太陽のように消えようとしているのは上様なのか、それとも、わしなのか……)

今の秀吉にとっては高松城も、毛利との和睦交渉も二の次に過ぎない。官兵衛と二人で練り上げた計画が成功するかしないかで秀吉の運命が決まる。何よりも大切な命を張った、一世一代の大博奕《ばくち》を打ったのだ。失敗すれば命はない。秀吉だけでなく、秀吉と縁続きの者は、ことごとく信長に誅《ちゅう》されるに違いない。それが信長のやり方なのだ。高松城を照らす夕陽が血の色に見えたのは、計画が失敗するという不気味な暗示なのではないか、という気さえした。

(頼むぞ、瘡蓋頭《かさぶたあたま》。しっかりやってくれ)

事の成否は伝書鳩で知らされることになっている。早く知らせが届かぬものか、できれば、よい知らせが……秀吉は、そう祈らずにいられなかった。

近衛邸。

文吾は、肩に頭を埋めるような格好であぐらをかいている。居眠りしているように見えるが、文吾の目は見開かれている。じっと床の一点を凝視しているのだ。何かを見ているわけではなかった。すでに部屋の中は暗いが、明かりはない。いかに夜目が利くといっても、この暗さでは何も見えないであろう。

文吾は何もしていない。ただ、じっと時間が過ぎるのを待っているだけだ。今の文吾にとっては、何もせずに、この屋敷に閉じ籠もることが重要な仕事なのである。屋敷が藤林の忍びたちに厳重に見張られていることはわかっている。恐らく、五人衆もいるはずであった。

前久の供として本能寺に出向いたとき、いくら変装していたとはいえ、文吾の物腰や態度から孔雀王や五人衆に正体を見破られたに違いなかった。だからこそ、屋敷を見張られているのであろう。もっとも、そうなることは計算尽くだった。敢えて正体を見破らせたといってよかった。

近衛邸に注意を惹きつけるという役割を文吾が果たすことで、本能寺の近くに潜んでいる官兵衛が発見される危険を減らすことができるし、たとえ文吾が身動きが取れなくても、八之助と道林坊が官兵衛のために大きな働きをしてくれるはずだった。

がたっ、と音がして板戸が引かれた。

文吾が顔を上げる。紹巴だった。

「相国さまは……？」

「よく眠っておられる。この何日か、ろくに眠ることもできなかったから、一度に疲れが出たのであろうな」

文吾の向かいに紹巴が腰を下ろす。

紹巴は、そのまま黙り込んだ。共に手練れの忍びであるだけに、息遣いすらほとんど聞こえない。重苦しいほどの沈黙が狭い部屋の中に満ちている。

やがて、

「明智の軍勢は来るでしょうか」

ぽつりと文吾がつぶやく。

「来る……。いや、来てもらわなければ困る。そのために時間をかけて、じっくりと下拵えしたのだからな」

「そうだといいのですが……」

こちらの思惑通りに明智軍が動き、本能寺で事件が起こるまで、文吾は待たなければならない。もし何事も起こらなければ、計画は失敗したということであり、文吾は、この部屋で夜明けを迎えることになる。


近衛邸の外。

日が暮れても、藤林の忍びたちは警戒の手を緩めなかった。闇に紛れて文吾が屋敷から抜け出そうとするのではないかと考え、かえって警戒を強めた。

しかし、いつまで待っても何の動きもない。

「くそっ、文吾め、なぜ、動かぬのだ?」

犬笛が歯軋りする。幼い頃から好敵手として競い合ってきただけに、文吾のことになると冷静さを失いがちなのだ。

「ここには文吾だけでなく、それ以外の百地の生き残りも匿われているに違いない。この屋敷を根城にして悪巧みしていたのだろう」

左文字が言う。

「わたしが探ってこようか？」

犬笛の妹である風笛は身のこなしが軽く、どんな堅牢な城にでも忍び込むことができる。その技を以てすれば、近衛屋敷に忍び込むことなど造作もない。

しかも、五感が異様に研ぎすまされているので、暗闇の中でも自由自在に動き回ることができるから、近衛屋敷に百地党の生き残りが隠れ潜んでいれば、それを正確に炙《あぶ》り出すこともできる。

「馬鹿なことを言うな」

最年長の天竺斎がたしなめる。

「勝手に忍び込めるものか。上様のお許しがいる」

「うむ。まずは、お頭に話してみることだな」

水蜘蛛もうなずく。

「わかっているが……。それにしても歯《は》痒《がゆ》い。すぐ手の届くところに文吾がいるのに、何もできぬとは」

犬笛が口惜しそうに舌打ちする。

妙覚寺。

信忠と斎藤新五《さいとうしんご》郎《ろう》が難しい顔で黙り込んでいる。

斎藤新五郎利治《としはる》は、信長の岳父・斎藤道三《どうさん》の末子である。道三が嫡男の義龍《よしたつ》に討ち取られた後、尾張《おわり》に逃れて信長に仕えるようになった。四年ほど前から信忠の筆頭家老の地位にあり、その職務を忠実にこなしている。今では信忠が最も信頼する側近といっていい。

「本能寺に来い」

という信長からの簡潔な命令を伝える使者を帰してから、信忠と新五郎は二人だけで部屋に籠もっている。すぐに本能寺に出かけようとする信忠を新五郎が引き留めたのである。

「いい加減にせぬか、新五郎。父上が、わしを手討ちにするとでも思うておるのか？」

「まさかとは思いまするが、あの激しいご気性でございますれば……」

新五郎の表情が曇る。

「そのときは、おとなしく首を差し出すしかあるまい。父上の手からは逃れようもないであろうし、万が一にも謀叛などするつもりはない」

信忠は迷いのない口調で言う。

「ならば、上様のお考えに逆らうことを控え、上様の申されるようになさってはいかがですか」

「父上がなさろうとしているのは新たなる戦国の世を生み出すことだぞ。その方もわかっておるではないか。織田の家督を継いだ、このわし以外に誰が父上に諫言できるというのだ？　そのようなことを余人が口にすれば、その場で、父上に首を刎《は》ねられてしまうであろうよ。わしの言葉だからこそ、腹を立てながらも父上は耳を傾けて下さるのだ」

「古来、子が父に諫言して命を奪われるという例は少なくございませぬ。正直に申せば、今もまだ殿が生きておられるのは僥倖《ぎょうこう》ではないか、と思うております」

「ふうむ……」

「殿が生きておられれば、いつの日か上様の過ちを正すこともできるというもの。死んでは、それもかないませぬ。大切な後継ぎを、そう簡単に手討ちにするとも思えませぬが、ここは用心しなければなりませぬ。どうか、これ以上、上様と争うのはおやめ下さいませ。本能寺に出向かれたならば、まず最初に、こちらからお詫びするのです。上様のご機嫌を損ねたりすると……」

「今日がわしの命日になる……そういうことか」

信忠がうなずく。

五ツ過ぎ(午後八時頃)……。

亀山城の東にある柴野という平地に、一万三千の明智軍が集結した。ここで光秀は、全軍を三つに分けた。第一陣が明智秀満の四千、第二陣が明智次右衛門の四千。光秀自身は、第三陣の五千を率い、これに斎藤利三も加わる。

これですぐに出発できるわけではない。亀山から都までは丹波街道を進むことになるが、街道といっても、馬二頭が何とか並んで進める程度の道幅しかない。人間ならば、せいぜい四列が限度だ。それ故、第一陣の中で、改めて行軍の順番を決めなければならなかった。同じ作業が第二陣、第三陣でも行われる。その作業に時間と手間がかかった。

ようやく第一陣の先頭が柴野を出発したのは夜五ツ半(午後九時)である。丹波街道を四列縦隊でのろのろ進む。好きこのんで、のろのろ進んでいるのではない。そうせざるを得なかった。

ひとつには闇夜のせいである。新月なので月明かりを頼ることができない。もちろん、隊列の中には一定間隔をおいて松明《たいまつ》を手にした者が歩いているが、その恩恵を受けられるのは松明の近くにいる者たちだけだった。

また、ひとつには道の悪さである。

五月の下旬に集中的に大雨が降り、ここ数日は降ったりやんだりというぐずついた梅雨模様の天気が続いている。当然ながら、道はぬかるんでおり、泥状になった地面を踏むと、踝《くるぶし》のあたりまでめり込んでしまうほどだ。これでは普通に歩けという方が無理であった。しかも、明智兵は軽装ではない。信長の閲兵を受けたら、そのまま戦地に向かうのだから、手には弓矢や鉄砲を持ち、腰に刀を差し、自炊のための食糧を背負っている。それらの重さが兵たちの肉体を更に泥土に沈めることになった。これだけの悪条件の中、それでも明智軍は何とか夜明けまでに都に辿り着こうと必死だった。桂川の畔で信長が閲兵すると兵たちは聞かされている。もし信長を待たせるようなことになったら、どんな厄介なことになるやもしれぬ……誰もがそう危惧している。それほどまでに信長は怖れられていた。

本能寺。

信長は酒肴の支度をして、信忠を待っていた。同席したのは森蘭丸と村井《むらい》貞勝《さだかつ》の二人だけである。斎藤新五郎は同席を許されず、控えの間で待つことになった。

最初、信長は険しい表情をしていたが、信忠の方から、織田家のためによかれと思って自分の考えを口にしてきたが、結果的に父上に逆らうような態度を取ってしまったことをお詫びさせていただきたい、これからは何事にしろ父上と心をひとつにして力を尽くしていきたい、と低姿勢で反省の色を見せたため、信長の機嫌もよくなった。茶会の際に、信長が席を立ち、近衛前久が蘭丸に連れ出されたとき、客たちが騒然とする中で、信忠だけが平然としていたことについても、「城介、あとを頼むぞ」という父上の言葉に忠実に従っただけのことでございまする、と説明されてみると、信長としても、

（そう言われれば、そうかもしれぬ……）

という気になった。

確かに、信長が怒った様子で広間から出ていくのを見て、客たちは困惑していた。信忠までが席を立てば、もはや茶会どころではなくなったはずであった。信長が広間に戻って何事もなかったような顔で茶会を続けることができたのは、信長が席を離れている間、信忠が無難に亭主としての役割を務めていたからに違いなかった。そう考えると、騒ぎの中で落ち着き払っていた信忠の態度に不信感を抱くのは筋違いというものであり、あの場を取り繕うには、それ以外の態度など取りようがなかったのだ、と信長も納得した。

「飲もうではないか」

よほど上機嫌である証拠に、自らの手で信忠に酒を注いでやり、そればかりか、

「村井、遠慮はいらぬぞ」

と、村井貞勝にまで酒を勧めた。

貞勝は恐懼《きょうく》し、全身の筋肉を強張らせて酒を受けた。

しばらくは酒杯を傾けながら、当たり障りのない話題を肴に歓談が続いた。風向きが変わったのは、明日の朝には光秀の軍勢が都にやって来る、と信長が口にしたときである。それを聞いて、信忠の顔色が変わった。

「何故、明智を都などに……。しかも、わざわざ、夜更けに？」

「桂川の河原で光秀の兵を閲《えつ》し、その兵たちと共に西国に出陣するのだ」

信長が答える。

「しかし、父上が出陣なさるのは明後日のはず。明智の兵を引き連れて出陣なさるのであれば、明日、日の出ているうちに亀山から呼べばよいではございませんか。なぜ、今夜……」

そこで信忠は、ハッとした。

「父上は、まだ、わたくしを疑っておられるのですか？」

「疑ってなどおらぬ」

「この寺は警護が手薄なので、だから、何かあってはまずいとお考えになって、明智の兵を呼んだのではないのですか？　つまり、わたしの謀叛に備えるために」

「いい加減にせぬか」

信長が顔を顰める。

「そのような疑いを持っていれば、朝廷と汝の三職推任を話し合うはずがないではないか」

「わたくしの三職推任？」

「明日は相国さまとふたつのことを話し合い、その決着を付けた上で出陣するつもりでおる。ふたつのこととは、まず、帝の譲位の一件、そして、もうひとつが汝の三職推任よ。織田幕府を開くつもりはないから、汝を征夷大将軍にはさせぬ。太政大臣はいまや名ばかりの名誉職にすぎぬ。すると残るのは関白ということになる。どうだ、関白で不満とは言うまいな？」

「なぜ、わたくしが関白などに……。父上がなられればよいではございませぬか」

「帝が譲位して五の宮が東宮になれば、わしは上皇として扱われる。それで十分なのだ」

「しかし……」

「わしが上皇となり、汝が関白となる。あと何年かしたならば、五の宮に汝の姫を娶《めあわ》せる。姫が皇子《みこ》を生んでくれれば、その皇子がいずれは東宮となり、帝となる。そのときこそ、織田家と朝廷がひとつになるときだ。ふふっ、幕府を開くより、ずっとよいとは思わぬか？　この国の始まりから今に至るまで朝廷は綿々と命脈を保ち続けている。これから先も生き続けるであろう。それは、織田家も朝廷と共に生き続けるということだ」

「何という恐ろしいことをお考えになるのですか……」

信忠は驚愕した。

「恐ろしいだと？」

信長がじろりと信忠を睨む。血走った目が据わっている。信忠は、その視線に怯《ひる》むことなく、あまりにも朝廷というものを軽んじておられるのではありますまいか、と口にした。その途端、信長の顔が朱に染まった。頭に血が上ったのだ。村井貞勝は凍り付き、蘭丸は、万が一、信長が刀に手をかけるようなことになったら、何としてでも制止しなければならぬ、と身構えた。そういう形相になったときの信長は危険極まりないのだ。ここで信忠を手討ちにさせるわけにはいかぬと蘭丸は思い、そのときには自分が楯になって信長に斬られなければ、と覚悟を決めた。

瞬《まばた》きもせずに信忠を睨んでいた信長が、ふーっと大きく息を吐いて、肩の力を抜いた。さすがに自制心が働いたらしい。

「帰るがよい」

信長が言う。

「少し頭を冷やして、わしの話したことをよく考えてみよ。織田家が末永く生き延びるにはどうすればよいか、ということをな」

「そう致します」

信忠が素直にうなずく。斎藤新五郎が忠告してくれたように、あまり信長を怒らせるとわが身が危険だと感じ取ったのである。一礼して信忠が席を立ち、信忠を見送るために村井貞勝も腰を上げた。あとには信長と蘭丸の二人が残った。

「お休みになられますか？」

蘭丸が訊く。

「いや、無理だな。城介の物言いに腹が立って、すっかり目が冴えてしまった。日海《にっかい》は、もう帰ったのか？」

「まだ残っているはずでございますが」

「ならば、ここに呼べ。一局打てば、少しは心も落ち着いて、眠れるようになるかもしれぬ」

「承知いたしました」

蘭丸が頭を下げて部屋を出ていく。

この日の茶会には囲碁の名人も招かれた。それが寂光寺《じゃっこうじ》の本因坊《ほんいんぼう》に住む日海で、茶会の後の余興として、やはり、名人と称される鹿塩利賢《かしおりげん》と対局した。日海は囲碁好きの信長のお気に入りなのだ。対局が終わった後、信長は日海に多くの褒美を与えた。この時間まで日海が本能寺に残っていたのは、退屈しのぎに信長が日海を召すかもしれないと蘭丸が気を利かせて足止めしていたからであった。それが役に立った。日海は信長と指導対局の碁を打ち、信長が熱心に教えを請うたせいもあって、対局は九ツ（深夜零時）過ぎに及んだ。日付が変わってから、日海は本能寺を後にし、信長も寝所に引き揚げた。疲れが出たのか、信長はすぐに寝息を立て始めた。

信長が日海と対局しているとき、蘭丸は、そっと席を立ち、別室で孔雀王と会った。

「気の回し過ぎかもしれぬが、中将さまの物言いが少しばかり気になる」

蘭丸が言うと、

「謀叛を疑っておられるのでございますか？」

下座に控える孔雀王が顔を上げずに訊く。

「まさかとは思うが、都ですぐに兵を動かすことができるのは中将さまだけだ。本能寺は守りが薄い。亀山から惟任殿の軍勢がやって来るまでは油断できぬ」

「いつ頃、都に来られるのですか？」

「早ければ明日の朝には着くだろう」

「今夜一晩、何事もなければよい……そういうことになりましょうか？」

「そうだな」

「何をすればよろしいでしょうか？」

「まずは妙覚寺をしっかり見張ることだ。中将さまが動くようなことがあれば、こちらも手を打たなければならぬ」

「いっそ……」

「何だ？」

「今のうちに上様がこの寺を出られてはどうかと思いまして。惟任さまが都に向かっているのであれば尚のこと……」

「こっちから亀山に向かえば、途中で惟任殿の軍勢に出会える、そう言いたいのか？」

「はい」

「それは無理だな。上様がお許しになるはずがない。なぜなら、そんなことをすれば、中将さまをこのままにしておけなくなるからだ」

「中将さまの動きを警戒はするものの、謀叛なさると本気で疑っているわけではない、という意味でしょうか？」

「本気で疑っていたら、上様は、ここにはおられぬわ。万にひとつでも上様の身に危険が及ばぬように心配りしなければならぬのが、わしの務め。何事もなければそれでよし。何かあってから慌てるわけにはいかぬのだ。わしは自分の務めを果たしたいと思うておるだけのこと。そのために万全の手配りをしなければならぬ」

「配下の者たちに命じて、妙覚寺の動きを見張らせておりまするが、その数は多くはありませぬ。人手の多くを相国さまのお屋敷近くに配しておるからでございます。あの屋敷に百地の忍びが潜んでいるのは間違いないので、屋敷から抜け出そうとすれば直ちに捕らえる手筈になっているのです」

「それは後回しにせよ。惟任殿の軍勢が都に着くまでは中将さまの動きに目を光らせ、本能寺の守りを固めることに専念するのだ。あと半日、何事もないようにな」

「承知致しました。そのように手配り致しまする」

孔雀王が低い声で返事をする。


真っ暗な土蔵から微かな物音が洩れている。土蔵にひしめく五十人もの男たちが体を動かしたり、溜息をついたりする音だ。

土蔵に明かりがないのは、すでに町中が静まり返っており、しかも、新月なので、どこにも明かりなど見えないからであった。そんな暗闇の中で、わずかでも明かりが洩れていれば遠くからでも人目に付く。それを避けるために明かりがないのだ。

黒田官兵衛は計画を成功させるために、そこまで気を遣っていた。できることなら、この物音も何とかしたかった。身動きせずに、じっとしていろ、息を殺せ、蚊に食われたくらいで舌打ちするな、蚊を叩くな……いくらでも注意したかった。

しかし、それは我慢した。この蒸し暑い夜に、武装した男たちが狭い空間に密集しているのだ。耐え難いほどの息苦しさであり、耐え難いほどの暑さである。じっとしているだけでも拷問のようなものであろう。更に多くのことを要求するのは酷というものであった。

官兵衛自身、全身に汗をかいているし、顔も腕も足も、とにかく露わになっている場所は蚊に食われまくっている。官兵衛だけが楽をしているわけではない。家臣たちと同じように耐えているのだ。だが、官兵衛は何も感じないかのように平気な顔をしている。実際、これくらいのことは屁でもないのだ。

(有岡の土牢にいたことを思えば……)

四年前、信長に謀叛した荒木村重《あらきむらしげ》を翻意させるために有岡城に赴いた官兵衛は、村重の説得に失敗して捕縛され、土牢に放り込まれた。かろうじて四つん這いになれるほどの高さしかなく、手足を十分に伸ばすこともできない狭苦しい場所に押し込まれたのである。そこは、一日中、陽の差すこともない薄暗く湿った場所だった。地面に筵《むしろ》一枚を敷いて横になり、糞尿も垂れ流しという劣悪な環境で官兵衛は一年も過ごした。今でも土牢にいたことを夢に見て魘《うな》されることがある。夢から覚めると、あの土牢に一年もいて、よく気が狂わなかったものだと不思議な気がする。あんなところに放り込まれるとわかっていたら、断罪にされるか、磔《はりつけ》にされる方を選んでいたに違いないとも思う。それほどに辛く苦しい経験だった。そんな経験をしているから、この土蔵で一晩過ごすくらいのことは屁でもないし、いくら蚊に食われようが顔色ひとつ変えないのだ。地獄を味わったことのない者たちとは違うのである。

「おまえたち、少しでも休んでおけ。眠れるのは今のうちだけだぞ」

そう言うと、官兵衛は目を瞑った。すぐに小さないびきが洩れ始めた。

「よく眠れるものよのう」

「暑くてたまらぬわ」

「早く始まらぬかのう」

家臣たちは官兵衛の図太さに呆れてぼやいた。

堺。

松井友閑主催の茶会を終え、家康は宿舎に引き揚げた。よほど疲れたのか、すぐに寝所に向かった。夜具にくるまった途端に目蓋が重くなって眠気が兆《きざ》した。そこで宿直《とのい》の武士に声をかけられた。服部半蔵が目通りを願っているというのだ。

「半蔵が来たか」

家康は夜具を撥《は》ねのけて身を起こすと、すぐに通せ、と命じた。もう眠気は飛んでいる。

寝所に半蔵が入ってくると、

「どうであった?」

身を乗り出すようにして、家康は訊いた。

「ご心配には及びませぬ。うまくいきましてございまする」

「そうか」

家康は安堵の吐息を洩らすと、体の力を抜いた。

半蔵に命じたのは、いざというときに備えて、逃走経路を確保することであった。都で不測の事態が発生すれば、否応なしに堺にいる家康も巻き込まれざるを得ないであろう。旅先で犬死にするようなみじめな末路を辿らずにすむように、無事に三河に帰還するための安全な道筋を確保する必要があった。伊賀を横断して伊勢湾に出て、そこから船で三河に帰る……それが最も短時間で帰国できる道筋だが、懸念されるのは伊賀の土豪たちの向背《こうはい》であった。服部家は、今でこそ三河で徳川家に仕えているが、元々は伊賀の有力な土豪であり、今でも服部の支族は伊賀にいくつも残っている。そういう伝手《つて》を辿って、伊賀の土豪たちと話をつけるように家康は命じた。それがうまくいったという。

「しかしながら……」

どうやら伊賀の土豪たちと話をつけたのは徒労に終わるのではないか、と半蔵は口にした。

「なぜだ？」

「都に残してきた者たちから知らせをうけました」

都では藤林や百地の忍びだけでなく、服部の忍びも密かに活動しており、信長や信忠の動きに目を光らせている。そういう者たちが、本能寺の茶会での騒動や、蘭丸が亀山城に使者を発したことなどを逐一、半蔵に知らせてくる。それらの報告を半蔵が家康に報告するという流れになっている。明日には明智軍が都に着き、その二日後、その明智軍を率いて信長が西国に出陣するらしい、となれば、都で変事が起こることはないのではありますまいか……そう半蔵は言った。都で何事も起こらなければ、家康が慌てて三河に帰国する必要もなくなるわけであった。

「ほう、明智の軍勢が都に来るのか……」

何よりも、そのことに家康は驚いた。

「明智がのう」

家康は大きくうなずきながら溜息をついた。自分でも意外だったが、驚きが去ると、自分がひどく失望し、落胆していることに気が付いた。

明智軍が都に来るというのでは、信忠と近衛前久の謀叛は失敗するに違いないと思った。いや、よほどの愚か者でない限り、謀叛を思い止まるであろう。

半蔵の言うように都では何事も起こるまい。ということは、謀叛は不発に終わり、これからも信長の天下が続くということだ。信長は、近々、毛利を下し、遠からず長宗我部と島津も屈服させるであろう。信長の権力はますます強大化し、その権力を背景に、諸国の大名たちに朝廷への領地返上を命ずる。その命令に逆らえば、それを理由に討伐されることになる。家康を始めとする、すべての大名にとっての悪夢が現実化するわけであった。

「本当に百姓になることになるやもしれぬな……」

家康がつぶやく。

「は？」

半蔵が小首を傾げる。

「何でもない」

「念のために、わたしは、これより都に戻りまする」

「さぞや疲れているであろうに、すまぬのう」

「百地の動きも気になりますれば……上様が都におられる間は油断できぬと存じます」

「うむ、念のために、な。しかし、明智の軍勢が来るのであれば、もはや、都では何事も起こるまい。わしは寝る。今日は長い一日だったし、明日も忙しい。それに……」

家康が肩を落として大きな溜息をつく。

「何だか、力が抜けたわ」

「なぜだ？」

と、犬笛は怪訝な顔をした。

孔雀王からの使いが来たので、てっきり、近衛邸に踏み込む許しがもらえるのだと期待した。ところが、使いが口にしたのは、直ちに本能寺に戻るように、という五人衆への命令だった。

「囲みを解けば、文吾たちを逃がすことになるぞ」

「よくわからぬが、そうしなければならぬ事情があるのであろう」

天竺斎が言うと、

「お頭には何か考えがあるのであろうし、そもそも、お頭の考えではなく、お頭も命令されただけかもしれぬしのう」

水蜘蛛がうなずく。

「命令？」

「上様の命令だとすれば逆らいようもあるまいが」

左文字が言うと、さすがに犬笛も黙り込んだ。

五人衆は直ちに本能寺に戻ることにした。


桂川の畔。

八之助と道林坊が河原の草むらに腰を下ろしている。桂川は都の西を流れており、ここから本能寺までは一里（四キロ）ほどの距離である。丹波街道を通って都に向かうには、必ず、桂川を渡ることになる。

「明智がここまで来るのに、どれくらいかかるのかな？」

八之助が道林坊に話しかける。

「ん？　何と言った」

道林坊が聞き返す。

川音が激しくて八之助の声が聞き取れなかったのである。桂川は川幅も広く、しかも、今は梅雨時で水嵩《みずかさ》も増えている。ごーっという激しい音を立てて、川水が流れているのだ。もっと上流に行けば、川幅の狭いところもあり、八之助と道林坊が都と亀山を往復したときには、その浅瀬を渡った。

八之助が声を大きくして、もう一度、繰り返すと、

「真夜中の行軍だし、道もぬかるんでいるから、どんなに急いだとしても、夜明け前に着けるかどうか……そんなところだろうな」

「先は長いね」

「河原に着いても、あたりが暗くては、とても川を渡ることはできまい。無理に渡ろうとすれば、人も馬も流されてしまう」

「それじゃ、こっちも困るじゃないか」

「わしらが考えることではない。惟任殿が工夫するであろうよ。信長の命令に忠実に従おうとするのならば、夜が明ける頃には、桂川のこちら側で隊列を整えておかなければならぬからな。そうでなければ、信長に閲してもらうことができぬ」

「ちゃんと、そんなことまで考えてるのかなあ……」

「当たり前だ。そこまで頭が回らぬような気の利かぬ者であれば、とうに信長から見放されておるわ。わしはもう少し寝るぞ。おまえも寝ろ。あれこれ気を揉んでも仕方がない。惟任殿の軍勢が現れるまで、わしらにできることは何もないのだから」

「ああ、そうだね」

うなずきながら、八之助は暗い空を見上げた。新月だから月がないのは当然だが、星もほとんど見えない。どんよりと曇っているせいであった。

これから起こることを想像すると、とても眠ることなどできなかった。眠気など少しも感じず、目は冴えるばかりだ。心臓は興奮気味に高鳴っている。

（早く来てくれ、惟任殿……）

暗闇の中で自分の膝を抱いて坐り込みながら、八之助は、ぼんやりと考え事を続けた。そんなことをしているうちに日付が替わった。六月二日である。

沓掛《くつかけ》。

亀山から都まで、およそ五里（二十キロ）、その中間にあるのが沓掛の在所である。ここで休息することを、光秀は亀山城を出発するときから決めていた。その判断は正しかった。ぬかるんだ道を闇夜に行軍するのは、想像以上に大変で、兵たちは疲労しきっていたからである。

第三陣を率いていた光秀は、指揮を斎藤利三に委ねると、兵たちを追い抜きながら馬を急がせて沓掛に向かった。これからの指図をしなければならなかった。すでに第一陣の兵たちは休息を取り始めている。半刻（一時間）ほど休んだら、すぐにまた出発することになる。隊列は縦に長く伸びており、先頭と最後尾では半里（二キロ）以上も離れているから先頭の方から休息するのである。一万三千もの大人数が一度に休めるほどの場所はないから、沓掛に到着した部隊から順繰りに休憩するしかないのだ。老ノ坂《おいのさか》を越えてしまったので、沓掛を出れば、あとは都まで平地を進むことができる。ここで一息入れれば、行軍は、今までよりも楽になるはずであった。

光秀がやって来るのを第一陣を率いる明智秀満が迎えた。

「殿、そのように慌ててどうなさったのですか？」

「沓掛に着くのに、思ったよりも時間を食ったと思うてな」

馬から下りながら、光秀が言う。

「この暗さや道の悪さを考えれば、そうとも言えますまい」

「上様に言い訳など通用せぬわ。夜明けまでに何としても桂川を渡らねばならぬ」

「しかし、このところの雨のせいで桂川もだいぶ水嵩が増していると聞いております。無理に渡ろうとするのは危ないでしょうから、夜明け前に桂川の畔に着いておき、夜明けを待って川を渡ってはいかがですか」

「川を渡っている最中に上様が来られたらどうするのだ」

「そのときは、きちんと事情を説明すれば……」

「汝は、上様のことをわかっておらぬ」

光秀は、険しい表情でぴしゃりと言う。苛立っているようだ。万が一、遅参してしまい、信長の怒りを買うことになったらどうしようという不安の表れであった。

天野源右衛門を呼ぶと、五百人ばかり率いて先行し、桂川を渡る準備をしておくように光秀は命じた。具体的には、川の両岸に杭を打ち、それに太縄を張るように指図した。そういう太縄を何本も張っておけば、明智軍の本隊が着いたとき、その太縄を伝って、兵たちが安全に素早く桂川を渡ることができるという工夫であった。河原にできるだけ多くの篝火《かがりび》を焚くことも命じた。いくら太縄を伝うにしても、暗闇の中で川を渡ることは危険なので、できるだけ周囲を明るくしたかったからである。

それらの作業と並行して、斥候《せっこう》を上流に走らせ、渡河しやすい浅瀬を探すように指図したのは、兵たちは太縄をつかんで桂川を渡るにしても、軍馬は、そうはいかない。急流に流されないとも限らない。それならば、いくらか遠回りしても浅瀬を渡る方が無難ではないか、と光秀が考えたからである。

（それ以外にやるべきことはないか……）

天野源右衛門たちの背中を見送りながら、尚も光秀は思案を続けた。

ふと思いついて、

「源右衛門」

と呼んだ。

「は」

源右衛門が馬首を返して、光秀のもとにやって来る。

「これから申すこと、汝の胸の中だけに納めておくのだぞ」

「何でございましょうか？」

「実はな、何者かが上様によからぬことを企んでいるという噂がある」

「え」

「噂じゃ、噂。まことの話かどうか、本当のところはわからぬのだ」

「はあ、噂ですか……」

「しかし、たとえ噂であろうとも聞き捨てにはできぬ。それ故、このような夜更けに、わしらが都に呼ばれたのだ。上様をお守りするためにな」

「なるほど、そうだったのですか」

「大急ぎで駆けつけたいが、生憎《あいにく》と、月のない暗い夜だし、道もぬかるんでいて、思うように進むことができぬ。この上、桂川を渡るのに手間取って更に遅参したのでは、明智は何をしておるのか、肝心なときに役に立たぬ奴めが、と上様のお怒りを被ることにもなりかねぬ。それで汝を先に行かせることにしたのだ。わかったか？」

「つまり、これは、とてつもなく大切なお役目だということでございますな？」

「そうだ」

光秀が大きくうなずく。

「わしらが河原に着いたとき、すぐに川を渡ることができるようになっておらぬと、わしは困ったことになるのだ」

まする」

「殿を困らせるようなことは致しませぬ。死に物狂いで桂川を渡る支度を調えておき

「その言葉、頼もしく思うぞ」

本能寺。控えの間。

森蘭丸は姿勢を正して坐っている。部屋の片隅に燈台を置いてあるが、燈心を短くしてあるので部屋の中は薄暗い。本能寺は静寂に包まれており、どこからも何の物音も聞こえない。ちりちりと燈心の燃え焦げる小さな音と、自らの呼吸音しか蘭丸の耳には入らない。

蘭丸は、眠らずに朝を迎えるつもりでいた。明智軍が都に着くまで緊張感を緩めることはできないと思うからだ。この期に及んで信忠が兵を動かす可能性はほとんどないであろうし、恐らく、何事もなく朝を迎えることができるだろうとは思うものの、

(油断するな。何が起こるかわからぬ。決して気を抜くな)

そう己を戒めた。

妙覚寺。

信忠は、斎藤新五郎を相手に酒杯を傾けていた。

本能寺で信長と言い争ったことで気が昂ぶってしまい、すぐには眠れそうになかったからだ。

「また父上を怒らせてしまった……。汝の忠告を忘れたわけではなかったのだが」

「殿は間違ったことを口にしたわけではありませぬ」

口では、そう言いながらも、新五郎の言葉には力がなかった。

「今度こそ父上に討たれる覚悟をしなければならぬかもしれぬな」

淋しそうな笑みを口許に浮かべながら、信忠が酒を口に含む。

「上様と殿は気性が似ておられるのです。何といっても血の繋がった父と子なのですから、落ち着いて話し合えば、きっと、分かり合えるはずでございます」

「そうだとよいが……」

信忠が盃を伏せて盆に置く。酔いが回ったのか、顔が赤くなっている。

「そろそろ、寝るとするか。遅くまで付き合わせてしまったな。汝も休むがよい」

六角堂前町の土蔵。

黒田官兵衛は目を覚ましている。一刻（二時間）ほど眠ったが、眠りは浅く、とても熟睡などできなかった。蒸し暑さや、体にたかってくる蚊のせいではない。緊張のせいだ。官兵衛ほどの男でも、これから為すべきことを考えると、平静を保つことが難しいということなのであろう。

（明智軍の先鋒は、とうに沓掛を過ぎているはず。急げば、あと一刻ほどで桂川に着くはずだが……。いや、それは昼間の話か。夜道を、しかも、月のない闇夜の道を進むのは楽ではあるまいから、下手をすると二刻もかかるか。それは困るな。夜が明けてしまうではないか……）

ならば、わしらは、どうすればよいか……ううむ、と小さく唸り声を発しながら、官兵衛は様々な事態が起こることを想定して、その対策を熟考した。

同じ頃……。

備中の羽柴《はしば》秀吉も眠れないまま、何度となく寝返りを繰り返していた。信長の出陣は四日と決まっている。となれば、都にいる官兵衛が事を起こすのは、今夜か、そうでなければ、明日の夜ということになる。機会は二度しかない。もし何事もなく、信長が都から出陣するようなことになれば、秀吉は破滅である。

信長の草履取りから一国一城の主にまで大出世した秀吉だが、これまでの人生、他力本願で歩んできたわけではない。すべて自らの力で運命を切り開いてきた。常に自分自身が先頭に立ち、己の才覚だけを頼りに、ぎりぎりの危険に命をさらすことで出世の階段を昇ってきたのだ。そういう男だからこそ、自分に何もできることがなく、都から遠く離れた土地で、事の成り行きを指をくわえて見守ることしかできないことが歯痒くてならないし、自分の運命を官兵衛の手に委ねたことに恐怖を感じてもいる。必死に痩せ我慢しているが、どうしても、その恐怖を消し去ることができなかった。運命の岐路というべき、最も重要な場面で、いくら信頼しているとはいえ、赤の他人に過ぎない官兵衛に何もかも委ねる……そんな経験をしたことがないだけに、秀吉はもどかしさで悶絶しそうになり、とても眠ることなどできないのであった。

同じ頃……。

堺にいる家康は、気持ちよさそうないびきをかいて、ぐっすりと眠り込んでいた。寝顔は穏やかで、何の心配も憂いもなさそうな顔に見えた。

同じ頃……。

近衛邸。

文吾は部屋に戻ると、

「やはり、見張りの数が減っているようです」

と、紹巴に告げた。

「うむ」

紹巴がうなずく。

ほんの半刻（一時間）ほど前まで、近衛邸は藤林の忍びたちに厳重に包囲警戒されていたが、その包囲網がにわかに緩んだことを紹巴は察知し、文吾に確かめてくるように命じた。もちろん、用心して、文吾も屋敷の敷地から外には出なかった。それでも、

（お頭の言う通りだ。見張りの人数も減っているし、あちらこちらに穴がある）

と、文吾にはわかった。

「孔雀王が本能寺に呼び戻したのであろう。この屋敷の周りに忍びを張り付かせているより、信長を守る方が大事だと考えたのだな」

「罠ということはないでしょうか？」

「ふふふっ、罠か。それは、あるまいよ。そんな小細工をしたところで、わしらがのこのこ屋敷から出ていくとは限らぬではないか」

「では、本当に？」

「本能寺の守りは手薄だから、惟任殿の軍勢が都に着くまで安心できぬの」

「今になって、そのようなことを……」

「それが、人の心というものではないか。あと、ほんの少しばかりしのげば何とかなる、もう心配はなくなるのだ……そういうときが最も心細いときではないか。恐ら

く、森蘭丸の指図であろう。信長ではあるまい」

「ついに、この日が来たのですね。信長に鉄槌《てっつい》を下す日が」

「信長がこの世から消えるだけではない。今夜を境に、この国は大きく変わる。織田の天下などというものが、いかに脆《もろ》いものであったか、誰もが驚くことになるのだ」


桂川の畔。

「おい、起きろ、八之助」

道林坊が八之助の脇腹を肘でつく。

八之助がハッと顔を上げる。いつの間にか、うとうとしていたらしい。

「え」

「どうしたの？」

「おまえは感じないのか、この地響きを？」

「え……。いや、全然。水の流れで揺れてるだけじゃないのかな」

「それは最初から変わらぬわ。それとは違う地響きを感じたから、おまえを起こしたのだ。もっとも、常人には感じられぬほどに微かな地響きに過ぎないが、確かに地面が揺れている。それも当然だ。一万数千の明智兵と何百という軍馬が都に向かってくるのだからな。しかし……」

道林坊が、ふっと小さな溜息をつく。

「まだ遠いな。この分では、夜明けまでに明智軍が桂川を渡るかどうかわからぬ」

「まずいじゃないか」

「そうは言っても……。ん？」

「何だい？」

「しっ！」

道林坊が八之助の発言を制し、聴覚にすべての神経を集中させる。やがて、

「馬だ」

「馬？」

「恐らく、明智軍の先鋒だろう。騎馬武者が五、六十、足軽が四百か五百……。そんなところだな。随分、急いでいるようだ」

「さすがに耳がいいなあ。おれには何も聞こえないよ」

「人それぞれに得手不得手がある。おまえは他人に化けるのが得意だし、わしは目や耳がいいのだ。何の取り柄もないようでは、とうの昔に命を落としている」

それから四半刻（三十分）ほどすると、川向こうから馬のいななきが八之助の耳にもはっきり聞こえてきた。天野源右衛門が率いる明智軍の先鋒部隊が河原に到着したのだ。道林坊と八之助が様子を窺っていると、天野源右衛門たちは河原に杭を打ち始

めた。木槌で杭を打つ音が闇夜に響き渡る。水練の達者な足軽たちが太縄を体に巻いたり、杭や木槌を抱えたりしながら桂川を泳ぎ渡り、こちら側の河原にも杭を打ち、桂川に荒縄を渡した。それを何度も繰り返すうちに次第に杭の数と荒縄が増えていった。

「あの縄を伝って、川を渡るつもりなんだね」

八之助が小声でつぶやく。

「さすが惟任殿だ。抜かりがない。本隊が河原に着けば、すぐに川を渡るつもりなのだろう。しかし、暗いうちに川を渡るつもりなのか、それとも、夜明けを待って、すぐに川を渡るつもりなのか……」

暗いうちに桂川を渡るのは危険だから、渡河の準備だけを先に整えておき、明るくなってから渡るつもりなのか、それとも、河原に着き次第、桂川を渡るつもりなのか、道林坊には判断できなかった。

「六角堂に行くかい？」

「それがよさそうだ」

この状況を黒田官兵衛に伝えなければ、と道林坊は思った。あとのことは官兵衛が考えるであろう。

六角堂前町の土蔵。

官兵衛と家臣たちは、いつでも出かけられるように準備を調えていた。真っ暗闇では支度ができないので、紙燭《しそく》がいくつか灯されている。微かな明かりに過ぎないが、何もないよりはましである。その明かりが、床に無造作に置かれている旗指物を照らしている。色鮮やかな水色に桔梗の紋を白く染め抜いた明智軍の旗指物である。それを見て、

(いよいよ始まるんだな)

と、八之助は武者震いした。

道林坊は明智軍の先鋒部隊が桂川に着き、後続部隊のために渡河準備をしていることを官兵衛に説明した。

「惟任殿が桂川を渡るのは夜明け前か、それとも、夜が明けてからになるのか?」

官兵衛が知りたいのは、そのことだった。

「何とも言えませぬ」

道林坊が首を振る。

「わからぬか……」

官兵衛は、ちっと舌打ちすると、腕組みして目を瞑る。道林坊に腹を立てたわけではない。光秀の腹積もりがわからないことがもどかしいのだ。この計画を成功させる

には夜の暗闇を利用することが必要なので、官兵衛は、夜が明ける前に動きたいのである。しかし、明智軍が桂川を渡る前に動くことはできない。官兵衛の計画の成否は、夜が明けたときの明智軍の位置にかかっているといってもいいくらいなのだ。

（くそっ、このような肝心なときに自分が何もできぬとは……）

官兵衛が歯軋りする。自分ほどの知恵者はおるまいという強い自負があるだけに他力本願が苦手なのである。

（明智の動きに気を揉むのは、もううんざりだ。惟任殿が何を考えているか、わしにわかるはずがない。わからぬのであれば、夜明け前に明智軍が桂川を渡らざるを得ないようにするまでのこと。わしが惟任殿を操ってやる）

官兵衛は目を開けると、

「八之助と申したな。誰にでも化けることのできる名人だと聞いたが、それはまことか？」

「は、はい」

八之助が慌ててうなずく。

「そばに寄れ」

官兵衛が八之助を手招きし、その耳許で何事か囁く。

本能寺。控えの間。

目を瞑って、じっと姿勢を正している森蘭丸が、ハッとしたように顔を上げる。生温い風が頬を撫でたのだ。燈台の明かりがゆらゆらと妖しく蠢《うごめ》き、壁に黒々とした陰翳ができている。部屋を閉め切っているのに、どこから風が入ったのか、ただの気のせいだったのか……蘭丸が、ふーっと息を吐いたとき、

「申し上げまする」

燈台の明かりが届かない部屋の隅から声が聞こえた。

さすがに蘭丸も、ぎょっとした。孔雀王である。

「いつから、そこにいる？」

「つい今し方でございまする」

「…………」

ということは、さっきの生温い風は孔雀王が部屋に入ってきた気配だったのだな、しかし、何の音もしなかったのは、なぜだ……蘭丸は、じっと暗がりに目を凝《こ》らした。黒装束に身を包んでいる孔雀王は、体だけでなく顔も隠しているし、かろうじて目だけは出しているが、平伏して、顔を床に向けたまま話すので、そこに本当に孔雀王がいるのかどうかもわからないほど、まるっきり闇に溶け込んでしまっている。いつものことだが、孔雀王と向き合っていると、蘭丸は何とも言いようのない居心地の

悪さと、粘りつくような不快を感じた。

「何の用だ？」

「寺の周りで兵が動いているようでございまする」

「兵が？」

蘭丸の表情が緊張で強張る。

「中将さまの兵か」

「旗指物は水色の桔梗紋でございまする」

「桔梗紋？　明智の兵ではないか。待ちかねたぞ。都に入らず、桂川の畔で待つようにと伝えたはずだが、恐らく、全軍に命令が行き渡らず、先走って本能寺に駆けつけた者たちがいるのだろう。無理もないか。大急ぎで亀山を発って都に来るようにと伝えたからな」

「では、これは……？」

「うむ。心配ない。いずれ惟任殿自身が現れるであろう。そうなれば、もう安心だ」

蘭丸が安堵の息を吐く。

そのとき、夜の闇を震わせるような大音声が聞こえてきた。一人や二人ではない。大勢が一斉に叫び声を発したような感じである。

「何だ、あれは？」

蘭丸が眉を顰める。

「確かめて参りましょう」

孔雀王が腰を浮かせると、壁に大きな影が映り、部屋の空気がわずかに動いた。

「お蘭、何事じゃ？」

寝所から信長の声がした。

「は。惟任殿の兵が着いたようにございまする。兵どもが喧嘩でもして騒いでいるのではないかと思われますので、直ちに止めて参ります」

「光秀も来ておるのか？」

「まだのようでございまする」

「すると、騒いでいるのは先触れの武者どもと、それに従う足軽どもであろうな」

「恐らくは」

「あまり叱ってはならぬぞ。亀山から夜通し駆けてきて、気が高ぶっているのであろうからな」

「承知いたしました」

蘭丸が返事をすると、それきり信長の声は聞こえなくなった。まだ夜が明けていないから、もう少し眠るのだろうと思い、蘭丸は静かに腰を上げた。孔雀王に声をかけようとして、すでに部屋には誰もいないことに気が付いた。

（あいつ、いつの間に……）

蘭丸が信長と話しているわずかの間に出ていったのに違いなかったが、板戸が引かれる音も聞こえなかった。ふと、孔雀王は本当に、この部屋にいたのだろうか、と蘭丸は思った。そう考えると、どうにも自信が持てなくなった。

黒田官兵衛は明智兵に偽装した三百の兵を引き連れ、暗闇の中をひたひたと本能寺に近付いた。あたりは静まり返っている。

本能寺の周辺には民家がない。二年前に改修工事が行われたとき、信長の命令で強制的に立ち退かされたのである。それ故、身を隠すことのできる場所がなく、怪しい者が近付けば、すぐにわかる。夜が明けてしまえば、こっそり本能寺に近付くことなど不可能だし、偽装もすぐにばれてしまう。官兵衛としては、どうしても暗闇を隠れ蓑にしなければならなかった。

もっとも、いかに闇夜を味方にしたとしても、本能寺周辺に隠れ潜んでいるに違いない藤林の忍びたちに気付かれずに本能寺に近付くことは無理だ。とはいえ、暗闇の中では、いかに夜目の利く忍びとはいえ、それが本物の明智軍なのか、偽の明智軍なのかを見抜くことはできない。

当然ながら、忍びたちは、

「明智の兵が本能寺に近付いている」

と注進するであろうが、それは官兵衛の計算に入っている。

いや、そうしてもらわなければ困るのだ。

夜明け前に本能寺に接近したのは明智軍である、という事実を寺にいる者たちの頭に刷り込むことが後々、官兵衛と秀吉の役に立つのである。

本能寺を囲む堀端に達すると、かねての手筈通り、官兵衛は、三百の兵を三つに分け、それぞれを東門、西門、南門に差し向けた。この三部隊で本能寺を封鎖する計画なのである。官兵衛自身は西門に向かった。

わずか三百の兵で、本能寺を封鎖し、信長を逃がさぬことができるのか……普通に考えれば、とても無理そうだが、本能寺という寺の特殊性が不可能を可能にする。

ひとつには、東西に一町強（百四十メートル）、南北に二町強（二百八十メートル）という本能寺の狭さである。市中にあるために広大な寺域を確保することができないという理由からだけでなく、防御に重点を置いた造りにするために敢えて寺域を狭いままにしてあるのだ。寺の周囲を堀で囲み、堀の内側に土塁を築いている。寺に入るには、橋を渡って、東門、西門、南門のいずれかを潜《くぐ》るしかない。しかも、三つの門には頑丈な門扉《もんぴ》があり、夜になると閉められてしまう。たとえ敵に攻められても、そう簡単には寺域への侵入を許さないという構えだが、官兵衛の側からすれば、これほどありがたい造りはなかった。三つの橋だけを見張っていれば、信長を袋の鼠にできる。わずか三百の兵で本能寺を包囲し、信長を討ち取ってしまう……そんなあり得ないような話を現実にする手品の種が本能寺の構造にあるのだ。

三つの橋を封鎖すると、官兵衛は、兵たちに叫び声を上げさせた。同時に、明智の旗指物を背負った兵たちを堀沿いに走り回らせた。松明を手にした兵たちも走らせた。何事が起こったのかと不審に思って、寺にいる者たちが土塁の上から外を眺めると、松明の明かりに照らされる水色桔梗の旗指物が動き回るのが見えるはずである。すなわち、本能寺を明智軍が包囲している、と考えるはずだ。

官兵衛は、じっと西門を見つめている。もう何度も繰り返したことだが、もう一度、頭の中で計画をおさらいする。

秀吉と官兵衛が二人で練り上げた作戦の中で、最も重要な点は、秀吉が首謀者であるという事実を隠すことである。そのためには誰かに信長殺しの濡れ衣を着せなければならない。白羽の矢を立てられたのが光秀である。現実問題として光秀以外の選択肢はなかった。都の近くで大軍を動かすことができるのは亀山城にいる光秀だけだからだ。

明智軍に偽装した官兵衛の手勢三百が、まず本能寺を攻めて信長を討ち取る。そのときには本物の明智軍が本能寺を囲んでいなくては困る。そこが肝心なのだ。偽の明智軍が本物の明智軍に紛れ込むことによって、秀吉と官兵衛の罪を光秀に背負わせることができる。事情がわからずにうろたえる明智軍を本能寺に置き去りにして、官兵衛たちは妙覚寺に向かう。信長だけでなく、後継者である信忠をも討ち取ってしまおうという欲張った作戦なのだ。

たった三百人で、それほどのことができるのか……官兵衛は数え切れないくらいに自問した。その答えは、いつも同じだった。三百人だからこそ可能なのだ、ということである。

おかしな話だが、それ以上の人数だと、かえって成功がおぼつかなくなってしまうのだ。

本能寺の信長の手勢は百人にも足りない。それだけの数の小姓や馬廻の武士たちに信長の命は委ねられている。それくらいならば、三つの門から百人ずつの兵が乱入すれば、たちどころに平らげてしまうことができるはずであった。敵の三倍の兵力で真正面から戦えば、まず負けはないというのが兵法の教える常識なのだ。もちろん、数が多ければ多いほど、それだけ戦いは有利になるものの、そもそも、本能寺の周辺に分散して隠しておける兵の数は三百が限度だったし、明智軍に紛れ込むのも、それがぎりぎりの線であり、あまり多すぎると偽装がばれてしまう。

戦闘員の少ない本能寺を攻めるには三百で十分だとしても、妙覚寺の信忠を三百で攻められるものかどうか……最初、官兵衛には、それが難しく思われた。妙覚寺には信忠の手勢が五百くらいは常駐しているし、その周辺に分散して宿泊している兵を呼び集めれば、たちどころに一千や二千にはなる。わずか百人足らずの手勢に守られている信長とは、わけが違う。とても三百では歯が立ちそうにない、というのが官兵衛の判断だった。

ところが、秀吉は、かかかっ、と大笑し、

「恐らく、中将さまは戦わずして逃げようとなさるであろう。それを追って討ち取ればよいのだ。さして難しいことではないわ」

「は？」

官兵衛は怪訝な顔をした。なぜ、一千以上の兵を集めることのできる信忠が三百の兵に怯《おび》えて逃げなければならないのか、それがわからなかったのだ。

「馬鹿だな。汝は三百で攻めるのではない。一万三千で攻めるのだ。一千や二千で立ち向かおうとするほど中将さまは愚かではあるまいよ」

「一万三千で……なるほど」

ようやく、官兵衛も合点した。本能寺と妙覚寺は指呼の間である。本能寺の異変は、すぐに信忠にも知れるであろう。当然ながら、信忠の耳には「明智の謀叛」という報告が入るはずだ。明智軍に偽装した官兵衛の手勢三百が妙覚寺に向かえば、信忠は明智軍の先鋒が攻めかかってきたと思い込み、あとに続くはずの一万三千もの大軍にはかなわぬ、と抵抗を諦めるに違いない、と秀吉は考えたのだ。つまり、信忠は官兵衛の三百を怖れて逃げるのではなく、一万三千の明智軍を怖れて逃げ出すというわけである。

首尾よく信長と信忠を討ち取ることに成功したら、官兵衛たちは直ちに姿をくらませる。

そこからは紹巴の出番になる。

まず、事の成否を秀吉に伝えなければならない。伝書鳩を使えば、今日のうちに備中の秀吉に報告が届く。

もうひとつの重要な役割は、光秀が謀叛して信長を殺したという噂を都中に広めることだ。実際、本能寺周辺には明智軍しかいないのだから、その噂は疑いようもないはずであった。

信長が死んだという知らせを受け取った秀吉は、毛利との和睦を完了させ、軍勢を率いて都に取って返す。他の誰よりも早く都に帰り着き、問答無用で光秀に決戦を挑み、これを撃破する。勝てばいいというのではなく、明智軍を完膚無きまでに粉砕し、主殺しの大罪を犯した極悪人どもを誅するという名目で敗残兵を徹底的に追及し、一人残らず処刑してしまう。生き証人を残さないためである。六月二日の早暁に本能寺で何が起こったのか、それを知る人間は少なければ少ないほどいいのだ。

（明智は、まだか）

官兵衛は拳をぎゅっと強く握り締めた。間もなく夜が明ける。闇を味方にできる時間は、わずかしか残っていない。明智軍を本能寺に呼び寄せるための手は打ってあるが、夜明け前に、ここに現れるかどうかわからない。

しかし、もう躊躇はできない。

賽は投げられた。勝負のときだ。

官兵衛は、鉄砲足軽たちに射撃用意を命じた。三つの部隊には、それぞれ二十人ずつ鉄砲足軽を配している。官兵衛の指揮する西門の部隊が口火を切ることになっている。

「撃て！」

官兵衛が命じると、二十挺の鉄砲が一斉に火を吹いた。夜の帳《とばり》を切り裂くような轟音が響き渡る。少し遅れて、東門と南門の方からも鉄砲の射撃音が聞こえた。

「行け！」

官兵衛が手を振ると、兵たちが鬨《とき》の声を上げながら西門に殺到する。

門扉を打ち破るための手筈も整えてある。足軽たちが四人一組で太い丸太を抱えて門扉にぶつけるのだ。いくら頑丈な門扉といっても所詮は木戸に過ぎないから、閂《かんぬき》

を へし折るのに、さして時間はかからないはずである。官兵衛の用意の周到さは、土塁をよじ登る道具も用意してきたことである。先端に鉤《かぎ》の付いた太縄を土塁の向こう側に放り投げ、鉤が何かに引っ掛かったら、その太縄を伝って土塁をよじ登ろうというのだ。百人の兵たちが、ある者は門扉を打ち破ろうとし、ある者は土塁をよじ登ろうとし、ある者は矢継ぎ早に弓や鉄砲を放っている。

（いよいよ始まった。こうなったからには後戻りはできぬ。上様の御首級《みしるし》を奪う以外に、わしらの生き延びる道はない）

官兵衛も、己を鼓舞するように、うおーっという叫び声を発すると、刀を抜いて、行けーっ、行けーっ、と兵たちを叱咤した。

どーん、という大きな音と共に門扉が破れたのは、そのときである。門扉を叩き壊すと、兵たちは、西門から本能寺の中に次々と走り込んでいく。

蘭丸の使者に成りすました道林坊と八之助の馬が桂川の畔に着いたとき、本能寺の方から、叫び声が聞こえてきた。桂川から本能寺まで一里（四キロ）ほども離れているが、町中が夜の闇に包まれて静まり返っているために叫び声が聞こえたのである。

河原にはいくつもの篝火が焚かれており、かなり明るかった。杭が何本も並び、川向こうの杭と荒縄が結ばれている。渡河準備はかなり進んでいる。

「惟任殿は、どこにおられる！　上様の一大事であるぞ」

そこに天野源右衛門がやって来て、自分たちは本隊から先行して渡河準備をしているところで、主の光秀は本隊と共にいるので、ここにはいない、と説明すると、

「中将さまが謀叛なされた！　本能寺が攻められておる。手勢を率いて、直ちに救援に向かえ」

道林坊が怒鳴るように言ったとき、今度は鉄砲の音が鳴り響いた。二十挺もの鉄砲が一斉に発射されれば、一里離れていても、よく聞こえる。しかも、間髪を容れず、更に四十挺の鉄砲の轟音が響く。天野源右衛門は腰を抜かさんばかりに驚いた。

元々、沓掛を出発するとき、光秀から直々に、

「何者かが上様によからぬことを企んでいるという噂がある」

と聞かされていたし、信長を守護するために夜更けに都に急行することになったのだと説明されてもいた。その上、本能寺の方からは鬨の声や銃声が聞こえてくる。道林坊の言葉を疑う理由はなかったし、すっかり動転している源右衛門には、この二人が偽の使者だと疑う余裕もない。

「惟任殿には、わしらが知らせる。汝らは、大急ぎで本能寺に向かえ。上様が危ない！」

「承知しました！」

源右衛門も歴戦の強者《つわもの》である。状況を理解すると、全身を興奮で震わせ、者ども、わしに続け、上様をお守りするのだ、と馬を走らせた。配下の騎馬武者たちと足軽たちが後に続く。源右衛門たちを見送りながら、

「うまくいったね」

八之助がほくそ笑んだ。

「まだ喜ぶのは早い。明智の全軍が本能寺に向かわなければ意味がない。できれば、夜が明ける前に、な」

道林坊は険しい表情で八之助を見ると、

「わしは本能寺に戻らなければならぬ。一人で大丈夫か?」

「任せてくれ。あんたは本能寺に戻って、文吾と合流しろ。ああ、くそっ、おれも本能寺に行きたいよ。せめて一太刀でも信長に浴びせてやりたい」

「おまえの分も、そして、備中にいる夏南《かな》の分も、わしと文吾がやってやる」

「頼む」

八之助は丹波街道を沓掛方面に向かって、天野源右衛門に話したのと同じことを光秀に伝えなければならない。道林坊は本能寺に戻って、文吾を待つ。信長を討ち取るのは官兵衛ではなく、自分たちでなければならない、というのが道林坊や八之助、それに文吾の一致した決意だった。

近衛邸。

「む？」

暗闇の中で文吾が目を開ける。

「始まったようだな」

紹巴がつぶやく。

二人の耳には、兵たちの発する鬨の声や何十挺もの鉄砲が一斉に発射される轟音がはっきり聞こえた。本能寺の方角である。その音に驚いて跳び起きた京都の町衆は少なくないはずであった。静寂に包まれた夜明け前に突如として起こった騒ぎなので、鬨の声や鉄砲の発射音は、はるか遠くまで響き渡ったからである。

ちなみに、この日の夜明けは、正確に言うと午前四時四十六分である。その時間まで、あと四半刻（三十分）ほどだ。

「出かけまする」

文吾が立ち上がる。

「ひとつだけ言っておく。ここまでは、うまくいったが、本当に難しいのは、ここから先だ」

「承知しております」

「馬廻は黒田殿が片付けてくれよう。しかし、信長のそばには藤林の忍びたちがいる。特に五人衆は手強かろう。おまえと道林坊の二人だけで五人衆を倒すのは容易なことではあるまい」

「…………」

文吾が怪訝な顔になる。紹巴の言葉に戸惑ったのだ。そんなことは最初からわかりきっていたことではないか、困難を承知で本能寺に乗り込むのは、そうしなければ信長に近付くことができないからだ、何を今更、お頭は言い出すのか、積年の恨みを晴らすときを迎えて、さすがにお頭も平静でいられなくなっているのだろうか……。

「万が一、どうにもならなくなったら、そのときは孔雀王の言葉に従え」

「え」

文吾がぎょっとする。

「孔雀王の言葉に従え……そうおっしゃいましたか？」

「うむ。そう申した」

「…………」

文吾は言葉を失った。孔雀王こそは、伊賀を裏切った憎むべき藤林党の頭ではないか。信長と共に殺してしまえという命令であれば、文吾も即座にうなずいたであろうが、こともあろうに孔雀王の言葉に従えなどとは、いったい、どういうことなのか

……文吾が問いかけようとしたとき、廊下から、

「紹巴、どこにおるのや？」

という近衛前久の声が聞こえてきた。疲労で寝込んでいた前久だが、本能寺の騒ぎを耳にして起き出してきたらしい。

「相国さま、ここでございまする」

紹巴が返事をする。

「ああ、こんなところにおったんかい」

板戸を開けて、前久が入ってくる。

「あれは何の騒ぎや？」

「いよいよ、信長の最期でございまする」

「は？」

「きちんとお話ししなければなりませぬな」

明智軍に偽装した黒田官兵衛の兵たちが本能寺を襲撃することを、紹巴は前久に隠していた。自分の手で信長に毒を盛らなければならないという重圧に押し潰されそうになり、夜も眠れず、食事も摂れなくなってしまった前久に秘密を打ち明けることで更なる重圧を背負わせることはできないと判断したからであった。

しかし、今こそ、すべての計画を前久に打ち明けなければならなかった。本能寺で

戦いが始まり、間もなく一万を超える明智軍が都に入ってくる。紹巴と秀吉の計画は最終段階に入った。

天皇を始めとして、公家たちは本能寺の騒ぎに動転して右往左往するばかりで、まともな判断などできぬはずであった。公家たちを束ね、朝廷が誤った判断を下さないように舵を取る役目を前久が負わなければならないが、そのためには、何が起こっているのか、これから何が起こるのか、それを前久に認識させる必要があった。

「お坐り下さいませ」

「うむ」

前久が円座に腰を下ろす。

「ん？　この円座、温かいやないか」

「先程まで、そこに文吾が坐っておりました」

「文吾が？　そういえば、ここにはおらんようやな。どこにおるんや」

「本能寺に向かいましてございまする」

紹巴が答える。さっき前久が部屋に入ってきたとき、入れ違いに文吾が出ていった。前久が気付かなかっただけのことである。今頃は、この屋敷を出て、本能寺への道をひた走っているはずであった。

「文吾が本能寺へ……。いったい、何が起こっとるんや？」

「明智の謀叛でございまする」

「げ」

前久が息を止める。

「明智が謀叛て……ほんまの話か？」

「嘘でございまする」

「どういうことや？」

「これは筑前殿の謀《はかりごと》でございまする」

「筑前の？」

「しかしながら、謀叛の罪は惟任殿に負ってもらうことになりまする。相国さまにも、そのように心得ていただかなければなりませぬ」

「また気が重くなるような話なんやろなあ……」

前久が溜息をつく。

「身の処し方を誤ると朝廷に難儀が降りかかりまする。もちろん、相国さまにも……」

「脅かすな。前置きはいいから、早《はよ》う話せ」

本能寺。

廊下を踏み鳴らして、蘭丸が信長の寝所に駆け戻ってくる。いつも冷静沈着な蘭丸が、これほど取り乱しているのを見るだけで、よほどの一大事が出来《しゅったい》したことがわかろうというものだ。

「上様」

板戸の前に膝をつき、蘭丸が寝所の信長に声をかける。

「入るがよい」

信長の声が聞こえた。

蘭丸が板戸を開けると、すでに信長は床の上に体を起こしていた。

「鉄砲の音が聞こえた。どうやら、兵どもが騒いでいるだけではないらしいな。何があった？」

「謀叛でございまする」

「何、謀叛だと？　やはり、城介か」

咄嗟に疑ったのは、信忠の謀叛であった。

「本能寺を囲んで鉄砲を撃ちかけてきたのは明智の桔梗紋と見受けられまする」

「光秀が……。あの光秀がわしに謀叛……」

滅多なことでは驚いたり慌てたりしない信長が、このときばかりは驚愕の表情を浮かべたまま、瞬きもしなかった。よほどの衝撃なのであろう。

「なぜ、光秀が謀叛するのだ？」

「…………」

蘭丸には答えようがなかった。なぜ、光秀が信長に反旗を翻したのか、蘭丸にもまるで理由がわからない。しかし、明智の兵が本能寺を攻めているのは事実なのだ。自分の目で水色桔梗の旗指物が堀端に動くのを確かめてきたのだから間違いない。

「もしや……」

蘭丸がハッとする。

「惟任殿は、中将さまに味方したのではありますまいか」

「わしを見限って、城介に手を貸したというのか」

「確かなことはわかりませぬが、そう考えれば辻褄が合うのではないでしょうか」

「馬鹿な！　あり得ぬわ。亀山から光秀を呼んだのは、わしなのだぞ。勝手に来たわけではない。城介も驚いていたではないか」

「今にして思えば、昨日の茶会での相国さまの不審な動きは、上様を警戒させ、明智の兵を都に呼ばせるための策だったのかもしれませぬ」

「城介と光秀だけでなく、相国さまも関わる謀叛だというのか？」

「最初から仕組まれていたと考えれば、腑に落ちることがいくつもございまする」

「くそっ！」

信長が腹立たしそうに舌打ちする。

「誰が裏切ったにしろ、必ずや、この報いを受けさせてやる。しかし、今は、この場から逃れ出ることを第一に考えなければならぬわ。まだ明智の本隊は着いておるまい。囲みを破って、打って出られそうか？」

「諸門は今にも破られようとしており、明智兵が土塁を越えて次々と寺の中に入り込んできております。明智兵が御座所に近付くのを防ぎ、何とか門を守ろうとしてはおりますが、如何せん、兵の数が足りませぬ。諸門を破られてしまえば、もはや、防ぎようもありませぬ」

「守りを厳重にするつもりで、寺を堀で囲んだことが命取りになったか。諸門を押さえられてしまえば逃げようがない。下手に打って出ると、鉄砲で狙い撃ちにされるだけか……」

「しかしながら、夜が明けてしまえば、こちらは、ますます不利になりまする。わたしの口から、どうせよとは申し上げられませぬが、ここは、一か八か……」

「待て。そう慌てるな。こういうときこそ落ち着くことが肝心なのだ。城介と光秀が示し合わせているのであれば、わしが本能寺から抜け出すことまで予想して、兵の手配りをしているに違いなかろう。ここから逃げ出すことができれば、光秀と城介はわしが安土に戻ると考えるであろうな。となると……駄目だな、安土に戻ることはできぬ。待ち伏せされるに決まっている。安土でなければ……」

「大坂でございまするな」

蘭丸が言う。大坂には四国征伐を命じられた丹羽五郎左衛門長秀《にわごろうざえもんながひで》と信長の三男・神《かん》戸信孝《べのぶたか》がおり、一万四千の兵を擁している。安土城は堅固であるとはいえ、大軍が駐留しているわけではないから明智軍に追撃されれば、信長といえども苦戦を免れない。その点、大坂に下って、四国征伐軍に合流してしまえば、明智軍も迂闊には手出しできなくなる。

「しかし、光秀のこと故、それを何よりも警戒しているであろうな……」

ううむ、と信長が唸る。外からは、兵どもの叫び声や銃声が間断なく聞こえてくる。しかも、叫び声は、さっきよりも、よほど近くなっている。寺域に侵入した敵が信長の御座所に迫っているのに違いなかった。それを防いでいる信長の手勢は百にも足りない数である。敵が御座所に殺到するのは時間の問題といっていい。しかも、そう長い時間ではないはずであった。

袋の鼠に追い込まれた信長だが、自分の置かれている絶望的な立場を理解すると、かえって冷静さを取り戻した。開き直ったのだ。幾多の修羅場を踏み、戦国の世を生き抜いてきた男だけに、生死の瀬戸際に追い込まれたからといって自分を見失うことはない。

最悪の事態を想定して、そこからどうやって逃れ出るか、考え得る様々な選択肢の中から、成功の可能性と危険の大きさを勘案して選択肢を絞り込んでいく。ここで最も大切なことは自分の都合だけで物事を判断するのではなく、相手の立場からも、この状況を分析することである。

光秀と信忠が結託して謀叛を起こしたのだとして、彼ら叛乱軍が最も怖れるのは信長を本能寺から逃がしてしまうことである。安土城に逃げ込まれても、大坂の四国征伐軍への合流を許したとしても、この謀叛は失敗といっていい。なぜなら、叛乱軍には時間の余裕がないからだ。光秀の謀叛を知れば、諸国に散らばっている信長の武将たちが駆けつけてくる。そうなっては叛乱軍に勝ち目はない。

ただ、それには時間がかかる。羽柴秀吉のいる高松は都から二百四十キロ、柴田《しばた》勝家のいる魚津は三百キロ、滝川一益《たきがわかずます》のいる厩橋は四百四十キロも離れている。しかも、秀吉は毛利軍と、勝家は上杉軍と対峙しているから、すぐに動くことはできないはずであった。

それ以外で頼りになりそうなのは、伊勢の松ヶ島にいる二男・信雄《のぶかつ》だが、それにしても都から百二十キロも離れている。謀叛を知った信雄が兵を集めて駆けつけるのに、どんなに急いだとしても三日や四日はかかるであろう。

となれば、やはり、頼りになるのは四国征伐軍しかない。都からわずか五十五キロしか離れていないところにいて、その軍勢は明智軍を上回る一万四千である。しかも、歴戦の強者で、五人の軍団長の一人である丹羽長秀が率いている。唯一の難点は、まだ四国に渡る船の準備が調っていないため、一万四千が一ヵ所に集結しておらず、各地に分散していることだが、二日もあれば兵をまとめることができるはずであった。

信長は思案した。叛乱軍は、信長を本能寺で討ち取ろうと考えているに違いなかった。万が一、本能寺からの脱出を許してしまった場合でも、安土への帰還と大坂に下って四国征伐軍に合流することだけは何としても阻止しようとするであろう。光秀の有能さを信長は、よく知っている。その光秀が謀叛を決意したとすれば、当然ながら、万全の手配りをしていると考えるべきであった。本能寺には百人足らずの手勢しかいない。彼らは明智軍が御座所に迫るのを必死に防いでいる。とすれば、たとえ本能寺を脱出できたとしても、信長に随《したが》う者は、せいぜい数人、いや、下手をすると一人で逃げる羽目になるかもしれない。単身、安土や大坂に向かうのは、あまりにも危険すぎる、と信長は考えた。

（二日か……）

要は、四国征伐軍が兵を集めて都に進撃してくるのにかかる時間を稼ぐことができればいい話であった。二日間、明智軍の目を欺くことができれば信長の勝ちなのだ。

だが、信長の首を手に入れるまで、明智軍は追及の手を緩めないであろうし、信長一人で、その追及をかわしきれるとも思えなかった。

(ここで死ぬしかないか)

わしを殺すまで光秀が諦めないのであれば、わしが死ぬしかない……いくつもの選択肢の中から、信長が選んだ結論であった。もちろん、本当に死ぬわけではない。死を偽装し、それを明智軍に信じさせることで時間を稼ごうという考えなのである。

(そのためには……)

信長は、目の前に控えている森蘭丸をじっと見つめた。

(お蘭に死んでもらわなければならぬ)

どんな窮地に陥ろうとも、決して信長のそばを離れることのない側近中の側近が森蘭丸であることは誰でも知っている。その蘭丸が本能寺で死んだとなれば、信長に殉じたのだと叛乱軍も信じるに違いなかった。

「お蘭」

「は」

「わしは、ここで死ぬ」

「え」

蘭丸のふたつの目が大きく見開かれる。

「わしは、いくつもの国を平らげ、右大臣にまで昇った。戦国の世を終わらせ、新たなる世を作り出そうとした。誰にでもできることではあるまい。織田信長だからこそ、できたのだ。このようなところで死ぬのは口惜しい限りではあるが、この首を雑兵などに奪われ、河原に晒させることはできぬ。そのような見苦しい最期は、織田信長にふさわしい死に方ではない。ここから主殿に移る。小姓どもが明智の兵を防いでいる間に、鉄砲の玉薬や藁束をできるだけたくさん主殿に運び入れよ。敵の手にかかる前に、主殿に火を放って腹を切る。女たちと下働きの者たちを巻き添えにはしたくない。その方が指図して無事に落ちさせよ」

「上様……」

蘭丸の目から、はらはらと涙がこぼれ落ちる。溢れる涙を拭おうともせず、

「先程も申し上げたように、一か八か血路を切り開いて……」

「是非に及ばず」

ぴしゃりと言うと、信長は目を瞑った。

「…………」

涙で曇った目で、蘭丸は、しばし信長を見つめた。

やがて、覚悟を決めたように立ち上がった。常の間を出た蘭丸は台所に向かった。玉薬や藁束を運ぶのに、数少ない戦闘員を使うわけにはいかないので、台所にいる下

働きの男たちを使おうと考えたのである。その作業が片付いてから、皆を避難させればいい。

蘭丸が出ていくと、信長は目を開けて立ち上がった。控えの間に入り、十文字の鎌槍と弓矢を手にした。間もなく御座所に乱入してくるであろう明智兵に、一度は自分の姿を見せておかなければならない、と考えたのだ。主殿が焼け落ちたとき、間違いなく信長が主殿にいたことがわかれば、光秀も信長の死を信じるはずであった。信長は主殿に向かった。

明智光秀は、丹波街道を都に向かって進んでいた。

天野源右衛門を先発させてから、さして急ぐわけでもなく、悠然と行軍を続けているところに、都の方角から銃声が聞こえてきた。何十挺もの鉄砲が一斉に発射された轟音は、何キロも離れたところにいる光秀の耳にも届いたのである。

何らかの異変が起こったことを察知した光秀は、行軍速度を速めた。そこに蘭丸からの使者に化けた八之助がやって来て、信忠の謀叛を告げた。本能寺が攻められていることを知り、さすがに動揺したものの、じたばた見苦しく慌てなかったのは、

（やはり、こうなってしまったか……）

という思いがあるせいだった。

信忠が謀叛を企んでいることを、光秀は紹巴から聞かされており、どちらに味方すべきか、悶々と悩み苦しんだ。どうにも心を決めかねたので、最終的には、何も聞かなかった振りをして、さっさと中国に出陣してしまおうと考えた。

しかし、そうはいかなくなった。

否応なしに謀叛に巻き込まれてしまった。厄介なのは、この期に及んでも、信長と信忠のどちらに与するべきか、迷っていることだ。

（どうすればいい？）

兵たちを叱咤し、馬を急がせながらも、光秀の心は揺れている。簡単に結論など出せなかった。判断を誤れば明智家が滅びてしまうのだ。

（まずは大急ぎで本能寺に駆けつけなければならぬ……）

すでに信長が死んでいれば、何食わぬ顔で信忠に従えばいいのではないか、と光秀は考えた。

難しいのは信長が生きていた場合である。

天下統一を成し遂げた後、信長が諸大名から領地を取り上げようと企図していることとは決して承服できることではないが、だからといって、声高に反対する勇気は光秀にはない。信長という男の恐ろしさを、よく知っているのである。

ならば、信長に味方して信忠を討つのかと問われれば、やはり、ためらわざるを得ない。織田幕府を開いて諸国を治めていこうという信忠の政権構想においては、光秀も明智家も重要な役割を果たすことができるに違いないが、信長の未来構想においては、自分の居場所を見付けることができない気がするからであった。

（あ）

光秀は、ごくりと生唾を飲んだ。自分が本心では信忠に味方したがっていることに気付いたのである。これまでは信長が恐ろしいあまり、その本心から目を背けていたのだ。

（死んでくれぬものか……）

自分が本能寺に着くまでに信長が死んでいることが何よりもありがたい、どうか死んでくれ、と願わずにいられなかった。

妙覚寺。

信忠は寝所で眠っていたが、鬨の声や鉄砲の音で目を覚ました。本能寺から北東に三町（三百メートル）進めば妙覚寺がある。目と鼻の先といっていい。本能寺への銃撃を、妙覚寺への銃撃だと信忠が錯覚しても不思議はないほどの近さである。斎藤新五郎が寝所に駆けつけ、本能寺に明智軍が集結しているようだ、と信忠に告げた。

「何だと、本能寺に明智の兵が？」

信忠の顔色が変わる。

明智軍が亀山城から都にやって来たことに驚いたわけではない。そのことは、今夜、信長自身の口から聞かされている。しかし、信長の話では、桂川の河原で明智軍を閲兵し、そのまま明智軍を率いて中国に出陣するためだということだった。もっとも、信忠もその説明を素直に信じたわけではない。出陣予定は明後日なのに、わざわざ、夜分に明智軍を呼ぶ必要はないからであった。それ故、

（わしの謀叛を疑っているのだな）

と、信忠は考えた。謀叛を警戒して、大急ぎで明智軍を都に呼ぶのに違いないと察したわけである。信忠とすれば、

（勝手に騒ぎ立てればよい。わしは謀叛するつもりなどないのだから）

と呆れただけだったから、まさか妙覚寺を攻めるために明智軍を呼ぶとは想像もしていなかった。夜も明けぬうちに都に兵を入れ、鬨の声を上げさせたり、鉄砲を撃たせたりするのは、明智軍が攻撃を開始する前触れ以外の何ものでもないはずだ。

「光秀を都に呼んだのは、わしを討つためだったのだな……」

信忠の顔が朱に染まる。強い憤りを感じているせいであった。

「わしを殺したいのであれば、今夜、本能寺で手討ちにすればよかったではないか。わしは逆らうつもりなどなかった。黙って、この首を差し出すつもりでおったのだ

ぞ、新五郎」

「殿のお気持ち、よくわかるつもりでございまする」

無念やるかたないという信忠の気持ちを察して、新五郎がうなずく。

「だからこそ、むざむざと明智如きに討たれてよいはずがございませぬ。しかしながら、この寺にいたのでは守りも薄く、武士の数も少なく、為す術がありませぬ」

「どうせよというのだ？」

「急ぎ、この場を引き払い、とりあえず、二条御所に移るのがよかろうと存じます」

二条御所は、妙覚寺から東に半町（五十メートル）ほどの場所にあり、「二条御新造」とも呼ばれる。信長が誠仁親王のために造営した御所である。御所と言いながら、城と呼んでもおかしくないほどに構えが固く、その防御機能の強さは妙覚寺とは比べものにならないほどだ。

「逃げろと申すか、明智に背を向けて？」

「そうではございませぬ」

新五郎が首を振る。

「上京《かみぎょう》に分宿している兵どもを集めれば、二千くらいにはなりましょう。それだけの兵と共に守りの固い二条御所に立て籠もれば、たとえ明智が一万の兵で攻めかかってきても、やすやすと敗れることはありますまい」

いぞ」

「明智は父上の指図で動いているのだ。父上が相手では、どう足掻《あが》いても勝ち目はな

「お言葉を返すようではございますが……」

「何だ？」

「わたし自身、とても勝てるとは思っておりませぬ。しかしながら、明智の雑兵ばらの手にかかって殿を死なせるわけにはいきませぬ。どうせ死ぬにしても、せめて武門の意地を示し、明智に一泡吹かせ、上様の肝を冷やすくらいのことはしたいのでございまする」

「おお、そういうことか。さすが蝮《まむし》殿の倅よなあ。相手を嚙まぬうちは死ねぬということだな」

「さようでございまする。蝮を甘く見ると、どれほど痛い目に遭うか、上様にも明智にも思い知らせたいのです」

新五郎は蝮とあだ名された斎藤道三の末子なのである。

ひとしきり二人で笑い合うと、

「ならば、行こう」

信忠が立ち上がる。

「命を惜しむわけではない。しかし、このまま明智などに討たれるのは何としても口

惜しい。新五郎の言うように、二条御所に兵を集め、冥途に旅立つ門出に派手な戦をしてやろうぞ」

黒田官兵衛は、まだ西門の前にいた。すでに三つの門を破り、それぞれの門から兵たちが寺域に雪崩れ込んでいる。しかし、すべての兵ではない。半数の百五十人だけが侵入して、信長の小姓たちと戦っている。敵は百人にも足りないのだから、こちらが百五十でも十分に優位に立つことができるものの、三百の兵をすべて突入させればすぐに片を付けられそうなものだ。

しかし、この期に及んでも官兵衛は慎重だった。信長を決して逃がさないという一点に神経を使ったのである。なるほど、三百で攻撃すれば短時間で片が付く可能性は高くなるが、戦いの混乱に紛れて敵が逃げるのを防ぎにくくなってしまう。

それ故、百五十人には突撃を控えさせ、本能寺から誰も外に出さないように諸門を厳重に見張らせたのである。堀沿いに等間隔で鉄砲足軽を配してあるのも、もし土塁を越えて外に出ようとする者がいれば、問答無用で狙い撃たせるためであった。まだ周囲は闇に包まれており、松明と篝火の明かりだけが頼りだから、そう簡単に鉄砲で狙撃することもできないが、敵に向かって鉄砲を撃つだけで威嚇効果は絶大なのだ。

官兵衛は東の空を見上げた。山々の端《は》が微かに明るくなり、稜線が青白く浮かび上がっている。間もなく夜が明ける。

「殿っ！」

官兵衛の背後で騎馬の武士が馬から下りた。

「明智勢、今まさに堀川を渡ろうとしております。その数、ざっと五百」

「それは先鋒だな。とすれば、惟任殿の本隊が都に入るには、あと半刻（一時間）以上はかかるであろうな……」

本能寺から西に二町（二百メートル）ほどのところを堀川が流れている。都を南北に貫くように流れている川で、川幅が四丈（十二メートル）ほどもある。人工的に手を加えて川幅を広くしており、川岸も垂直に削られている。都を守る水堀の役目を果たしているといっていい。普段は、大人が腰まで水に浸かるくらいの深さしかないが、梅雨時で、このところ頻りに雨が降るせいで水嵩が増し、流れも速くなっている。一町にふたつくらいの割合で木橋が架かっているが、大人二人がすれ違うのも窮屈なほどの幅しかない。

官兵衛は堀川に見張りを置き、明智軍が現れたら、すぐに知らせるように命じた。その知らせが、ようやく届いた。これを待っていたのである。

（ふうむ、五百か……）

堀川から本能寺まで、わずか二町とはいえ、五百の明智軍が堀川を渡るには時間がかかるから、どんなに急いでも、あと四半刻（三十分）くらいはかかるだろう、と見当を付けた。

「とすれば、頃合いか……」

間もなく夜も明けるし、その四半刻のうちに信長を討ち取ってしまえば、何も知らずに本能寺に駆けつけた本物の明智軍に信長殺しの罪を着せることができる。事情がわからずに右往左往する明智軍を本能寺に置き去りにして、官兵衛は次の作戦に取りかかることができる。すなわち、妙覚寺に向かい、信忠も討ち取ることだ。

「よかろう」

傍らに膝をついて控えている家臣に合図をすると、その家臣は法螺貝を持ち上げて吹き鳴らし始める。全軍を投入して信長の首をもらうときがきたと官兵衛は判断した。諸門を見張っていた兵士たちは、うおーっと大声を発しながら本能寺に突入する。

ふーっと大きく深呼吸すると、官兵衛はゆっくりと西門に向かって歩き出す。

文吾は東門から本能寺の寺域に入り、すぐ左手にある厩《うまや》に駆け込んだ。この夜、その厩には二十人ほどの織田兵が宿泊していた。諸門を破られる前に土塁を越えて侵入してきた官兵衛の家臣たちと最初に切り結んだのが、ここにいた織田兵である。しか

し、彼らはすでに全滅し、厩には人気がない。騒ぎに驚いた馬たちがいなないている
だけだ。
「文吾、ここだ」
物陰から、にゅっと道林坊が現れた。道林坊も文吾と同じように明智の足軽に化け
ている。ここで落ち合うことに決めていたのだ。
「どんな塩梅だ、もう黒田さまは……？」
文吾の気持ちが急いているのは、官兵衛たちが先に信長を討ち取ってしまうのでは
ないかという焦りのせいであった。ここまでは協力し合ってきたが、だからといっ
て、信長の首まで官兵衛に渡すつもりはない。そんなことになれば、織田軍の手にか
かって殺された無数の伊賀者たちの恨みを晴らすことができなくなってしまう。
「いや、まだだ。敵の数は少ないが、さすがに信長の馬廻はしぶとい。殺されるまで
戦うのをやめようとしない。黒田勢も手こずっているようだぞ」
「本堂にも入っていないのか？」
「塀を乗り越えて入り込んだ者はいるだろうが、ほんのわずかだろう。本堂の正面に
は、まだ織田兵が頑張っている」
「時間をかけすぎだ。もっとも、おれたちにはありがたいことだが」
行くぞ、と文吾が厩の外に出る。

南門の方から明智兵に化けた官兵衛の兵たちが十人ほど本堂の方に駆けていくのが見えた。

本能寺というのは、周囲を水堀で囲まれ、水堀の内側には土塁があり、夜になると三つの門が閉じられてしまう。その防御機能の強さは、当たり前の寺などとは比較にならない。だからこそ、官兵衛の兵も、門を破るための道具を用意してきたのだ。それでも門を破るのに時間がかかった。それほど防御が固いのは、言うまでもなく、本能寺が信長の宿舎だからである。

しかも、諸門を破ってしまえば、そのまま信長のいる御座所に迫れるかというと、事はそれほど簡単ではない。寺域に入ると、更なる関門が待ち構えているのだ。

本能寺の寺域は、南北に大きくふたつに分けられる。本堂や本坊主殿、それに信長の御座所は北側にある。南側には塔頭《たっちゅう》群、すなわち、小寺院や別坊がずらりと並んでおり、東門と西門の近くに厩がある。南側の中央部分は広い境内になっていて何もない。森蘭丸を始めとする少数の側近たちは信長の御座所近くで夜を過ごすが、馬廻の武士たちのほとんどは、それらの塔頭に分宿していた。官兵衛の兵が本能寺を襲ったとき、最初に応戦したのは、ここにいた武士たちだ。敵の数が多く、しかも、門を守る術がないことを悟ると、信長の馬廻たちは南側の寺域を捨てて北側に立て籠もった。馬廻の第一の使命は信長を守ることだから、信長のそばで戦おうとしたのである。

　北側の寺域に入るには、本堂の正面から奥に抜けるしかない。なぜかというと、本堂の左右には七尺（二メートル）近い高さの土塀があり、土塀の上には忍び返しが設置されているので、これを乗り越えるのが容易ではない。それ故、本堂を突破するしかないが、入り口は狭いので、攻める方とすれば一度に大人数で攻めかかることができず、逆に、守る方とすれば、正面からかかってくる敵だけを相手にすればいい。守りやすく攻めにくい構造になっているのだ。最初に本能寺に攻め込んだ百五十の兵たちが、ここで立ち往生したのは、そのせいであった。

　しかし、法螺貝が吹き鳴らされ、残りの百五十の兵が駆けつけると、その中には鉄砲足軽も多く混じっていたので、彼らが本堂の入り口を守る織田兵を狙い撃ちした。織田兵も退却を余儀なくされ、ついに官兵衛の兵たちは北側の寺域に入り込むことができた。

　もっとも、これでも、まだ信長の御座所に近付くことはできない。ようやく、ふたつめの関門を突破したに過ぎないのである。御座所を構成する主殿や常の間、台所などは別の土塀で囲まれているからである。これが三つ目の関門だ。

　つまり、信長の御座所は三重の防御陣で守られていたことになる。これだけ守りが固いからこそ、信長は百人にも満たない、わずかばかりの馬廻と共に本能寺に宿泊していたのだ。決して無防備だったわけではない。

文吾と道林坊は本堂には近付こうとせず、逆に、東門に近い、土塀の端に向かった。そこには石垣が積み上げられており、北側の寺域をぐるりと囲んでいる。石垣は土塀よりも、ずっと高い。よじ登るための手掛かりになるような突起物は何もないが、石と石を組み合わせた部分が、わずかに窪んでいる。指の第一関節がかろうじて引っ掛かるかどうかという程度の窪みに過ぎないが、文吾と道林坊には、それで十分だった。二人は、するすると石垣を登り始めた。

(何と空しい仕事なのだ……)

下働きの男たちに命じて、主殿のあちらこちらに藁束を積み重ね、鉄砲の玉薬を置き並べさせながら、蘭丸はめまいを起こしそうになる。時間に追われて、自分が必死にしていることは、誰よりも敬愛し、心から忠誠を尽くしてきた偉大な主を死なせるための支度なのである。

もちろん、そうしなければならない理由を納得している。明智の雑兵の手にかかって信長が殺されるような事態を避けなければならないし、たとえ自害するにしても信長の首を敵に渡すわけにはいかないからだ。そんなことになれば、信長の首は四条河原に梟首《きょうしゅ》され、都人の好奇の視線に晒される。たとえ死後であるにせよ、そのような惨めな目に信長を遭わせるわけにはいかなかった。それ故、明智兵が眼前に迫ったならば、直ちに主殿を炎上させる支度を調えているのだ。火を放った瞬間に主殿全体が燃え上がるくらいでなければ、明智兵を遠ざけることはできないから、藁束や玉薬を周到に配置する必要がある。蘭丸以外の誰にもできないことであった。

ふと我に返ると、涙が頬を伝っていることに蘭丸は気が付く。これほど気持ちが沈み、情けなく、悲しく、やり甲斐のない仕事は他にないだろうと溜息が洩れる。

（しっかりせぬか、馬鹿者め。女々しいことを考えている暇はないのだぞ）

蘭丸は必死に己を叱咤《しった》する。すでに明智兵は本堂を突破して、御座所の土塁にまで取り付いている。次々と倒れて、わずか四、五十ほどに減った馬廻たちが必死に戦っているが、明智兵が門扉を破って御座所に乱入するのは時間の問題だ。蘭丸の耳には刀と刀がぶつかり合う音がはっきりと聞こえる。

御座所全体を守ることなど不可能なので、信長も常の間から主殿に移動し、自ら弓矢と槍を手にして正面廊下に出て、馬廻たちを叱咤している。主殿を枕に死出の旅に赴く覚悟なのだ。

「もうよいぞ」

蘭丸は男たちに声をかけ、台所にいる女たちと共に常の間の西側の庭に移動するように命じた。明智兵の狙いは信長を殺すことだから、攻撃は主殿に集中されるはずであり、西の庭にいれば戦いに巻き込まれることもないはずであった。その上で、主殿に火の手が上がるのが見えたならば、常の間の裏手から御座所の外に出て、水堀に沿って西門に向かうように指示した。すでに外には朝日が差しているから、明智兵も武器を持たない女と下男たちを織田兵と見誤って攻撃することもあるまいと考えてのことであった。男たちが逃げるように走り去ると、

(冥土でも上様にお仕えいたしまするぞ)

蘭丸は信長の姿を探して、主殿の正面に向かった。

石垣の上には土が盛られているだけだ。文吾と道林坊は、左手に本堂を見ながら、石垣の上を御座所の方に走った。御座所を囲む土塀の前には官兵衛の兵たちが群がり、すでに門扉の一部が破られていた。髪を振り乱し、血まみれになって戦う信長の馬廻たちの姿を曙光が照らしている。傍目にも劣勢は明らかだったが、その場所で馬廻たちが戦っているということは御座所にいる信長はまだ無事なのだな、と文吾は思った。

文吾と道林坊は、土塀を過ぎると石垣から地面に飛び降りた。すぐ目の前に式台がある。御座所を訪ねる客は、ここで案内を請い、主殿に案内されるのだ。

「文吾！」

道林坊が叫ぶ。文吾がハッとして振り返る。背後から織田兵が斬りかかってくる。咄嗟に地面に身を投げ出し、相手の足を払う。倒れたところに飛びかかり、短刀で喉を切り裂こうとする。しかし、その必要はなかった。すでに事切れていた。相手の姿をよく見れば、帷子《かたびら》が真っ赤に染まっており、体中に手傷を負っていた。折れた矢が腰に刺さったままになっているほどだ。その武士の姿が、官兵衛の兵たちと信長の馬廻たちの戦いの凄まじさを象徴しているように文吾には思われた。

「あっちだ」

主殿前の中庭と式台の間は板塀で仕切られており、その向こうから激しい叫び声が聞こえている。木戸を押し開けると、思わず、

「おおっ！」

という声が道林坊の口から洩れた。

数十人の男たちが入り乱れて戦っている。ざっと見渡して、信長の馬廻は三十人ばかり、官兵衛の兵も同じくらいの数だが、門扉の破れ目から続々と新手が飛び込んでくる。

「信長だ」

「何？」

道林坊の声に文吾が反応する。主殿の正面廊下、車寄せの階段を登ったところに白

い寝間着姿の信長がいた。自ら弓を手にして、敵に向かって次々と矢を射ている。

文吾は信長を睨みながら刀を抜いた。

と、そのとき、信長が文吾を見た。二人の目が合った。

信長は表情も変えず、文吾に狙いを定めて弓を引き絞った。


信長が弓で文吾を狙う。

その瞬間、あたかも蛇に睨まれた蛙のように、文吾は身動きできなくなった。背筋を冷たい悪寒が走る。

(おれは、ここで死ぬ……)

文吾は死を予感した。この土壇場で、信長という男の底知れぬ恐ろしさを思い知らされたといっていい。

「馬鹿野郎、何をぼんやりしている!」

道林坊が体当たりして文吾を突き飛ばす。地面に倒れたとき、たった今、文吾が立っていたところを矢が飛んでいった。異変に気付いた道林坊が助けてくれなかったら、信長の放った矢は文吾の胸板を貫いていたはずだ。

顔を上げて信長を見遣《みや》ると、弓を捨てて、十文字の鎌槍を手にするところだ。

弓弦《ゆみづる》が切れたらしい。つまり、文吾を狙ったのが信長の射た最後の矢だったわけである。

信長のそばをぴたりと離れずに刀を振り回しているのは森蘭丸に違いなかった。その近くで数人の馬廻が必死に信長を守りながら戦っている。中庭には官兵衛の新手の兵たちが入り込んできて、一人の馬廻を数人で取り囲んで討ち取るような戦い方をしている。

（なぜ、信長は逃げようとしない？　なぜ、ここに留まって、自ら弓矢や槍を手にして戦っているのだ？）

普通に考えれば、ここを死に場所と定め、最後に武門の意地を示そうとしているように思われる。だが、文吾は、何かおかしいと感じた。

（蘭丸のそばで戦っているのは犬笛と左文字だな）

見事な太刀さばきで、次々と襲いかかってくる敵を蹴散らしている。藤林の忍びの中で最も剣術に優れた二人なのである。

（あとの奴らは、何をしているんだ？）

それが文吾の疑問であった。信長が死の瀬戸際に追い詰められているのだから、信長に仕える者たちは、たとえ忍びであろうとも、死に物狂いで戦うのが当然ではないか。にもかかわらず、実際に戦っている藤林の忍びは犬笛と左文字だけだ。もちろん、五人衆の残りの者たち、すなわち、風笛、天竺斎、水蜘蛛の三人は剣術が得意でないことを文吾も知っている。このような斬り合いの場では大した役にも立たないであろう。だからといって、信長を見捨てて逃げ出すはずもない。ならば、どこにいるのか……。

(孔雀王は、どこだ?)

それが最大の謎であった。孔雀王の使命は、信長の命を守ることだ。そのために、あたかも信長の影の如くに常にそばに付き従っていたはずである。それに孔雀王は様々な幻術を使いこなすだけでなく、剣術の腕も優れていると噂に聞いている。しかし、それらしき人間は信長の近くには見当たらない。

「おい、文吾、やられたのか? 矢は外れたはずだが……」

「くそっ、騙《だま》す気だな」

「は? 何のことだ。さあ、怪我をしていないのなら立ち上がれ。急がないと、わしらの手で信長を討ち取ることができなくなるぞ」

「これは、罠だぞ」

「何だと?」

「おのれ、この期に及んでも見苦しく小細工を弄して逃げようとするのか!」

文吾は刀を抜くと、体の横に真っ直ぐに立てたまま、信長に向かって走った。

なぜ、五人衆のうち、犬笛と左文字だけしか戦っていないのか。

なぜ、この場に孔雀王がいないのか。

その理由が文吾にはわかった。

信長は、この場で死ぬつもりなどないからだ。

孔雀王、風笛、天竺斎、水蜘蛛の四人は、信長を生き延びさせるための何らかの策を講じているのに違いない。孔雀王が信長のそばにいない理由は、それ以外に考えられなかった。信長が敢えて敵に姿をさらしているのは、この場に敵を引き寄せて時間稼ぎするためであろう。

「許さぬ！　そのようなこと、決して許さぬぞ」

あと数歩で信長に手が届きそうだというところで、文吾は横から強烈な殺気を感じて、咄嗟に地面に身を投げ出した。そこに太刀が迫る。文吾は地面に転がったまま、その太刀を受け止めた。目の前に、憎しみに燃えた犬笛の顔がある。

「文吾、おれが地獄に送ってやる」

「おまえら藤林は伊賀者の恥さらしだ。こっちこそ、おまえを地獄に送ってやるぞ」

「何を！」

犬笛が刀に体重をかけてくる。その刀は文吾の額に触れようとしている。文吾は大きく息を吸い込むと、渾身の力を込めて刀を横に払い、体をねじって犬笛の太刀をかわした。素早く立ち上がり、犬笛と睨み合う。すぐ横では道林坊と左文字が切り結んでいる。

「上様っ！」

蘭丸の声だ。官兵衛の兵たちが信長を囲んでおり、繰り出された槍が信長の肘を傷つけた。それを見た蘭丸が悲鳴のような声を発したのである。その声を聞いて、犬笛が反射的に蘭丸の方に顔を向ける。といっても、ほんの一瞬に過ぎない。

しかし、その隙を文吾は見逃さなかった。文吾は大胆に犬笛の間合いに踏み込むと、袈裟に斬り下ろした。犬笛が受け止めようとするが間に合わなかった。

「うっ……」

犬笛ががっくりと地面に膝をつく。文吾は犬笛を蹴倒して、道林坊に助太刀しようとする。左文字は文吾が迫るのを見て、身を翻して走り去る。

「やられたのか？」

文吾が訊く。道林坊の首筋に血がこびりつき、左手からも血が滴《したた》り落ちている。

「何の、大したことはない」

口では強がるものの、道林坊の顔は真っ青だ。白く変色した唇が小刻みに震えているのも悪い兆候だ。かなりの深手を負っているのだな、と文吾は察した。崩れるようにしゃがみ込むと、

「わしに構うな、行け。信長を殺せ」

と、道林坊は文吾を促した。その声にも力がない。

「うむ」

文吾がうなずく。

「頼むぞ」

口許に微かな笑みを浮かべると、道林坊が横倒しになる。

(南無阿弥陀仏……)

心の中で念仏を唱えると、文吾は道林坊に背を向けて、信長に迫ろうとする。

そのとき、信長の声が聞こえた。

「お蘭、これまでじゃ！　あとのことを頼むぞ」

信長は鎌槍を投げ捨てると、くるりと背を向けて廊下から三の間に入っていく。敵兵が追いすがろうとするが、蘭丸が身を楯にして食い止める。

その隙に左文字が藁束に火をつけて回る。炎は、たちまち主殿全体に燃え広がっていく。

蘭丸も必死に戦うが、多勢に無勢である。槍で突かれて動きが止まったところを、四方から太刀を浴びせられて倒れた。

信長は三の間から二の間へ入り、更に一の間に向かう。信長を追って、官兵衛の兵たちが三の間に入ったとき、爆発音が起こった。炎が鉄砲の玉薬に引火したのだ。

次々と誘爆が起こり、主殿が大きく揺れた。三の間と二の間の敷居際で何人もの兵が倒れる。炎の勢いも増してきたので、兵たちは恐れをなして中庭に走り出る。火の回りが早く、すでに主殿の内部は炎と煙で視界が利かなくなっている。文吾が車寄せの階段を駆け上がったときには、もう信長の姿は見えず、かろうじて一の間に走り込む左文字の背中が見えただけだった。主殿から逃れ出ようとする兵たちを掻き分けて、文吾が奥に向かう。炎も煙も少しも恐ろしくなかった。伊賀の荒野に屍《しかばね》をさらした数千の同胞たちの無念を思えば、文吾が怖れるものなど何もなかったのである。信長を追って主殿の奥に進むのが地獄への一本道だとすれば、喜んで、その道を突き進むだけのことだった。

本堂の正面で、黒田官兵衛は苛立っていた。御座所の主殿から炎が噴き上がっている。攻撃が成功したということに違いなかった。にもかかわらず、いまだに信長を討ち取ったという報告が届かない。

そろそろ、明智軍の先鋒が本能寺に着くはずで、彼らが着くと同時に官兵衛たちは信長の首を持って、本能寺を引き払い、直ちに次の作戦に取りかかるというのが段取りである。このままでは明智軍の先鋒と鉢合わせすることになりかねない。たとえ、そうなったとしても、先鋒部隊は五百ほどに過ぎないから、どうにでも対処することができるだろうとは思うものの、万が一、対処に手間取って、明智軍の本隊まで駆けつけることになれば非常事態といっていい。信長殺しの罪を明智光秀になすりつけるどころか、秀吉と官兵衛の悪巧みが白日の下にさらされる。そうなれば、計画は失敗に終わり、秀吉と官兵衛は破滅することになる。

（まだか、まだなのか……）

官兵衛は爪を嚙みながら、夜明けの空にもうもうと立ち上っていく黒煙を見つめた。御座所からは下働きの者や宿泊客、女房、僧侶などが続々と逃れ出てきているが、それらの者たちを官兵衛の家臣たちが厳重に吟味している。そういう者たちに紛れて信長が脱出を試みることを警戒したのである。

「殿！」

本堂から走り出てきた家臣が官兵衛の前で膝をついた。すぐには言葉が出てこない。ぜえぜえと激しく呼吸を繰り返す。炎は御座所全体に広がりつつあり、それに伴って、あたりに煙が立ち籠めている。そのせいで息が苦しいのであろう。

「上様は……」

「うむ」

思わず官兵衛が身を乗り出す。ようやく吉報が届いたのかと期待で胸が高鳴る。拳をぎゅっと握り締める。

「槍で肘を突かれ、怪我をなさいました。主殿の奥に退かれ、われら、それを追いましたが、森蘭丸に阻まれました。何とか、森蘭丸を討ち取ったときには、すでに主殿には火の手が上がっており、火薬でも撒いてあったものか、あちらこちらで爆発音が響き……」

「ええい、まどろっこしい。それで、上様は、どうなったのだ？　討ち取ったのか？」

「火の燃え方が凄まじく、とても主殿の中に入ることができませぬ。あの中に上様がおられたとしても、もはや生きておいでとは思えませぬ」

「馬鹿者めが、簡単に諦めるな！　上様を探すのだ。何としても御首級を手に入れよ」

官兵衛の剣幕に圧倒され、その家臣は大慌てで本堂の方に走り戻っていく。

文吾が一の間に踏み込んだとき、横から刀が繰り出された。いつもの文吾であれば、当然、そういう危険を予測していただろうが、一刻も早く信長を見付けたいという焦燥《しょうそう》のせいで、つい警戒心が緩くなった。それで反応が遅れた。本能的に身をよじったが、左文字の突きをかわしきることができず、脇腹の肉を抉《えぐ》られた。

（くっ……）

鋭い痛みを感じ、一瞬、意識が飛びそうになるが、すぐに刀を構え直して左文字に向き合う。上段から振り下ろされた刀を際どく顔の前で受け止める。左文字が体重を乗せてくる。文吾は両足を踏ん張って、えいっ、と左文字を突き放す。相手が後退《さが》ると、今度は文吾が斬りかかる。刀と刀がぶつかり合い、激しく火花が飛び散る。互いに一歩も譲らない斬り合いだ。

（こんなことをしていたのでは間に合わぬ）

文吾の心に焦りが生ずる。二人の周囲にも黒煙が立ち籠め、四方の襖が燃え上がり、天井にまで火が伝っている。屋根ががたがた揺れているのは、屋根を支える柱が燃えているせいで、このまま燃え続ければ、やがて支柱が倒れて、屋根が崩落するに違いなかった。こんなところで時間を無駄にするわけにはいかなかった。信長を見付けることもできず、屋根の下敷きになったのでは死んでも死にきれない。

（くそっ！）

文吾は、わざと隙を作った。そこを左文字が斬りつける。文吾は刀を受け止めず、わずかに体を傾ける。文吾の左腕から血が飛び散る。左文字の体が勢い余って前方に流れる。その瞬間、左文字は自分が罠にかかったことに気付いたはずである。肉を切らせて骨を断つ……それが文吾の罠だ。わざと隙を見せて左腕を斬らせることによって、左文字にも隙を作ろうとしたのだ。

もちろん、しくじれば、文吾の命はないが、いつまでも鍔迫《つばぜ》り合いを続けるわけにはいかなかった。他に選択肢がなかった。窮余の一策だったのである。

びゅっ
文吾の刀が一閃する。

「うっ……」

左文字の体が硬直する。手から刀が落ちる。よろめきながら前方に三歩ほど進む。そこで血を吐き、白目を剝いて、ばったりと前のめりに倒れる。

(やったぞ)

ほっと一息ついたとき、不意に腰から力が抜け、床に膝をついた。四つん這いになると、体から血がぽたりぽたりと滴り落ちた。脇腹からも左腕からも出血している。自分で思っている以上に傷が深いのだと悟った。気力を振り絞って立ち上がろうとしたとき、目の前に誰かいることに気が付き、文吾は顔を上げた。黒装束に身を包み、顔も隠している。目許だけが見えている。

「孔雀王……」

文吾が総毛立つ。顔から血の気が引くのが自分でもはっきりとわかる。犬笛や左文字という強敵と戦い、かろうじて二人を倒したものの、文吾自身、無傷ではない。もはや立ち上がる力すら残っていないのが本当だが、強靱な精神力だけを頼りに信長を追うつもりでいる。

そこに孔雀王が現れた。言うまでもなく、藤林の忍びの中で最も手強い相手だ。気力と体力が充実したときですら、果たして互角の戦いができるかどうかわからないほどの難敵だ。今の状態では戦いようもない。

（せっかく、ここまで辿り着いたのに、おれは死ななければならないのか……）

絶望感で目の前が真っ暗になる。

「石川《いしかわ》村の文吾だな」

嗄《しわが》れた低い声である。

「…………」

文吾は、じっと孔雀王の目を見つめる。やれるだけのことはやった、これ以上、自分にできることはない、自分の手で信長を殺すことはできなかったが、とにかく、信長をここまで追い詰めたのだ、全力を尽くして、やれるだけのことはやった……そう自分を納得させようとした。

しかし、駄目だった。どうしても諦めることができない。強い憤りと悔しさが顔に滲み出て、表情が醜く歪んでいるのがわかる。文吾は刀を拾い上げようとした。一か八か、孔雀王に戦いを挑もうとしたのだ。

が……。

刀を持ち上げることはできなかった。孔雀王が刀を踏み付けたからだ。

「よせ」

「どうする気だ？」

「ついてこい」

孔雀王が文吾に背を向ける。

「………………」

文吾は刀の柄をぎゅっと握り締める。孔雀王との間合いを計りながら、今の自分の力で孔雀王を倒せるだろうか、と考えた。

「殺すつもりならば、とうに殺している。おまえには、わかるはずだ」

振り返らずに、孔雀王が言う。

確かに、その通りだと文吾にもわかる。孔雀王が文吾を殺すつもりならば、いくらでも殺す機会はあったはずだ。

「この場に残れば、間もなく主殿が焼け落ちる。わしが手を下すまでもない。下敷きになって死にたいのならば、そうすればよい。無理強いはせぬ」

一の間は、信長が客に会うときに使われる座所であり、上座が帳台構《ちょうだいがまえ》になっている。敷居が一段高くなっていて、畳が敷き詰められている。右手には襖があって、そこを開けると納戸《なんど》である。納戸といえば、寝具や衣類、調度品などを納める物置のような小部屋を想像しがちだが、本能寺の納戸は一の間の半分ほどの広さがあり、物置というより、信長の休憩部屋という意味合いが強い。上洛してからの信長は、来客と会見する以外の時間をほとんど常の間で過ごし、夜も常の間にある寝所で眠ったが、主殿の納戸も、いつでも寝所として使えるように整えられている。それ故、特に許された者以外は立ち入ることを許されない部屋でもあった。

孔雀王は上座の畳に上がると、そのまま右手の納戸に入っていく。

（どうするつもりなんだ……？）

孔雀王が何をするつもりなのか、見当が付かなかった。何か罠でも仕掛けてあるのかと疑ったが、簡単に殺すことができるのに、わざわざ、回りくどいやり方をする理由がわからない。

そのとき、ふと、近衛邸を出るときに紹巴が口にした言葉が文吾の心をよぎった。

「万が一、どうにもならなくなったら、そのときは孔雀王の言葉に従え」

そう紹巴は言った。なぜ、伊賀を裏切った孔雀王の言葉に従わなければならないのか、文吾にはわからなかったが、

（お頭には、こうなることがわかっていたのかもしれぬ）

という気がした。今になっても、その言葉の真意は不明のままだが、文吾は、その

言葉に従うことにした。屋根の下敷きになって死ぬくらいならば、少しでも信長に近付いて死にたいと考えたせいでもある。

「くそっ」

刀を杖代わりにして立ち上がると、孔雀王の後を追った。

納戸に入ると、壁のそばに孔雀王が立っていた。文吾を見ると、その場でしゃがみ込み、右手で畳の端をぽんと叩く。畳が踊るように跳ね上がる。俗にいう畳返しの術である。二流程度の忍びならば、誰にでもできる、さして難しくもない術だ。畳の下は板敷きである。孔雀王が二枚の板を簡単に外すのを見て、

(こんなところに仕掛けがあったのか)

と、文吾は驚いた。

「こっちだ」

地面に下りた孔雀王が手招きする。文吾が近付く。孔雀王は地面から伸びた鎖を引っ張ろうとしていた。ぐいっと引っ張ると、鉄の板が持ち上がった。階段が見える。地下室だ。孔雀王が階段を下りていく。文吾も畳から地面に飛び降り、警戒しながら階段を下り始める。

本能寺を都における信長の宿舎とするに当たって、大掛かりな工事が施され、いくつもの新しい建物が造営され、様々な工夫が凝らされた。この地下室もその工夫のひ

とつである。

秘密の地下通路を辿って本能寺の外に出ることもできるし、周囲を敵に囲まれてしまい、外に出るのも危ないと判断すれば、この地下室に隠れ潜んでいることもできる。この秘密を知っているのは信長と孔雀王の二人だけであり、工事に関わった大工や人足たちもとうに孔雀王の手で始末されてしまい、この世にはいない。

地下室にはひんやりとした空気が満ちており、真っ暗だった。暗闇の中で、カチッ、カチッ、という音がした。孔雀王が燧石《ひうちいし》を使っているのだと文吾にはわかった。

紙燭に火が点じられると、ぽーっと淡い明かりが広がる。地下室は八畳ほどの広さがあり、高さは一間半（三メートル弱）くらいだ。隅に水瓶があり、その横に布袋が並べてある。食い物でも入っているらしい。壁際に畳が二枚敷いてあり、そこに白い寝間着姿の男が壁を向いて横たわっている。

「迎えに来るには早すぎるのではないか」

その男が体を起こして、肩越しに振り返る。

（あ）

文吾は叫び声を発しそうになる。

「上様であらせられる」

孔雀王が言う。

「…………」

瞬きもせず、文吾は呆然と信長を見つめた。

黒田官兵衛は決断を迫られていた。

もはや、猶予はない。明智軍の先鋒が本能寺に迫っている。いや、すでに一部の兵は西門から寺域に入り込んでいる。しかし、燃え上がる炎と、逃げ惑う僧侶や女房たちにもみくちゃにされて何が何だかわからないでいる。

官兵衛とすれば、明智兵が戸惑っている隙に、さっさと兵をまとめて本能寺から引き揚げたかった。先鋒が姿を見せたとなれば、明智の本隊が到着するまで、せいぜい、あと半刻（一時間）ほどと考えるべきであろう。妙覚寺の信忠をも討ち取ろうとするのなら、とうに本能寺を後にしていなければならなかった。予定よりも遅れていることは官兵衛も承知していたが、動くに動けなかった。まだ信長の首が手に入らないのだ。信長の死が曖昧なままでは、次の段階に進むことができなくなってしまう。

（どうにもならぬか……）

主殿から燃え上がった炎は、たちまち御座所全体に広がり、今では、それが本能寺の本坊主殿にも燃え移っている。やがて、本堂も燃え始めるであろう。梅雨時とはいえ、今のところ雨が降りそうな気配もないから、火は燃え続け、本能寺のすべてを焼き尽くすに違いなかった。

手許に森蘭丸の首は届いている。どんなときでも蘭丸が信長のそばを離れないことを官兵衛は知っているし、蘭丸が主殿の廊下で討ち取られたということは信長が主殿にいたことの疑いようのない証といえる。しかも、主殿が燃え上がったとき、主殿の奥に入っていく信長の姿が確認されている。御座所を厳重に包囲され、脱出する術もなく、燃え上がる主殿に留まったとすれば、とうに信長は死んだと考えるべきだと思う。天下人の最期にふさわしく、信長自身の手で己の身の始末をつけた、恐らくは、余人を寄せ付けず静かに腹を召した……そう信じたかった。いや、そう信じるしかなかった。もはや、信長の生死を確認する手段もなく、そのための時間もない。諦めるしかなかった。

「引き揚げるぞ。東門から外に出るように命じよ」

官兵衛は傍らに控えていた家臣たちに命じた。彼らは、直ちに御座所の方に駆けていく。そのあたりには何とか信長の首を手に入れようと、まだ官兵衛の家臣たちが走り回っている。彼らに引き揚げ命令を伝えなければならなかった。

桂川の手前で信忠の謀叛を知らされるや、明智光秀は直ちに全軍に本能寺に急行することを命じた。光秀は、明智秀満の指揮する第一陣四千と共に桂川を渡ると、第二陣、第三陣の渡河を待たずに本能寺に向かった。光秀自身が指揮していた第三陣の指揮は斎藤利三に委ねた。

道々、東の方角に火の手が上がるのが見えた。炎の勢いは時間の経過と共に激しくなっていく。どよめきや怒号、鉄砲の発射音も聞こえてくる。

（戦いは、まだ続いているのか……）

それは、まだ信長が生きていることを意味している。

異変を知らされたとき、光秀の心には、信長と信忠のどちらに味方するべきか迷いが生じたが、今は迷っていない。本能寺に着いたときに信長が生きていれば、ためらうことなく信長の命令に従うつもりだった。信忠が生き残った方が明智家の将来にとって有益であることは間違いないし、光秀自身、本心では信長の死を願ってはいるものの、信忠に味方して信長を討ち取る手助けをしようとは露ほども考えなかった。

なぜかといえば、やはり、信長が恐ろしいからであった。信長への恐怖心が骨身に沁みているのだ。それ故、信長が生きている間は、たとえ不本意であろうとも信長に忠誠を尽くさなければならないと思い定めたのである。

妙覚寺から二条御所に移った信忠は、ここで兵を集めた。当初、信忠は、明智軍を使って信長が自分を攻めようとしていると思い込み、むざむざ殺されるのは悔しいから、せめて、死に際に派手な戦をしてやろうと覚悟を決めた。

しかし、詳しい情報が集まるにつれて、明智軍が本能寺を攻撃していることがわかった。

（惟任の謀叛だと？）

信忠は耳を疑ったが、現実に本能寺からは鉄砲の発射音や、鬨の声が聞こえてくる。二条御所だけでなく、妙覚寺も攻められていないから、信忠が狙われているわけではない。信長が狙われているのだ。都の周辺で大軍を動かすことができるのは光秀だけだし、その光秀は信長の命令で兵を率いて都に呼ばれている。なぜ、光秀が謀叛など起こしたのか、その理由はわからないが、本能寺が何者かの猛攻にさらされているとすれば、その敵は光秀以外には考えられなかった。

そういう事情がわかれば、信忠の決断は早かった。言うまでもなく、信長を救出するのである。上京に分宿している織田兵を掻き集めれば二千にはなるはずだったが、兵が集まるのをのんびり待っている余裕はない。いかに本能寺の守りが堅固だとはいえ、信長を守っている馬廻は百にも足らぬ数に過ぎない。すぐにでも駆けつける必要があった。兵の数が一千五百ほどになると、信忠は二条御所を出た。

金縛りにでもあったかのように、文吾は身動きできない。身じろぎもせず、じっと

信長を凝視する。その不躾《ぶしつけ》な視線に不快を感じたのか、信長が眉間《みけん》に小皺を寄せ、

「配下の伊賀者か？」

と、孔雀王に訊く。その質問には答えず、

「ここから逃れ出なければなりませぬ」

「何だと？」

信長がじろりと孔雀王を睨む。

「五郎左衛門が来るまで、わしはここを動かぬと申したはずだぞ。軍勢を引き連れて大坂から駆けつけるのに二日や三日はかかるであろうよ」

「ここで二日も過ごすことは無理でございまする。恐らく、昼までも無理でございましょう」

「何を申すか。たとえ主殿が崩れ落ちてきても、ここは、びくともせぬわ。無論、そうなれば、わしも自力で出ることはできなくなってしまうが、そのために、汝らが寺を逃れ出たのではないか。なぜ、戻ってきた？」

信長は咎めるような口調である。

その言葉を聞いて、

（そういうことだったのか……）

と、文吾は納得した。

官兵衛の兵に厳重に包囲されていることを知り、信長は本能寺からの脱出が不可能であることを悟ったのであろう。それ故、脱出を諦め、この地下室に潜んで、丹羽長秀が四国征伐軍を率いて駆けつけるのを待つことにした。しかし、敵は信長の首を奪うまで決して捜索の手を緩めないであろう。それ故、自身の死を偽装して時間稼ぎすることにしたのに違いなかった。

そこまで思い至ると信長の芸の細かさに文吾は感心せざるを得なかった。わざと主殿の車寄せのあたりまで出て行って敵兵に自分の姿を見せるという危険を冒し、その上で主殿に火を放って奥に引っ込んだ。炎の中で自ら命を絶つつもりだと誰もが信じたはずである。森蘭丸の討死《うちじに》が真実味を増すのに大いに役立った。あの場に、腕の立つ犬笛と左文字がいたのは、できるだけ信長に敵兵を近付けないためだったのだ。五人衆の残りの三人、それに孔雀王がいなかった理由もわかる。彼ら四人は早い段階で本能寺を離れたのであろう。本能寺が焼け落ちて、敵兵が寺域から立ち去った後に、焼け跡を掘り起こして信長を救い出す手立てを講じるためである。主殿が崩落すれば、その瓦礫《がれき》は途方もない量になるから、それを掘り起こすとなれば、かなりの人手と道具が必要になる。

ひとつわからないのは、なぜ、孔雀王が戻ってきたのかということだ。信長の偽装は成功したといっていい。文吾もまんまと騙されるところだった。孔雀王の導きがなければ、納戸の下に秘密の地下室があることに気付くはずもなかったであろう。

それに、孔雀王が文吾を助けた理由もわからない。左文字との戦いで疲れ果てた文吾を殺すことなど赤子の手を捻《ひね》るようなものだったはずだ。にもかかわらず、文吾を信長の隠れ場所に連れてきた。なぜ、こんな事をするのか、文吾には見当も付かなかった。

「お言葉ではございますが、息ができないのでは二日も生きながらえることはできませぬ。今は入り口の蓋を開けてあるので、さして苦しくもないでしょうが、あれを閉めてしまえば、そう長くは持ちますまい」

「息継ぎの仕掛けに不都合でも起こったのか？」

信長が不安そうな顔になる。密閉された地下室に閉じ込められてしまえば、時間の経過と共に空気が減ってしまい、やがては窒息することになる。そうならないように、この地下室には外部から空気を取り入れる仕掛けを取り付けてある。それが壊れたとなれば生死に関わる。顔色が変わるのも当然であった。

「わたくしが泥をたっぷりと仕掛けに詰め込みましたので、もはや、役には立たぬと存じます」

「何と申した？　汝が壊したのか」

「はい」

孔雀王がうなずく。

「なぜ、そのようなことをした？」

「この謀叛、成功すると見極めたからにございまする」

「光秀に味方するというのか？」

「いいえ、この謀叛を企んだのは惟任殿ではありませぬ」

孔雀王が首を振る。

「筑前殿と朝廷が手を結んで練り上げた策にございまする。両者の橋渡しをしたのは百地党、すなわち、わが伊賀の同胞にございまする」

「猿が謀叛だと？　馬鹿な」

信長が首を振る。

「御座所を囲んでいるのは黒田殿の兵でございまする。黒田殿ご自身が本堂の前で兵を指揮しておりまする。水色桔梗の旗指物を背負った兵どもでございまする」

「官兵衛の兵が明智の旗指物を……。おのれ、光秀に謀叛の罪を着せるためだな」

「惟任殿の先鋒が、すでに本能寺に着いており、それと入れ替わるように黒田殿の兵は引き揚げを始めておりまする。恐らくは、半刻（一時間）もしないうちに惟任殿ご自身が本隊を率いて到着なさるでしょう」

「おお、ならば、わしは助かったということではないか。わしが生きていることを、すぐ光秀に伝えよ」

「黒田殿が引き揚げたのは、上様が死んだと信じたからでございます。惟任殿も信じるでしょう。主殿だけでなく、今や御座所全体に火が燃え広がっておりまする。火の勢いに恐れをなして、黒田殿の兵も主殿に入ることができなかったほどですから、この有様を見れば、まさか、まだ上様が生きているとは思わぬはず。ぎしぎしと柱の軋《きし》む音が聞こえるのは、もう間もなく主殿が崩れる証でございまする。屋根が崩れ落ちれば、もはや、生きている者など誰もいるはずがない……そう信じるしかありませぬ。つまり……」

孔雀王は冷たい視線を信長に向ける。

「上様は、すでにこの世の者ではない……そう言って、よろしいかと存じます」

「馬鹿なことを申すな。現に、わしは、こうして……」

そこで信長は、ハッとしたように両目を大きく見開いて孔雀王を睨む。

「おのれ、わしを裏切るつもりか」

「それは違いましょう」

孔雀王が首を振る。

「われら藤林党は、上様に命懸けで尽くし、少しは天下平定のお役に立てたかと自負しておりまする。上様が己の身の丈にあったことをしている分には、これから先も尽くすつもりでおりました。だからこそ、同じ伊賀者である百地の者たちが上様のお命を狙っているのを知り、何としてでも止めるつもりでいたのです。上様が中将さまの言葉に従って、征夷大将軍となり、織田幕府を開くことを決意なされば、このようなことにはならなかったのです」

「わしを殺して、何食わぬ顔で城介に仕えるつもりか？」

「上様らしくもないお言葉でございまするな。上様が死ねば、織田家など、たちまち衰亡するのは必定ではありませぬか。ご嫡男の中将さまを始め、何人ものご子息がおられますが、揃いも揃って愚物ばかり。失礼を承知で申し上げれば、阿呆揃いでございまする。中将さまだけがいくらかましで、上様に諫言するほどの気骨もある御方ですが、その中将さまにしても、上様という後ろ盾なくして織田の天下を保っていくことができるほどの器量ではありますまい。幕府など開いたところで、自分が死ねば、すぐに鎌倉幕府や足利幕府と同じ轍《てつ》を踏むことになるとお考えになり、朝廷を乗っ取って織田家とひとつにしてしまおうとしたのは、さすがの慧眼《けいがん》であると存じます。しかしながら、それが命取りになるとは皮肉というしかありませぬ」

「どういう意味じゃ？」

「われら伊賀者は、今でこそ服部、藤林、百地などと、あたかも別の氏族のように分かれてしまいましたが、その根を辿れば、祖先を同じくし、同じ血を分け合った兄弟でございまする。古来、朝廷を崇め敬い、朝廷に忠義を尽くす心を持ち続けてきたのです。服部、藤林、百地の三つに分かれたのも、何が起こるかわからぬ戦国の世に、皆がひとつに固まっていれば、何かの折に一度に滅んでしまう恐れがあるからで、どんなことがあろうとも、三つのうちのひとつは生き残ることができるようにするための方便だったのです。それ故、服部は徳川家に従い、藤林は織田家に従い、百地は朝廷に従って諸国の大名たちと繫がりを保つようにしてきたのです。そうすれば、誰が天下を取ろうと、伊賀者は、朝廷の害を除くことに心を砕くことができますする」

「汝ら藤林の忍びどもは、心の底では織田よりも朝廷を大事に思っていたということか」

「さようでございまする」

「汝は常にわしのそばにいた。いつでも、わしを殺すことができたはずだ。なぜ、そうしなかった？　なぜ、この期に及んで、わしを裏切ろうとするのだ？」

「おっしゃる通り、上様を殺すことは簡単でした。しかし、後先を考えずにお命を奪えば、世が乱れます。また戦国の世に戻らぬとも限りませぬ。それは朝廷にとって、よいことではありませぬ。ご存じのように三好《みよし》・松永らは将軍家を弑逆《しいぎゃく》しました。太平の世ではあり得ぬことです。同じような災いが朝廷に降りかからぬとも限りませぬ。上様のお命を奪って恨みを晴らすより、朝廷をお守りする方が伊賀者にとっては大切なことなのです」

「うむ……」

信長がぎりぎりと奥歯を嚙み鳴らす。

「汝は謀叛が成功すると言った。しかし、わしの倅どもは役に立たぬと申した。猿だな。汝は猿をわしの後釜に据えるつもりなのか？」

「お言葉ですが、わたくし如きにそのような力はありませぬ。筑前殿が上様の天下をかすめ取ることができるとすれば、それは筑前殿の器量というしかありませぬ。伊賀者の役目は段取りをつけるだけのことで、この謀叛の最も重要な部分は、すべて筑前殿と黒田殿がお二人で考えたことでございまする。だからこそ、黒田殿ご自身が、こっそりと備中から都に戻っているのです。他の誰にも任せられぬことだからです」

「馬鹿な奴らだ」

突然、信長が、わははははっ、と笑い出す。

「汝らは、猿がどういう男か知らぬのだ。何もわかっておらぬ。あれほどの悪人は滅多におらぬぞ。実に腹黒い男よ。しかし、役に立つ男でもある。言うなれば、諸刃の剣。わしだからこそ、猿を使いこなすこともできるのだ。汝らは猿を利用したつもりなのだろうが、そうはいかぬ。もし、猿がまんまとわしの後釜に坐ることになれば、猿が真っ先にやることは汝ら伊賀者を皆殺しにすることよ。主殺しの秘密を知る者どもを、猿が生かしておくはずがない。言うまでもないが、朝廷もただでは済むまいぞ。少なくとも、この謀叛に関わった公家どもは命がない」

「そうはなりませぬな。いや、そうはさせませぬ。そのために上様が必要なのです」

「わしが……？」

一瞬、信長は怪訝な顔になるが、すぐに、

「くそっ、汝ら、わしを猿との取引に使うつもりなのだな」

「御免」

つつつ、と孔雀王が信長との間合いを詰める。危険を感じ取った信長が小柄《こづか》に手を伸ばそうとするが、孔雀王が信長の喉に手刀を叩きつける方が早かった。ぐえっ、という声を洩らして、信長が白目を剝き出して仰向けにひっくり返る。

「文吾」

孔雀王が肩越しに振り返る。

「…………」

信長と孔雀王の会話を聞きながら、文吾は呆然とし、石のように固まっていた。

「しっかりせぬか、文吾！」

「あ……」

文吾が、ハッと我に返る。

「ここに来い」

「…………」

文吾が信長に近付く。

「よく見るがいい。これが魔王と怖れられる織田信長だ」

「信長……」

文吾がごくりと生唾を飲み込む。

「殺したいか？　手を伸ばせば届く。今ならば、簡単に殺すことができるぞ」

「なぜだ、なぜ、こんなことをする？」

「信長を殺すことを許すわけにはいかぬからだ。せめて、その気になれば簡単に信長を殺すことができるとわかれば、少しは溜飲も下がるのではないかと思ってな」

「おれは、おまえを信じぬぞ。裏切り者が」

「さっきの話を聞いていたはずだ。伊賀者が百地や藤林に分かれているのは、世の中がどう変わろうとも伊賀の血が生き残るためだ。そうでなければ、朝廷をお守りすることができなくなってしまう。ここで信長を殺すのは簡単だが、生かしておく方が役に立つ。朝廷に災厄が降りかかるのを避けることもできるし、われら伊賀者も生き延びることができる。生かしておくといっても、信長に楽をさせるわけではない。生きたまま地獄に墜ちるという意味だ。信長を押さえろ」

「え？」

「暴れないようにしろと言っている」

孔雀王は地下室の隅に置いてある松明を手に取り、その松明に火をつける。

「これを信長の顔に塗れ」

懐から革袋を取り出して、文吾に放り投げる。革袋を開けると、中から火薬が出てきた。

「早くしろ。主殿が崩れるぞ」

「わかった」

文吾が信長の顔に手早く火薬を塗りつける。文吾の手が離れると、孔雀王は何のためらいもなく、信長の顔に松明の炎を押しつけた。火薬がばちばちと爆《は》ぜる音と、人の肉がじゅーっと焼ける音、そして、信長の悲鳴が地下室の中に響いた。


信長の顔を焼いた孔雀王と文吾は、信長を明智の足軽姿に変装させた。それも孔雀王が用意しておいたのだ。二人がかりで信長を納戸から連れ出し、主殿を出て台所に辿り着いたところで主殿の屋根が大きな音を立てて崩落した。脱出がもう少し遅れていたら、文吾たちも下敷きになっていたはずだ。台所から式台まで回ると、

「ここからは、おまえに頼まなければならぬ。御座所を出て、本堂の方に向かえば、

まだ明智兵がうようよしているはずだ。うまくごまかして東門から外に出ろ。わしは先回りして、馬を用意しておく」

「ひとつ教えてくれ。信長をどこに連れて行く気だ？」

「言うまでもない。伊賀に連れて行く」

「え。なぜ、伊賀に……？」

「後で話す。今は急がなくてはならぬ」

孔雀王は石垣をするするとよじ登り、その向こうに消えた。石垣の向こう側は水堀になっている。何かしら水堀を渡る手段を講じてあるのだろう、と文吾は思った。

（それにしても……。なぜ、おれが信長の命を救わなければならぬのか？）

本堂に向かいながら、文吾は溜息をついた。自分の手で信長を殺すことだけを念じて、これまで必死に生き抜いてきたといっていい。今や信長の命は文吾の手中にある。文吾の背中で苦しげな呻き声を洩らしながらも、心臓は規則正しく脈打っている。瀕死の重傷を負ってはいるものの、まだ生きている。今こそ悲願を果たすときだ。それができるのだ。

が……。

そうすれば、朝廷に災厄が降りかかり、今度こそ伊賀者は根絶やしにされるのだという。秀吉が口封じのために、そうするというのだ。それを防ぐには信長を生かしておかなければならない、というのが孔雀王の理屈だ。

(本当に、そうなのだろうか……？)

文吾は混乱している。信長を脱出させるために孔雀王が文吾を騙そうとしているという疑いも捨てきれないが、そのために、信長の顔を焼いたりするだろうか……やはり、わからない。

「孔雀王の言葉に従え」

という紹巴の言葉を信じるしかなさそうだ。

本堂を出ると、境内には明智兵が群れていた。官兵衛の家臣が偽装した明智兵ではなく、本物の明智兵である。彼らは、激しく炎を噴き上げる御座所を為す術《すべ》なく眺めている。火災は手に負えないほどに大きくなっているし、信長を襲った敵の姿も見当たらない。光秀の本隊が到着していないせいもあり、何をすればいいのかわからないらしい。

「どうしたんだ？」

手持ち無沙汰の明智兵が文吾の方に寄ってくるが、焼け爛《ただ》れた信長の顔を見ると、誰もが顔色を変えて後退った。

明智兵を掻き分けて、文吾は東門から外に出た。

「おお、ひどい火傷をしておるのう。手を貸そう」

明智兵が近付いてくる。お節介を断ろうとしたとき、文吾は相手の顔を見て言葉を飲み込んだ。足軽姿をしているが、それは、藤林五人衆の一人、天竺斎である。

「あっちに馬を用意してある」

水蜘蛛が小声で囁く。

「このまま伊賀に向かうのか？」

「まさか。こんな格好でうろうろできるものか。馬だけではない。着替えも用意してある。それにな……」

水蜘蛛が、ふふふっ、と笑う。

「風笛もいる。おまえが犬笛と左文字を殺したことはわかっている。兄を殺されて、風笛は頭に血が上っているぞ。お頭がいるところでは手出しするまいが、伊賀に着いたら、どうなるかわからぬ。せいぜい、気を付けることだ」

一千五百の兵を率いて二条御所を出た信忠だったが、明智軍は一万を超える大軍であり、すでに信長は討ち取られたという噂が駆け巡り、実際、本能寺が炎上し、黒煙を噴き上げているのが二条御所からもはっきりと見えたから、兵たちは浮き足立ってしまい、我先にと逃げ出し始めた。信忠の馬廻が何とか制止しようとするが、兵たちは馬廻を蹴倒し、槍や刀まで向けた。こうなっては、もう手の施しようがない。四半刻（三十分）も経たないうちに信忠の兵力は、わずか五百に激減した。

これでは敵と戦いようもないので、信忠は二条御所に戻ろうとした。そこを官兵衛に待ち伏せ攻撃された。鉄砲が火を噴くたびに、信忠の兵力は減った。しかも、信忠自身、鉄砲傷を負った。馬廻に守られて、かろうじて二条御所に逃げ込んだものの、官兵衛は攻撃の手を緩めない。本能寺には本物の明智軍が到着しているから、手を休めることなく猛攻を続け、一刻も早く信忠を討ち取らなければならないのだ。

第一陣、四千の兵を率いた光秀が本能寺に着いたときには、御座所だけでなく、本能寺全体が紅蓮《ぐれん》の炎に包まれていた。寺域に留まることが危険なほどの大火災になっており、諸門から次々に人が走り出てくる。

（上様は亡くなられたのであろうか……）

光秀の関心は、その一点に尽きる。

避難する者の中に顔見知りの僧侶を発見し、

「惟任でござる。何があったかご存じならば、どうか教えてもらえますまいか」

と声をかけた。

しかし、その僧侶は光秀を見ると、ひぇっ、と仰《の》け反《ぞ》って顔色を変え、

「ど、どうか、お許しを……」

「何を怖れているのですか？　わたくしをお忘れか、惟任でございまする」

「何も余計なことは言いませぬ。固く、この口を閉じておりまする。ですから、どうか、命ばかりはお助け下さいませ」

と僧侶は地面に膝をついて泣き始めた。

（いったい、どうなっているのだ？）

光秀には、わけがわからない。

そこに、二条御所で戦いが続いているらしい、という知らせが届いた。それを聞いた光秀は、

（上様が亡くなられたのであれば、まだ戦いが続いているはずがない。とすると、二条御所に逃げ込んだ中将さまを上様が攻めているのかもしれぬ。本能寺が焼けたからといって、上様が死んだと決めつけることはできぬな。自分の目で確かめなければ何も決められぬわ……）

信長の生死がはっきりしないうちは自分の去就を決することもできない。光秀は直ちに兵を率いて二条御所に向かうことにした。信長が健在であれば、その指揮下に入るつもりでいる。

二条御所。

ここに立て籠もって、官兵衛の猛攻を凌いでいる信忠の手勢は、もう二百ばかりに減っている。敵の矢や銃弾に倒れる者も少なくないが、それ以上に敗勢に見切りをつけて逃げ出す者が増え続けているせいだ。

そこに本能寺方面から新手の大軍が迫っているという知らせが届いた。この知らせが兵たちの間にさざ波のように広がると、わずかの間に信忠を守る兵は百に減った。

足軽の姿はほとんど消えてしまい、残っているのは馬廻だけという有様である。負傷し、自力では馬に乗ることもできなくなった信忠は自害を決意した。斎藤新五郎も止めようとはしなかった。敵兵が御所に乱入し、信忠が名もなき雑兵に討ち取られるくらいならば、今のうちに自害させて、敵に信忠の首を奪われないようにする方がいいと判断したのだ。

官兵衛の待ち伏せ攻撃を受けてから半刻（一時間）ほど後、信忠は自害した。信忠の遺体を焼いて、斎藤新五郎を始めとする側近たちも信忠の後を追って殉死した。その際、敵兵の侵入を防ぐために御所に火を放った。これが朝四ツ（午前十時）のことである。歴史の皮肉というしかないが、このとき、すでに官兵衛たちは二条御所のそばにいなかった。光秀の率いる明智軍が接近するのを知り、本物の明智軍との衝突を避け、攻撃を中止して引き揚げたのだ。もし信忠が、あと四半刻（三十分）ほど生き長らえていたならば、光秀と対面し、この謀叛の真相が明らかになったはずであり、日本の歴史はまったく違ったものになっていたであろう。

しかし、光秀が二条御所に着いたとき、御所には火の手が上がっており、信忠も、その側近たちも死んだ後だった。本能寺に着いたときと同じように、ここでも光秀は為す術なく立ち尽くすしかなかった。


その頃、官兵衛の家臣たちは、武器を隠し、着替えを済ませていた。各々が町人や商人、あるいは僧侶や山伏に変装した。彼らには、やるべき仕事が残っている。都の中を歩き回って、

「明智の謀叛じゃ」

「前右大臣家も中将さまも討ち取られたそうじゃ」

「すべては明智の悪巧みじゃ」


そんな風に光秀の謀叛を宣伝して回ることである。

彼らは今日のうちに姫路に向けて都を発つことになっているが、旅をする間も、そこかしこで光秀の謀叛を宣伝することになっている。主殺しという大罪を光秀に背負わせるために噂を流布させる作戦であった。

官兵衛は着替えを済ませると、備中・高松から運んできた伝書鳩を放った。計画が成功したことを秀吉に伝えるためだ。この知らせが届き次第、秀吉は備中の陣を払

い、軍勢を率いて都に取って返すことになっている。言うまでもなく、逆賊・明智光秀を討ち果たすためである。

更に官兵衛は、上杉と北条に使者を送った。光秀の使者に化けさせ、光秀からの密書を携えさせている。上杉と北条がどんな反応を示すか予想できないが、少なくとも、彼らと対峙している柴田勝家と滝川一益は身動きが取れなくなるはずであった。

この朝早く、家康は堺を発った。都に向かうためである。自分のことは気にせず、どうか遊覧の旅を続けるように、と信長から気遣われていたが、

（そうはいくまい）

信長が中国に出陣する前に、もう一度、きちんと挨拶しなければならない、と家康は考えた。

六月一日、二日と信長が続けて茶会を催すことを知っていたので、二日の茶会には出席しようと思った。とはいえ、信長の許しを得ることなく勝手に押しかけることもできないので、昨日、茶屋《ちゃや》四《し》郎次《ろうじ》郎《ろう》を都に向かわせ、家康の意向を信長に伝えるように命じてある。茶屋四郎次郎は、元々は家康に仕える武士だったが、商人に転身し、都で呉服商を営んでいる。家康の信頼の厚い男である。

先触れとして本多《ほんだ》忠勝《ただかつ》を先行させ、家康は案内役の長谷川秀一と共にゆるゆると都

に向かった。信長の茶会は朝から夜まで続けられる予定だと聞かされていたから、夕方までに都に着けば夜の茶会には参加できるだろうと思った。

都から堺に戻ろうとする茶屋四郎次郎が、堺から都に向かう本多忠勝と出会って、光秀の謀叛と信長・信忠父子の死を伝えたのが昼九ツ（正午）過ぎ、二人が大急ぎで堺に引き返し、このことを家康に知らせたのが昼八ツ（午後二時）頃である。

信長の死を知った家康は動転し、

「上様の御恩を深く被ったわしがおめおめと生き延びるわけにはいかぬ。この上は、追い腹を切って、冥土にお供する」

と人目も憚らずに号泣した。長谷川秀一などは、信長を思う家康の真心に感動し、

（まことに徳川殿は忠義の人であられる）

と貰い泣きした。

それに家康は、わずか三十人ばかりの供を従えて異郷にいる。絶望的な気持ちになるのも無理はないと同情した。明智光秀ほどの武将が謀叛を企んで信長父子を攻め殺したとすれば、よほど用意周到に手配りしているに違いなく、諸街道を封鎖し、光秀に刃向かう恐れのある者を排除しようとするはずであった。真っ先に狙われるのは信長の忠実な同盟者である家康であろう。長谷川秀一は、有能な官僚に過ぎず、さして戦など得意ではないが、その程度の男でも、それくらいのことは瞬時に見通すことが

できた。当然ながら、家康にもわかるはずであり、だからこそ、潔く腹を切ろうとするのだと察した。

しかし、これは家康の芝居であった。

なぜなら、一行の中には服部半蔵がいる。茶屋四郎次郎と本多忠勝が本能寺の変を知らせる前に、すでに家康は都から駆け戻った半蔵から本能寺の変のあらましを聞かされていた。それどころか、光秀は謀叛の濡れ衣を着せられただけで、本当の黒幕は他にいるらしい、という推測まで聞かされていた。

にもかかわらず、猿芝居を演じたのは、信長の側近である長谷川秀一の目を意識したからである。茶屋四郎次郎は信長と信忠が殺されたと伝えたが、実際には、二人の生死は確認されていない。河原に首が晒されたわけでもない。状況から考えて、とても生きてはいないだろうという憶測に過ぎない。

服部半蔵も、

「上様と中将さまの生死は、しかとわかり申さず」

と、家康に報じた。

つまり、信長が本能寺から逃げおおせた可能性も捨てきれないから、その場合に備えて、長谷川秀一の前で忠義者を演じる必要があったのである。

まず、本多忠勝が、

「ここで腹を切るのは簡単でございますが、それでは犬死にでございまする。弔い合戦をし、謀叛人どもに鉄槌を下さねば、上様も浮かばれませぬ」

と、家康を止めると、すぐさま長谷川秀一も同調し、

「それがしも同じ考えでございます。明智の謀叛がまことであれば、それを罰するべきかと存じます。幸い、このあたりの地理には、われらが通じておりまする故、徳川殿が望まれるところまで無事にお送りできまする」

その言葉に酒井《さかい》忠次《ただつぐ》らの重臣たちも口々に賛成したので、

「ならば、急ぎ三河に戻って、上様の弔い合戦を支度しなければならぬ」

家康は袖で涙を拭った。

三十数名の一行は、長谷川秀一の案内で、翌三日の昼過ぎには京都の南、宇治田原《うじたわら》に着いた。

ここで地元の豪族・山口秀康の力添えを受け、その日のうちに、近江《おうみ》・信楽《しがらき》の多羅尾《たらお》光俊《みつとし》の小川城に入った。山口秀康は多羅尾光俊の三男で、この二人の申次《もうしつぎ》を織田政権で担当していたのが長谷川秀一だった。信楽まで家康一行が無事に旅することができたのは長谷川秀一のおかげといっていい。

だが、本当に厄介なのはここからで、陸路、三河に戻るためには伊賀と伊勢を通過しなければならない。信長の二男・信雄の領国である伊勢は心配ないが、問題は伊賀

であった。強い力を持った領主がおらず、村々が武装して自衛しているような不安定な状況なので、百姓たちの落ち武者狩りに襲われる恐れがあった。海路を選ぶという手もあったが、後世、「神君伊賀越えの御難」といわれる所以である。海路が安全というわけでもない。それでは時間がかかりすぎるし、必ずしも海路が安全というわけでもない。

「伊賀を越える」

最終的には家康が決断した。重臣たちは悲壮な思いでうなずいたが、家康と半蔵の二人だけは落ち着き払っていた。不測の事態を予想して、あらかじめ半蔵が根回ししておいたおかげであった。当初の予定では、堺から奈良に下り、そこから伊賀に入るつもりだったが、長谷川秀一が同行してくれたおかげで、もっと楽な旅をすることができた。あとは伊賀を越えるだけである。

六月四日の朝、家康一行は伊賀に入った。その直後、二百人ほどの武士たちがどこからともなく現れた。重臣たちは顔色を変えたが、この武士たちは下柘植《しもつげ》村周辺の地侍で、服部半蔵との約束を守り、家康を安全に山越えさせるために到着を待っていたのである。彼らに守られて家康は伊賀を抜け、伊勢の白子《しろこ》で舟に乗り、翌日、岡崎に帰ることができた。本能寺の変を知ってから、わずか二日で領国に帰り着くことができたのだから、これは驚嘆すべきことといっていい。

服部半蔵は岡崎に戻らなかった。白子で舟に乗る前、家康は半蔵をそばに呼んで、

「都に戻れ」

と命じたのである。

その際、半蔵にふたつのことを命じた。

ひとつは、信長父子の生死を確認すること。

ひとつは、謀叛の黒幕を探り出すこと。

「承《うけたまわ》って候」

半蔵は直ちに都に向かった。

家康は舟に揺られながら、ようやく緊張を緩めた。事前に段取りしてあったとはいえ、世の中、どんな落とし穴が口を開けているかわからないということを家康ほど骨身に沁みて知っている男はいない。ちょっとでも手違いがあれば、生きて故郷に帰ることができなかったかもしれないのだ。

（しばらくは乱れるであろうな……）

信長が生きていれば、この混乱もすぐに鎮まるだろうが、信長が死んだとなれば、まるで話が違ってくる。未曾有の混乱が起こり、しかも、それは長く続くに違いない、と家康は予想した。織田軍団は無傷だが、いずれも強力な敵と対峙していて、すぐに兵を動かすことはできないはずであった。かろうじて丹羽長秀の率いる四国征伐軍だけは渡海準備中だが、準備中だからこそ、大軍の編成に時間がかかるはずだ。

（わしの出番が来たのかもしれぬ）

これまでの長い歳月、家康と三河武士団は、華々しい戦果を挙げる織田軍を陰から支える縁の下の力持ちという脇役に徹してきた。信長が死ねば、その役回りが変わるかもしれないと思った。岡崎に戻ったら、すぐに徳川軍を率いて出陣し、謀叛人どもに決戦を挑む覚悟だったが、そうなれば、家康の発言権は飛躍的に強くなることは間違いなかった。信長だけでなく、その後継者の地位にある信忠までが横死したとすれば、ざっと見渡して、すぐに織田政権を引き継げそうな者は見当たらない。二男と三男は不仲だし、軍団長たちも一枚岩ではない。織田家の後継者が決まるまで、骨肉相食む争いが続くであろう。

（わしが天下を……）

という思いが家康の心をよぎらなかったとすれば嘘になる。白子から岡崎に向かう舟の上で、初めて家康は天下を意識したといっていい。

信長と信忠の生死もわからず、誰が本能寺や二条御所を襲ったのかもわからぬまま、昼八ツ（午後二時）過ぎまで、光秀は、その近くをうろうろしながら、本能寺と二条御所が燃えるのを眺めていた。明智秀満が血相を変えてやって来て、

「妙な噂が流れておりまするぞ」

「どんな噂だ？」

「われらが……」

秀満がごくりと唾を呑む。

「われらが謀叛して上様を討ったというのです」

「馬鹿な！」

光秀が顔色を変えて目を剝く。

「何を馬鹿なことを……。誰がそのようなことを言っているのだ？　不届き者は捕らえよ」

「誰がというより……都のあちらこちらで噂になっているようです」

「わしが謀叛などするものか。都に着いたときには、もう本能寺も二条御所も燃えていたわ。その方も存じておるではないか」

そこに斎藤利三もやって来て、

「いつまでも、ここにいるのは、よいことではありませぬぞ」

と言い出した。利三も噂を耳にしたのだ。事の真相が明らかになるまで、光秀は姿を隠している方がいい、自分たちが都に残って信長の行方を探し、ここで何が起こったのかを探り出す……利三が言うと、秀満も賛成した。

「なぜ、われらが謀叛人扱いされているのか、どうにも解せぬことではありますが、確かに、このあたりを見回せば、目に付くのは明智兵ばかりでございまする。根も葉もない噂とはいえ、このままでは噂を信じる者が増えるばかりでございまするぞ」

「うむ……」

光秀は力なくうなずいた。わからないことばかりが多すぎて光秀の頭の中も混乱しているが、ただひとつはっきりしているのは、この場に自分が留まっても何もできることはないということであった。

「わかった。坂本に帰る」

亀山城ではなく、坂本城に帰ることにしたのは、信長が安土に逃げ帰った可能性もあると考えたからで、その場合、坂本城にいれば、すぐに信長の召しに応じて安土城に駆けつけることができる。明智秀満と斎藤利三に五千の兵を預けて都に残し、引き続き信長と信忠の捜索をするように命じた。光秀自身は八千の兵を率いて都を発った。夕方、大津に着き、ここから坂本ではなく瀬田《せた》に向かったのは、信長が都から安土に逃げ帰ったとすれば、必ずや瀬田を通過したはずなので、それを確かめたかったのである。場合によっては、そのまま安土に向かうことも考えた。

ところが、瀬田唐橋を落とされ、瀬田川を渡ることができなかった。この土地の豪族・山岡景隆《やまおかかげたか》が本能寺の変を知って、都と安土の往来を妨げるべく唐橋を焼いたのである。光秀が謀叛したという噂は、すでに瀬田にも達していた。仕方なく光秀は引き返し、日が暮れる頃、坂本城に入った。

同じ頃、官兵衛が都から放った伝書鳩が備中・大平山の麓にある岩蔵《いわぞう》の小屋に戻った。鳩の脚に結びつけられていた手紙を外し、すぐさま夏南は秀吉のもとに向かった。

その手紙をじっと見つめたまま、秀吉は身じろぎもしなかった。口も利かず、瞬きすらせず、手紙を睨み付けている。鳩の脚に結ぶのだから、さして長い手紙ではない。ほんの数行の文面である。読むのに手間はかからないはずだが、いったい、どうしたのだろうと夏南が怪訝な顔をしていると、

「瘡蓋頭《かさぶたあたま》め、やりおったわ……」

顔をつるりと撫で下ろすと、秀吉は、ふーっと大きく息を吐いた。その顔が酒でも飲んだかのように赤く上気している。頭に血が上っているのだ。

「お指図はございますか？」

夏南が訊く。秀吉が都に手紙を送りたければ、それを預かって村に戻り、伝書鳩を放つ。

「ああ……」

秀吉がぼんやりした表情で夏南を見る。

「その方、何という名であったかな？」

「夏南と申しまする」

「そうであった。夏南だったな。ご苦労。もう村に戻ることはない。ここにおれ」

「え？」

「陣を払って、都に戻らなければならぬ。それ故、夏南は、わしのそばにおれ」

「出立は、いつでございましょうか？」

「高松城の始末をつけてからになるから、そうよなあ……明日には和議を結び、明後日には発たねばならぬ。とにかく、急がねばならぬわ」

「それならば、一度、村に戻り、後片付けを済ませて、明日にでも、ここに戻って参ります」

夏南が腰を上げようとすると、

「ならぬ。ここに残るのだ」

秀吉がじろりと夏南を睨む。誰ぞ、あるか、と大声を発し、何人かの兵が駆けつけると、

「この娘を牢に放り込め。きつく縛り上げて入れるのだぞ。女だからといって手加減してはならぬ。油断ならぬ者だからのう。逆らうようならば殺してしまえ。もし逃がすようなことになれば、汝らもただでは済まぬ。命が惜しければ、しっかり見張れ」

人が変わったように厳しい表情で言いつけると、

「さっさと連れて行かぬか」

と兵たちを叱った。

「…………」

いったい、何が起こったのかわからないという顔で、夏南は兵たちに引きずられていった。

秀吉が毛利と正式に和議を結んだのは本能寺の変の二日後、すなわち、六月四日である。和議の証として清水宗治を切腹させると、直ちに秀吉は陣を払って備中を後にした。世に言う「中国大返し」である。六日に姫路城に入り、ここで黒田官兵衛と落ち合った。

「都の様子は、どうじゃ？」

「まだ混乱が続いておりますな。われらが広めた噂を都人も信じ切っているようです。実際、都の中を走り回っているのは明智兵ばかりですから、そう信じるしかないわけですが」

「馬鹿な奴らだ。さっさと坂本なり亀山なりに引き揚げればいいものを、中途半端なやり方をするから謀叛人の烙印を押されてしまうのだ。光秀はもう少し賢い男だと思っていたが、わしの買い被りだったらしい」

「ありがたい話ではありませぬか。だからこそ、われらの役に立ってくれるのです」

「そんなことより……」

秀吉が官兵衛ににじり寄る。

「本当に上様は死んだのであろうな？」

「中将さまが自害されたことは間違いありませぬ。それを見定めて二条御所から逃げ出した足軽どもがおりました。その者たちから聞き取ったことですから確かです」

「で、上様は？」

秀吉が苛立った様子で舌打ちする。信忠の生死など二の次、肝心なのは信長の生死である。

「正直に申し上げますが、わからぬのです」

官兵衛が首を振る。

「森蘭丸が討ち取られ、上様は主殿の奥に入られました。その直後、主殿が燃え上がったのです。あの激しい燃え方から考えて、あらかじめ薪やら火薬やらを用意していたのに違いありませぬ。誰も近づけぬほどの燃え方で、ついには主殿が焼け落ち、その火が御座所だけでなく本能寺全体に燃え広がりました。そこに明智の先鋒も現れて
……」

「何の答えにもなっておらぬではないか。おまえが言っているのは本能寺が焼けたということだけだ。いったい、上様は死んだのか、それとも生きているのか？」

「生きているはずがありませぬ」

官兵衛が首を振る。

「ま、そう信じるしかないか。今更、後戻りもできぬしのう……」

うんうん、と秀吉は自分を納得させるように何度もうなずくと、気を取り直して、これからの軍事作戦について官兵衛と入念に打ち合わせをした。

何よりも優先しなければならないのは、できるだけ速やかに明智光秀を討伐することであった。官兵衛の画策によって、光秀が謀叛して信長を殺したという噂が広まっているが、その噂が信じられているうちに光秀を殺さなければならなかった。いつまでも光秀が生きていれば、光秀自身が身の潔白を主張し始めるであろうし、実際、光秀は潔白なのだから、ついには噂が嘘だということが明らかになるであろう。そうなれば、では、誰が本当の謀叛人なのかという話になる。そうなっては困るから、さっさと光秀を討つ必要がある。死人に口なし、光秀さえ殺してしまえば、どんな濡れ衣でも着せることができようというものだ。

この時点で秀吉は三万の兵を握っており、明智軍の動員兵力は、最大限に見積もっても、一万五千ほどに過ぎないから、普通に戦えば負けるはずがないという見通しを秀吉も官兵衛も持っていた。

にもかかわらず、できるだけ多くの者を味方につけようと考えたのは、秀吉に味方する者が増えれば増えるほど、光秀が謀叛したという疑いが強まり、噂が真実味を増すと期待したからである。そんな思惑があって、伊丹城の池田恒興、高槻城の高山《たかやま》右近《こん》、茨木城の中川瀬兵衛らを、

「上様の仇を取ろうではないか」

と、秀吉は誘った。秀吉嫌いで有名な中川瀬兵衛ですら、一も二もなく、その誘いに応じたのは、頭から光秀謀叛を信じ、光秀憎しの一念で怒り狂っていたからだ。

秀吉は九日に姫路を発ち、大坂に向かった。道々、秀吉の誘いに応じた武将たちが兵を率いて軍勢に加わったが、三万という大兵力を擁する秀吉がごく自然に全軍を指揮する形になった。

「なぜ、わしが猿の風下に立たねばならぬのか。一杯食わされた気がする」

と、中川瀬兵衛は腹を立て、池田恒興や高山右近が宥《なだ》めるという一幕もあった。

秀吉の芸の細かさは大坂にいる信長の三男・神戸信孝を迎え入れ、討伐軍の名目上の大将に据えたことであった。秀吉と光秀の戦いではなく、織田家と光秀の戦いという図式を演出したことで秀吉は明智討伐の大義名分を手に入れ、その効果で近在の織田方の豪族たちが馳せ参じたので、秀吉軍は四万に膨れ上がった。

秀吉が最も怖れたのは、光秀が戦いを回避することだった。無実の罪を着せられた光秀には、織田家の同僚たちや、まして信長の子弟と干戈《かんか》を交える理由など何もない。居城に引き籠もって恭順の姿勢を示したりすれば、窮地に追い込まれるのは秀吉の方である。そんなことにならないように、姫路城を出陣するときに、多数の忍びを都に先行させ、

「筑前殿は謀叛に関わった者たちを皆殺しにするそうじゃ。足軽に至るまで捕らえて磔にし、その家族の首も刎ねられるそうじゃ」

という噂を広めさせた。

たとえ武器を置いて、和を請い願っても決して許さぬ、皆殺しにしてしまうという強い決意を示すことで、否応なしに明智軍を戦場に引きずり出そうとしたのである。

その結果、六月十三日、秀吉軍四万と明智軍一万六千が都の南西、山崎の地で激突、この一戦で明智軍は粉砕され、雲散霧消した。

この夜、近江に向けて敗走する途中、光秀は、宇治郡の小栗栖《おぐるす》の山道で、地元の百姓たちの落ち武者狩りに襲われて死んだ、と伝えられる。

もっとも、服部半蔵の手引きで三河に落ち延び、家康の庇護を受け、名前を変えて徳川の世まで生き延びたという説もあり、当時から広く信じられていたらしい。実際、比叡山延暦寺《ひえいざんえんりやくじ》には光秀のものだという墓が残っているが、その没年は三代将軍・

家光《いえみつ》の時代である。

六月十四日、秀吉は本能寺に入った。従うのは官兵衛だけである。

「上様は、どこで……？」

「御座所は向こうでございました」

官兵衛が寺域の北側を指さす。一面、黒々とした焼け野原が広がり、残骸が積み重なっている。そちらの方に二人で歩いて行きながら、

「最後にお姿を見ることができたのは、主殿があった、あのあたりで、森蘭丸が討ち取られると、上様も奥にお入りになって……」

官兵衛が夢中になって説明する。

秀吉から何の反応もないので、ふと、秀吉を見る。

「ううう……」

秀吉は唇を噛み、肩を震わせて泣いていた。大粒の涙をぽろぽろとこぼし、子供のようにしゃくり上げて嗚咽《おえつ》を洩らす。

「殿、いったい、どうなされたのですか？　ここには、わたしと殿しかおりませぬ。何もそのような……」

てっきり秀吉が嘘泣きをしているのだと官兵衛は思った。

「わしの気持ちなど、おまえにはわかるまいよ。誰にもわかるものか……」

秀吉は袖で目許をこすりながら、激しく首を振る。

「何と……」

嘘泣きなどではなく、秀吉が本当に泣いているのだと知って、官兵衛は驚いた。

「元はと言えば、わしは上様の草履取りに過ぎなかったのだ。雪が降る日、草履に雪が積もって冷たそうだったので、草履を懐に入れて温めていた。上様は、草履が温かいと、たいそう喜ばれて、これからも忠義を尽くすのだぞ、猿、そうすれば、目をかけて、きっと出世させてやろう、と褒美に餅を下された。上様がご自分で焼いた餅だ。ひとつをご自分が食べ、もうひとつをわしに下さったのだ。二人で餅を食った。うまい餅だった。あんなにうまい餅を食ったことはない。あんなに幸せな気持ちで餅を食ったことはなかった。上様に誉めてもらいたくて、上様に誉めてもらえるのが嬉しくて、わしは、必死に働いてきたのだ。その上様がこの世におられぬとは……わしは誰に誉めてもらえばよいのじゃ……」

秀吉の目から、どっと滝のように涙が溢れる。

「これからは殿が天下さま、上様になられるのです。そのためには、まだまだ険しい道を乗り越えなければなりませぬ。そのように気弱になってはなりませぬ」

「ふんっ、気弱になどなっておらぬわ」

秀吉は、ごしごしと目許をこすると、泣きすぎて赤く腫れた目を官兵衛に向け、

「汝は、所詮、十万石程度の器量よのう、瘡蓋頭。わしは上様が憎かったわけではない。上様が好きだったのだ。それは本心よ。それ故、上様が亡くなられて悲しくてたまらぬ。悲しくて悲しくてたまらぬわ。だからといって、気弱になっているわけではない。半月前に戻ることができれば、わしはまた同じことをするであろうよ」

「はあ……」

何となく気まずそうに官兵衛が渋い顔になる。余計なことを言ってしまったが、もう取り返しがつかない、という後悔の表情だ。

「明智には勝った。しかし、まだ終わりではない。明智兵を一人残らず探し出し、その首を刎ねて、ここに晒すのだ。それが上様の供養になる」

「承知いたしました」

官兵衛がうなずく。

そのことは、すでに打ち合わせ済みである。謀叛という大逆を犯した明智の罪を天下に知らしめるために、明智兵の首を御座所があった場所に並べようというのである。山崎の合戦で討ち取られた明智兵の首、一千以上が運ばれてきており、官兵衛が合図すれば、すぐにでも晒されることになっている。

ちなみに、この後も秀吉は明智兵の残党狩りを執拗に続け、御座所に晒される首

は、数日のうちに、三千にも達したという。時は盛夏である。晒された首が腐り、凄まじい悪臭を放って都中に広がり、本能寺の近くでは息もできないとまで言われた。あちらこちらから苦情が殺到したので、二十一日になって、ようやく御座所に晒された首は撤去され、郊外に埋葬された。

「明智の片が付けば、次は伊賀者よのう。紹巴や相国さまもこのままにはしておけぬ。秘密を知る者たちを生かしておくことはできぬからのう」

「なぜ、あの娘を生かしておくのですか？　夏南とかいう伊賀の娘を」

「伊賀者を捕らえるのは容易ではない。あの娘を餌にする。まずは百地党を何とかしなければならぬ。いずれは藤林も服部も始末せねばなるまい」

「上様憎しの一念でやったことが、最後の最後に自分たちの首を絞めることになるとは……、少しばかり哀れな感じもいたしまするな」

「珍しく甘いことを言うではないか。おまえには似合わぬぞ。伊賀者など、生かしておくとろくなことにはならぬ。用が済んだら、さっさと片付けることだ。下手に情けをかけると手痛いしっぺ返しを食らうことになる」

秀吉が吐き捨てるように言う。その語気の激しさに官兵衛は驚かされた。秀吉と伊賀者の間に何らかの因縁があることは察していたが、伊賀者を根絶やしにすることを命ずるほど憎悪しているとは思っていなかった。そこに、

「申し上げまする」

小姓がやって来て、里村紹巴が門前に罷《まか》り越し、殿に謁見を願い出ておりまする、と伝えた。

「紹巴殿が？」

官兵衛が怪訝な顔になる。

「てっきり都から逃げ出したかと思っておりましたが、向こうから、のこのこ現れるとは驚きましたな。捕らえまするか？」

「まあ、待て。命乞いでもするつもりなのであろうが、誰が許すものか。久し振りに紹巴の面《つら》を見てやろう。捕らえるのは、それからでもよい」

紹巴を連れてくるように命ずると、やがて、小姓に案内されて紹巴がやって来た。

紹巴は、ちらりと官兵衛に視線を投げると、

「二人だけで話したいことがございます」

と、秀吉に言った。

「恐ろしいことを申すでない。二人きりになった途端、わしの心臓に短刀でも突き刺されてはかなわぬ」

「まさか、そのようなことをするはずがありませぬ。筑前さまは、朝廷にとっても、われら伊賀者にとっても大切な御方でございます。お命を守ることがあっても、お命

を奪うようなことはいたしませぬ」

「信じられぬのう」

「門前では里村紹巴と名乗りましたが、百地丹波《たんば》として筑前さまに会いに来たつもりでございまする。わたしの頼みを聞いて下さってもよいのではありますまいか」

そう言うと、紹巴は、じっと秀吉を見つめる。秀吉は紹巴の強引さに驚いた表情だったが、すぐに視線を逸らすと、

「しばらく、あっちにいっておれ」

と、官兵衛に命じた。

「よいのですか？」

「わしらの話し声が聞こえぬところにいればよい」

「わかりました……」

納得しかねるという顔で官兵衛が離れていく。

「さあ、二人きりだぞ。何が言いたい？」

「惟任殿を討ったことで、筑前さまは、一躍、織田家の重臣たちの中で最も天下に近い立場を手に入れることになりましたな」

「何を馬鹿なことを」

秀吉が、ふんっ、と鼻で笑う。

「中将殿は二条御所で自害なされました。残っている二男と三男は凡庸で、とても天下を治めていくほどの器量はない。となれば、重臣の中の誰かが織田の天下を引き継ぐことになる。柴田さまか、筑前さまのどちらかでありましょう。わたしの見るところ、柴田さまの器量は、せいぜい、一ヵ国か二ヵ国を治められるかどうかというところでしょうな。馬鹿正直な柴田さまなど、腹黒い筑前さまにいいように鼻面を引きずり回され、騙し殺されるのがオチでしょう。もっとも、筑前さまの悪事が露見すれば話は別ですが」

「悪事とは聞き捨てならぬな」

「惟任殿は濡れ衣を着せられただけで、本当の黒幕は筑前さま。本能寺を襲ったのは黒田殿。そんなことが明るみに出れば、いったい、誰が筑前さまに味方しようとするでしょうか？」

「誰も信じぬわ」

「随分と厳しく明智の残党狩りをしておられると聞いておりまする。何でも、明智兵の首をこの場所に晒すそうではありませぬか。わたしが思うに、明智の残党狩りが一段落したら、次は伊賀者が狩られるのではないでしょうか。その次は朝廷を締め上げ、相国さまを責める……そんな腹積もりでおられるのではないかと考えますが、如何？」

「そうだとしたら、何だというのだ？」

秀吉が目を細めて紹巴を見つめる。紹巴は平然と秀吉の視線を受け止める。

「悪いことは申しませぬ。やめておくことですな。われら百地党が信長の命を狙ったのは、信長に殺された仲間たちの恨みを晴らすためですが、それだけのことであれば、たぶん、事はうまくいかなかったことでしょう。信長が朝廷を乗っ取ろうなどという大それた考えを持ったがために、多くの人たちがわれらに力を貸してくれたのです。筑前さまも、その一人です」

「回りくどい言い方をするな。さっさと肝心なことを言わぬか」

「筑前さまが信長の天下を奪うのは構いませぬ。将軍になって幕府を開くのも結構。しかしながら、朝廷に手出しをすることだけは許せませぬ。もちろん、われら伊賀者にも手出しせぬことです。われらは朝廷をお守りするという大切な役目を負っているのですから。もし、手出しをすれば、筑前さまの悪事が世間に知られることになりまするぞ」

「同じことを言わせるな。そんな戯言《ざれごと》、誰が信じるものか」

「わたしがどれほど声高に叫んだとしても誰も信じますまい。しかし、信長の言葉であれば、耳を傾ける者は多いでしょうな」

「何だと？」

秀吉がぎょっとしたように紹巴を見る。

「信長は生きておりまする。われらが捕らえ、本能寺から連れ出したのです」

「嘘だ！　信じぬぞ」

「試してみますかな？　わたしの言葉が真実であれば、あと少しで手に入るはずの天下を失うことになりますぞ」

「………」

「まずは夏南を返していただく。そして、伊賀のことも朝廷のことも忘れてしまうことです」

「本当に約束を守るのだな？」

「伊賀者は約束を違《たが》えたりはせぬわ。恩人を殺して逃げるような人殺しとは違うのだ、利助《りすけ》よ」

目に軽蔑の色を浮かべて、紹巴が冷たい声で言う。

秀吉は肩を落とし、生気を失った顔で官兵衛を呼ぶと、夏南を解放することを命じた。

おわりに

文吾《ぶんご》は草むらに腰を下ろし、草を嚙みながら、ぼんやり空を見上げている。

伊賀《いが》・阿拝《あへ》郡にある佐那具《さなぐ》城の近くである。去年の九月、伊賀に攻め込んだ織田《おだ》軍の手で城は焼き払われ、老若男女が皆殺しにされた。死体は埋葬を許されず、野晒しにされた。廃墟の近くに遺棄された無数の死体は山犬やカラスに食い荒らされた。

一年経っても、その光景にさほど大きな変化はない。廃墟の周囲は遠目には白い砂が撒かれているように見えるが、それは風化した人骨が崩れたのである。その人骨の中を一人の男がのろのろと動いている。両足を鎖で結ばれているので、よちよち歩きしかできず、両腕も肘のあたりで縛られているため、大きく腕を動かすことができない。腰に大きな布袋をふたつぶら下げており、大きな骨片を見付けると、拾い上げて袋に入れる。うっかり骨片を踏み付けたりすると、

「馬鹿野郎、もっと注意して周りを見ろ。丁寧に扱わないと、ただじゃおかないぞ」

青竹の鞭が容赦なく飛んでくる。その鞭を振るっているのは八之助《はちのすけ》、すなわち、狢《むじな》の八百《やお》だ。

「す、すまぬ……」

鎖で手足を縛られた男が怯えたように体を丸める。顔にひどい火傷を負っている。信長《のぶなが》だ。ふたつの袋がいっぱいになるまで骨拾いをさせられ、それから、骨を埋めるための墓穴掘りをするというのが今の信長の日課であった。

「む？」

文吾が立ち上がる。誰か来る。気配を感じた。

やがて、森から三人の人影が現れた。

紹巴《じょうは》がいる。それに夏南《かな》だ。三人目は孔雀王《くじゃくおう》だ。

「ねえちゃん！」

八之助が夏南に駆け寄る。

「生きて会えるとは思わなかった」

「おまえも無事でよかった」

二人が抱き合って涙を流す。

「話し合いがうまくいったということですか」

文吾が紹巴に訊く。

「そういうことだ。筑前《ちくぜん》殿は、朝廷にも伊賀にも手を出さぬ。あの男が生きている限りは」

紹巴が信長に目を向ける。

「そう聞いても、おれは少しも喜ぶことができません。いかに伊賀のため、朝廷のためとはいえ、この男を許すことはできないからです。藤林《ふじばやし》の者たちも仲間だとは決して認めない」

「無理もなかろうな」

ふむふむとうなずくと、紹巴は、八之助と夏南に信長を洞窟に戻すように命じた。骨拾いをしていないとき、信長は近くの洞窟に監禁されているのだ。

三人だけになると、

「おまえには恨みを捨ててもらわねばならぬ。なぜなら、わしらは、これから筑前殿が天下を取ることができるように手を貸すつもりでいるからだ。筑前殿ならば、信長のようなことをしないとわかっているが、他の者が天下を取れば、何を始めるか見当も付かぬ。筑前殿は毒かもしれぬが馴染みのある毒だから、どう扱えばいいかわかる。馴染みのない毒は扱いがわからぬ」

「しかし、お頭……」

「まあ、聞け」

紹巴が文吾の発言を制する。

「筑前殿は、若い頃……まだ織田家に仕えるずっと前の話で、そうだな、八之助よりも若かっただろう。利助《りすけ》と名乗って各地を放浪していた。食うや食わずで盗みや追い剝ぎをして飢えをしのぐような暮らしをしていた。やがては行き倒れて死ぬか、それとも、誰かに殺されていただろう。それを、おまえの父親が救った」

「おれの父親？」

「藤林長門だ」

「え」

文吾がぽかんと口を開ける。まさか、藤林長門が自分の父親だとは……いかに紹巴の言葉とはいえ、すぐに信じられることではなかった。

「気の利く若者で、なかなか賢かったので、伊賀の生まれではなかったが、長門もかわいがっていた。今川《いまがわ》に仕えたり、織田に仕えたりして、その内情を探って、長門の役に立ってくれたと聞いている。織田に仕えて何年か経って、信長に目をかけられるようになり、伊賀との繫がりが邪魔になったのだな。罠を仕掛けて長門を殺した。筑前殿を恩知らずと罵るのは当然だが、藤林の頭ともあろう者がそのような罠にはまって殺されるのも迂闊《うかつ》としか言いようがない。どっちもどっちというところだろう」

「藤林長門が死んで、その後を孔雀王が継いだ。おれも知っている。自分の父親が長門だったことは知らなかったけど……」

「いやいや、おまえは何も知ってはおらぬのだ」

紹巴が首を振る。

「長門が死んだ直後、孔雀王も死んだのだ。わしが殺したのだから間違いない」

「お頭が殺した？　しかし、孔雀王は、ここに……」

文吾が紹巴の背後に立っている黒装束の孔雀王を見る。孔雀王は、じっと目を瞑《つむ》ったままうつむいている。

「今度のことで、おまえもわかったであろうが、伊賀者が百地《ももち》や藤林、服部《はっとり》などと分かれているのは、世の中がどう変わろうと誰かは生き残ることができるようにするための方便に過ぎぬ。根っこは同じなのだ。わしと長門も表向きは敵対していたが、実際には兄弟のように親しかった。しかし、孔雀王は、そうではなかった。伊賀のすべてを自分が支配することを望み、邪魔する者を皆殺しにしようと企んだ。朝廷との関わりすら断とうとした。そのような者に藤林を率いさせることはできぬ故、わしが密かに殺した」

「では、ここにいる孔雀王は誰なんだ？」

文吾が口にしたとき、突如として空が暗くなり、小雨が落ちてきた。いや、雨ではない。これは水蜘蛛《みずぐも》の術だ。以前、この術にかかって危うく死にかけた経験のある文吾は、咄嗟《とっさ》に着衣を脱いで頭からかぶった。体に糸が絡みつくのを防ぐためだ。

「お頭、後をつけられたな」

文吾が紹巴に言うと、孔雀王が、

「わざと連れてきたのだ。藤林党の中には、わしを裏切り者と思い込んでいる者たちがいる。ここで片をつけてしまう」

無数の火矢が空から降ってきた。矢の先に火薬を仕込んであり、地面にぶつかると爆発する仕組みになっている。三人が身動き取れずにいるところに、風笛《かざぶえ》と水蜘蛛を先頭に、十数人の藤林の忍びたちが襲いかかってくる。彼らは信長を本能寺から脱出させたのは、信長を守るためだと信じた者たちである。長く織田家に仕えているうちに、伊賀者である以上に織田の家臣という意識が強くなってしまったのだ。

びゅっ
びゅっ
文吾が太刀を振るう。信長に忠誠を誓う者は、すべて文吾の敵である。伊賀の同胞などではない。斬り倒すことに何のためらいもない。

真正面に水蜘蛛がいる。斬りかかってくる。がっちりと刀を受け止める。その瞬間、水蜘蛛が口をすぼめる。危険を察知して、文吾が身を退こうとする。

しかし、間に合わなかった。水蜘蛛の口から吐き出された糸が文吾の腕に絡みつく。そこに、

「犬笛《いぬぶえ》の仇だ!」

風笛が背後から斬りかかってくる。

文吾は絶体絶命だ。

びゅっ
血飛沫《しぶき》が飛び、濃厚な血の匂いが漂う。

「あ……」

文吾が驚愕する。風笛と文吾の間に孔雀王が割って入ったのだ。孔雀王が刀を撥《は》ね上げると、切っ先が風笛の顔を縦に切り裂く。傷は浅いが、血が目に入り、風笛は慌てて後退《さが》る。不利を悟った水蜘蛛が、

「退け、退け!」

と叫びながら逃げようとするが、背を向けたところを紹巴に斬りつけられる。背中を割られて、ばったりと前のめりに倒れる。風笛が顔を押さえながら、数人の忍びと

共に走り去る。文吾が追いかけようとするが、

「もうよい」

紹巴が止める。足許にはいくつもの死体が転がり、その真ん中に孔雀王も坐り込んでいる。

「やられたのか？」

紹巴が声をかけると、孔雀王がうなずく。

「横になれ。少しは楽になるはずだ」

「…………」

孔雀王が地面に体を横たえる。胸元を押さえた指の間からどくどくと血が溢れる。かなりの出血である。

「文吾、こっちに来い」

紹巴が手招きする。

「もう助かるまい。最後の挨拶をするがいい」

「なぜ、おれが？」

「すまんな、わしのせいなのだ」

紹巴が孔雀王の覆面を外す。覆面の下から現れたのは小皺の多い中年女の顔だった。

「おまえの母だ」

「え」

「わしの妹でもある。長門が死に、孔雀王を殺した後、誰か信頼できる者を孔雀王にしなければならなかった。しかも、腕利きでなければならぬ。他にふさわしい者がいなかったのだ。生まれたばかりのおまえから引き離し、喉を潰して低い声しか出せぬようにし、孔雀王として生きる運命を与えた。われら伊賀者が生き延びるには、そうするしかなかった。すべては朝廷をお守りするためにしたことだ」

「な、なんという……わたしの母者《ははじゃ》……だから、庇《かば》ってくれたのか……」

文吾は孔雀王を見下ろした。いや、それは孔雀王ではない。文吾の生みの母である。覆面を取り、死出の旅に向かおうとする今際《いまわ》のときになって、ようやく、母の顔を取り戻したのだ。

「ぶ、ぶんご……すまなかった……ゆ、ゆるして、ゆるしてほしい……」

孔雀王が血まみれの手を文吾に伸ばそうとする。

しかし、その手は力なく、地面に落ちた。

もう息をしていなかった。

「……」

文吾は、その手を取り、自分の胸に押し当てて、静かに泣いた。去年の九月、伊賀の荒野に遺棄された無数の死体を前に涙を流したとき、もう二度と泣くことはあるまいと思ったのに、今また涙を流している。やがて、文吾は立ち上がると、涙を拭おうともせず、

「わたしは伊賀を去ります」

と、紹巴に言った。

「どこに行くというのだ？」

「信長も人でなしだが、伊賀者も人でなしだとわかりました。わたしも人でなしだ。この世に人でなしが生きられる場所があるのか、人間らしさを取り戻すことのできる場所があるのか、自分なりに探してみたいと思うのです」

「おまえは伊賀に生まれ、伊賀者として育った。その血から逃れることはできぬぞ」

紹巴が呼びかけたが、もはや、文吾は振り返らなかった。

（完）

解説　戦国の二十四時間

中江有里（女優・作家）

時の流れというのは不思議だ。

その時の状況や場面、あるいは体調や心情、年齢などによって早く感じる人もいれば、実際よりも長く感じる人もいる。

以前映画の乗馬シーンを撮っていて落馬した時、すべての景色がスローモーションに見えた。落馬して、体が地面に落ちるまで四、五秒の時間だったと思うが、わたしにはたっぷり三十秒くらいに感じられた。

逆に切羽《せっぱ》詰まっていると、時間がどんどん早く流れていく。朝から一文字も書けないのに日が暮れてしまった時は悲しいが、読書に夢中になっている時は、あっという間に時が過ぎる。これならどれだけ早くてもかまわない。

そして本書は、間違いなく時が早く流れる小説。もちろん面白いからだが、切羽詰まる仕掛けが物語に仕組まれている。

天正《てんしょう》十年六月二日、本能寺の変。歴史で記される日は動かない。しかしその日に向けて誰が暗躍し、誰が手を下したのか、信長への殺意を隠し持つ人物たちの動きを同時に描く。

タイトルでピンとくる人もいるだろうが、本書はアメリカの人気テレビドラマ『24－TWENTY FOUR－』の手法がヒントとなっている。わたしもドラマに夢中になった一人だが、このドラマの妙は、一切の時間の省略なしに二十四時間の出来事を描くところだ。主人公の刑事ジャック・バウアーがいつ食事やトイレに行くのか、一睡もしなくて平気なのか？　気になるところはいくつかあるが、それは些細《ささい》なこと。物語はスピーディーで迫力満点、思いがけない展開が続き、視聴者は一瞬も油断出来ない、ちょっとした中毒性のあるドラマだ。

ところで映像は二場面、三場面、という風に同時に人物の数だけ画面を割って、漫画のコマのように同時に見せることが出来る。

しかし文章ではそうはいかない。では本書は映像よりも迫力が欠けるか、と言われたらまったく違う。

手法は一部借りているが、本書の面白さは歴史小説であるところだ。

読者は読む前から結果を知っている。

歴史という動かせない事実があって、本能寺の変へとなだれ込む時の流れと人々の思惑《おもわく》に光を当てていく。

運命の日に至るまでのそれぞれの心境は、揺れ動き続ける。その揺らぎは映像ではあらわせない切迫感にあふれているのだ。


本書は三部制だが、その前段がある。

天正九年九月三日、四万五千の織田《おだ》軍に攻め込まれた伊賀《いが》の里は壊滅状態となる。生き残った伊賀衆はわずか。その中の忍び集団・百地《ももち》党を率いる百地丹波《たんば》は連歌師・里村紹巴《さとむらじょうは》としての顔を持っている。丹波は紹巴の立場を利用して信長への復讐に動き出す。他に石川《いしかわ》村生まれの文吾《ぶんご》（後に五右衛門《ごえもん》と名乗る）。坊主の道林坊宗哲《どうりんぼうそうてつ》。十六歳の少女・夏南《かな》。夏南の一つ下の弟で、狢《むじな》の八百《やお》と呼ばれる八之助《はちのすけ》は、誰にでも化けることが出来る特技を持つ。百地党はこの五人で信長の命を狙う。

そもそも伊賀の忍びは百地党の他に藤林《ふじばやし》党、服部《はっとり》党がおり、藤林は織田に、服部は徳川《とくがわ》についている。伊賀を去り三河《みかわ》へ行った服部はさておき、織田の伊賀攻めで落ち延びた百地の残党を捉えて織田軍に引き渡した藤林党と百地党は敵対関係にあった。

忍びはあくまで影の存在であるから、表にはあらわれない。織田は藤林を、徳川は服部を手足とし、権謀を巡《めぐ》らす。そして百地は仲間の命を奪った織田への憎しみをたぎらせる。表の歴史にはない、忍びたちの対立が本書に静脈のように張り巡らされている。

一方の動脈に当たるのは、歴史上の人物たちだ。

豊臣秀吉《とよとみひでよし》は、文吾から信長が上皇になろうとしていることを聞かされ、自らの立場が危うくなることを察した。

明智光秀は紹巴から信長の計画とともに、信忠《のぶただ》の謀叛《むほん》を記した偽の手紙を見せられる。

家康は信長にいつか殺されるという恐れを抱きながら、家を守るためにどこまでも忠誠を誓う。

信長に乗っ取られそうになっている朝廷側も、このまま座を明け渡すわけにはいかず、信長を亡きものに出来まいかと考える。

信長は官位を欲しなかった。朝廷を乗っ取ろうという大胆な計画は、信長に忠義を誓う者たちの足下を脅かす。危機を感じた武将たちの中に信長への殺意が芽生える。やらなければ、やられてしまうからだ。

しかし猜疑心《さいぎしん》の強い信長をどう攻撃するのか。そこに迫ってくるのは運命の日、信長が本能寺へとやってくるその日だ。

秀吉、光秀、家康《いえやす》、それぞれの立場から信長という人物を眺めると、誰もが信長を恐れ、その才覚を認めていることがわかる。だから信長の下につくことで、我が家と領地を守ろうとした。しかしどれほど従っても、やがて領地も命も奪われるとしたら、どれだけ恐ろしい相手だとしても忠誠心はひっくり返るだろう。信長は家臣がいずれ叛旗を翻《ひるがえ》すとわかっているから、逆らう者の命を奪おうとする。物語は運命の二十四時間になだれ込む間に、武将たちの殺意が交差し、その影で忍びたちも戦う。

忍びという細い静脈から流れる血は、歴史の外には見えないが、本書ではそこここに滴り、切ないような痛みを伝えてくる。文吾はその後五右衛門と呼ばれるようになるが、ここでは文吾のまま物語は終える。もしかして信長への恨みが、あるいは文吾の身の上の出来事が石川五右衛門誕生へと繋がっているのだろうか。そんな想像をしてしまった。

そもそも時計がない時代において、はっきりとした時の流れを把握するのは難しい。通信手段も伝書鳩か、人が直接足を運ぶしかない。そうした時代を舞台に刻一刻と迫る運命の時を描くとは大胆な発想だと思う。

わたしはこの解説を書くためにノートに日時と場面を記しながら読んだ。そうすると人々の動きとその心境が、時間の流れによって緊迫していくのがわかる。

四月二十二日、文吾たちが京都・四条烏丸《しじょうからすま》の隠れ家から大坂に出て、明石から備《びっ》中《ちゅう》・高松《たかまつ》の秀吉本陣へ訪れたのは二十五日。山伏に扮した二人は、紹巴の使いとして信長の策略を伝え、協力を仰ぐ重要な役割だ。

五月十一日、浜松《はままつ》城を出発した家康が信長のいる安土《あづち》に到着するのが十五日。生きて浜松に戻れないと覚悟した家康は旅の日数分、自ら死に近づいていったのだ。

五月二十六日になると、切迫の度が高まってくる。近江《おうみ》にいる光秀は、中国出陣を前に物資を集めて坂本《さかもと》城から亀山《かめやま》城に入った。そこに訪ねてきた紹巴から信忠の謀叛を聞かされる。翌二十七日、丹波と山城《やましろ》の国境にある愛宕《あたご》神社に登り、信長と信忠、どちらの味方をするべきか、籤《くじ》をひいて決めようとする。それでも決められず、数日にわたって眠れぬ夜を過ごし、そうして運命の日を迎える……。

光秀がどれだけ時を長く感じたか、悶々と過ごす時間が代わりに答えてくれる。どちらへつくかで、自分の命と家の行方《ゆくえ》が決まるのだ。そう簡単には決められないだろう。その迷いが光秀の人柄を表わしているようにも思える。

離れた場所にいる家康もまた忍びを通じて信長を取り巻く状況を把握し、本能寺においての信長の死を知り、いわゆる「伊賀越え」を実行するのである。

秀吉もまた高松で本能寺の変を知らされるのだが、それから先の行動は本書で確かめてほしい。

もうひとつ、読む楽しみがなくなるのであまり明かせないが、信長の最期についてである。あっさり過ぎるぐらいさらりと描かれる信長の姿をどう受け止めるだろうか？『信長の二十四時間』とあるから信長が主人公だと思われるが、本書は戦国の群集劇である。信長の視点もあるが、忍びと武将たちが見た信長像が肝だ。信長は言うなれば「戦国のカリスマ」。誰もが恐れたが、その気持ちが結合して余計に恐れすぎたのかもしれない。カリスマだって人間だ。結果、恐れの気持ちを利用して人を動かせると思い込んだ信長は自分の野望に足をすくわれた、とも言える。もし信長の野望が達成していたら、秀吉も家康も亡きものにしただろう。そうなると現在と歴史が変わっている……タラレバの話をすれば切りがないが、本書に登場する信長、秀吉、黒田《くろだ》官兵衛《かんべえ》、光秀、家康といった個性あふれる武将と謎の多い本能寺の変は、様々な解釈と切り取り方が出来る。

富樫作品では、以前わたしが解説を担当した『箱館売ります　土方歳三　蝦夷血風録』上下巻（中公文庫）でもプロシア人が九九年にわたり箱館の開墾地を借り受ける、という契約を結び、その後明治新政府が約六万ドルの賠償金をもって解約した「ガルトネル事件」という歴史を下敷きにした群集劇がある。

もし契約を解約しなければ、箱館の一部は日本ではなくなったかもしれない……驚きの事実を知りながら、小説を使ってその分岐点を振り返ることが出来る。そこにあるのは、人の欲と思惑だ。

歴史に学ぶのは、結果だけではない。そこに息づく人々の知恵、そして自らの欲に溺れぬよう、己を知ることかもしれない。

本書は二〇一三年二月、ＮＨＫ出版より刊行された『信長の二十四時間』を文庫化に際し加筆・訂正したものです。

|著者| 富樫倫太郎　1961年、北海道生まれ。'98年第4回歴史群像大賞を受賞した『修羅の跫《あしおと》』でデビュー。「陰陽寮」「妖説　源氏物語」シリーズなどの伝奇小説、「SRO　警視庁広域捜査専任特別調査室」シリーズ、「生活安全課0係」シリーズ、『早雲の軍配者』『信玄の軍配者』『謙信の軍配者』の「軍配者」シリーズ、「風の如く」シリーズなど幅広いジャンルで活躍している。

信長《のぶなが》の二十四時間《にじゅうよじかん》
富樫倫太郎《とがしりんたろう》

2017年10月13日第1刷発行
2018年12月19日第4刷発行

発行者――渡瀬昌彦
発行所――株式会社　講談社
東京都文京区音羽2-12-21　〒112-8001
電話　出版（03）5395-3510
　　　販売（03）5395-5817
　　　業務（03）5395-3615
Printed in Japan

講談社文庫
定価はカバーに
表示してあります

デザイン―菊地信義
製版―――株式会社新藤慶昌堂
印刷―――株式会社新藤慶昌堂
製本―――株式会社国宝社

ISBN978-4-06-293784-9

講談社文庫刊行の辞

二十一世紀の到来を目睫に望みながら、われわれはいま、人類史上かつて例を見ない巨大な転換期をむかえようとしている。

世界も、日本も、激動の予兆に対する期待とおののきを内に蔵して、未知の時代に歩み入ろうとしている。このときにあたり、創業の人野間清治の「ナショナル・エデュケイター」への志を現代に甦らせようと意図して、われわれはここに古今の文芸作品はいうまでもなく、ひろく人文・社会・自然の諸科学から東西の名著を網羅する、新しい綜合文庫の発刊を決意した。

激動の転換期はまた断絶の時代である。われわれは戦後二十五年間の出版文化のありかたへの深い反省をこめて、この断絶の時代にあえて人間的な持続を求めようとする。いたずらに浮薄な商業主義のあだ花を追い求めることなく、長期にわたって良書に生命をあたえようとつとめるところにしか、今後の出版文化の真の繁栄はあり得ないと信じるからである。

同時にわれわれはこの綜合文庫の刊行を通じて、人文・社会・自然の諸科学が、結局人間の学にほかならないことを立証しようと願っている。かつて知識とは、「汝自身を知る」ことにつきていた。現代社会の瑣末な情報の氾濫のなかから、力強い知識の源泉を掘り起し、技術文明のただなかに、生きた人間の姿を復活させること。それこそわれわれの切なる希求である。

われわれは権威に盲従せず、俗流に媚びることなく、渾然一体となって日本の「草の根」をかたちづくる若く新しい世代の人々に、心をこめてこの新しい綜合文庫をおくり届けたい。それは知識の泉であるとともに感受性のふるさとであり、もっとも有機的に組織され、社会に開かれた万人のための大学をめざしている。大方の支援と協力を衷心より切望してやまない。

一九七一年七月

野間省一

講談社文庫　目録

西村京太郎　十津川警部 湖北の幻想
西村京太郎　九州新特急「つばめ」殺人事件
西村京太郎　九州特急「ソニックにちりん」殺人事件
西村京太郎　十津川警部 幻想の信州上田
西村京太郎　高山本線殺人事件
西村京太郎　十津川警部 金沢・絢爛たる殺人
西村京太郎　伊豆誘拐行
西村京太郎　東京・松島殺人ルート
西村京太郎　秋田新幹線「こまち」殺人事件
西村京太郎　十津川警部 生死を分けた《トリアージ》石見銀山
西村京太郎　悲運の皇子《みこ》と若き天才の死
西村京太郎　十津川警部 長良川に犯人を追う
西村京太郎　新装版 殺しの双曲線
西村京太郎　十津川警部 西伊豆変死事件
西村京太郎　愛の伝説・釧路湿原
西村京太郎　山形新幹線「つばさ」殺人事件
西村京太郎　新装版 名探偵に乾杯
西村京太郎　十津川警部 君は、あのSLを見たか
西村京太郎　南伊豆殺人事件

西村京太郎　十津川警部 青い国から来た殺人者
西村京太郎　十津川警部 箱根バイパスの罠
西村京太郎　新装版 天使の傷痕
西村京太郎　新装版 D機関情報
西村京太郎　十津川警部 猫と死体はタンゴ鉄道に乗って
西村京太郎　韓国新幹線を追え
西村京太郎　北リアス線の天使
西村京太郎　十津川警部 長野新幹線の奇妙な犯罪
西村京太郎　上野駅殺人事件
西村京太郎　京都駅殺人事件
西村京太郎　沖縄から愛をこめて
西村京太郎　十津川警部「幻覚」
西村京太郎　函館駅殺人事件
新田次郎　新装版 武田勝頼 (一)陽の巻 (二)水の巻 (三)空の巻
新田次郎　新装版 聖職の碑《いしぶみ》
新田次郎　新装版 風の遺産
新田次郎　新装版 鷲ヶ峰物語
日本文芸家協会編　愛染夢灯籠〈時代小説傑作選〉
日本推理作家協会編　殺人の教室〈ミステリー傑作選〉

日本推理作家協会編　犯人たちの部屋〈ミステリー傑作選〉
日本推理作家協会編　隠された鍵〈ミステリー傑作選〉
日本推理作家協会編　セブン ミステリーズ〈ミステリー傑作選〉
日本推理作家協会編　曲げられた真相〈ミステリー傑作選〉
日本推理作家協会編　MARVELOUS MYSTERY 至高のミステリー、ここにあり〈ミステリー傑作選〉
日本推理作家協会編　Play《プレイ》 推理遊戯〈ミステリー傑作選〉
日本推理作家協会編　Doubt《ダウト》 きりのない疑惑〈ミステリー傑作選〉
日本推理作家協会編　Bluff《ブラフ》 騙し合いの夜〈ミステリー傑作選〉
日本推理作家協会編　Spiral《スパイラル》 めくるめく謎〈ミステリー傑作選〉
日本推理作家協会編　Logic《ロジック》 真相への回廊〈ミステリー傑作選〉
日本推理作家協会編　BORDER《ボーダー》 善と悪の境界〈ミステリー傑作選〉
日本推理作家協会編　Guilty《ギルティ》 殺意の連鎖〈ミステリー傑作選〉
日本推理作家協会編　Shadow《シャドウ》 闇に潜む真実〈ミステリー傑作選〉
日本推理作家協会編　Junction《ジャンクション》 運命の分岐点〈ミステリー傑作選〉
日本推理作家協会編　Question《クエスチョン》 謎解きの最高峰〈ミステリー傑作選〉
日本推理作家協会編　Symphony《シンフォニー》 漆黒の交響曲〈ミステリー傑作選〉
日本推理作家協会編　Esprit《エスプリ》 機知と企みの競演〈ミステリー傑作選〉
日本推理作家協会編　Life《ライフ》 人生、すなわち謎〈ミステリー傑作選〉
日本推理作家協会編　Love《ラブ》 恋、すなわち罠〈ミステリー傑作選〉

西尾維新　零崎人識の人間関係 匂宮出夢との関係
西尾維新　零崎人識の人間関係 無桐伊織との関係
西尾維新　零崎人識の人間関係 零崎双識との関係
西尾維新　零崎人識の人間関係 戯言遣いとの関係
西尾維新　xxxHOLiC アナザーホリック ランドルト環《かん》エアロゾル
西尾維新　難民探偵
西尾維新　少女不十分
西尾維新　本題〈西尾維新対談集〉
西尾維新　掟上今日子《おきてがみきょうこ》の備忘録
西村賢太　どうで死ぬ身の一踊り
西村賢太　夢魔去りぬ
仁木英之　千里伝
仁木英之　時輪の轍《わだち》〈千里伝〉
仁木英之　武《ぶ》神《しん》の賽《さい》〈千里伝〉
仁木英之　乾《けん》坤《こん》の児《こ》〈千里伝〉
仁木英之　真田を云《い》て、毛利を云わず〈大坂将星伝〉(上)(下)
仁木英之　まほろばの王たち
西川善文　ザ・ラストバンカー〈西川善文回顧録〉
西川　司　向日葵《ひまわり》のかっちゃん

西村雄一郎　殉愛〈原節子と小津安二郎〉
西　加奈子　舞台
貫井徳郎　新装版 修羅の終わり(上)(下)
貫井徳郎　鬼流殺生祭
貫井徳郎　妖奇切断譜
貫井徳郎　被害者は誰?
A・ネルソン　「ネルソンさん、あなたは人を殺しましたか?」
野村　進　コリアン世界の旅
野村　進　救急精神病棟
野村　進　脳を知りたい!
法月綸太郎　雪密室
法月綸太郎　誰《たそ》彼《がれ》
法月綸太郎　ふたたび赤い悪夢
法月綸太郎　法月綸太郎の冒険
法月綸太郎　法月綸太郎の新冒険
法月綸太郎　法月綸太郎の功績
法月綸太郎　新装版 密閉教室
法月綸太郎　怪盗グリフィン、絶体絶命
法月綸太郎　怪盗グリフィン対ラトウィッジ機関

法月綸太郎　キングを探せ
法月綸太郎　名探偵傑作短篇集 法月綸太郎篇
法月綸太郎　新装版 頼子のために
乃南アサ　ライン
乃南アサ　不発弾
乃南アサ　火のみち(上)(下)
乃南アサ　ニサッタ、ニサッタ(上)(下)
乃南アサ　地のはてから(上)(下)
乃南アサ　新装版 鍵
乃南アサ　新装版 窓
野口悠紀雄　「超」勉強法
野口悠紀雄　「超」勉強法・実践編
野口悠紀雄　「超」発想法
野口悠紀雄　「超」英語法
野口悠紀雄　超「超」整理法〈クラウド時代を勝ち抜く仕事の新セオリー〉
野沢　尚　破線のマリス
野沢　尚　リミット
野沢　尚　呼《よ》人《ひと》
野沢　尚　深紅

東野圭吾　学生街の殺人
東野圭吾　魔球
東野圭吾　十字屋敷のピエロ
東野圭吾　眠りの森
東野圭吾　宿命
東野圭吾　変身
東野圭吾　仮面山荘殺人事件
東野圭吾　天使の耳
東野圭吾　ある閉ざされた雪の山荘で
東野圭吾　同級生
東野圭吾　名探偵の呪縛
東野圭吾　むかし僕が死んだ家
東野圭吾　虹を操る少年
東野圭吾　パラレルワールド・ラブストーリー
東野圭吾　天空の蜂
東野圭吾　どちらかが彼女を殺した
東野圭吾　名探偵の掟
東野圭吾　悪意
東野圭吾　私が彼を殺した

東野圭吾　嘘をもうひとつだけ
東野圭吾　時生
東野圭吾　赤い指
東野圭吾　流星の絆
東野圭吾　新装版　浪花少年探偵団
東野圭吾　新装版　しのぶセンセにサヨナラ
東野圭吾　新参者
東野圭吾　麒麟の翼
東野圭吾　パラドックス13
東野圭吾　祈りの幕が下りる時
東野圭吾作家生活25周年祭り実行委員会　東野圭吾公式ガイド〈読者1万人が選んだ東野作品人気ランキング発表〉
姫野カオルコ　ああ、懐かしの少女漫画
姫野カオルコ　ああ、禁煙vs.喫煙
平野啓一郎　高瀬川
平野啓一郎　ドーン
平野啓一郎　空白を満たしなさい　(上)(下)
平山　譲　片翼チャンピオン
百田尚樹　永遠の0《ゼロ》
百田尚樹　輝く夜

百田尚樹　風の中のマリア
百田尚樹　影法師
百田尚樹　ボックス！(上)(下)
百田尚樹　海賊とよばれた男 (上)(下)
ヒキタクニオ　東京ボイス
ヒキタクニオ　カワイイ地獄
平田オリザ　十六歳のオリザの冒険をしるす本
平田オリザ　幕が上がる
ビッグイシュー　枝元なほみ　世界一あたたかい人生相談
久生十蘭　久生十蘭「従軍日記」
東　直子　さようなら窓
東　直子　らいほうさんの場所
東　直子　トマト・ケチャップ・ス
平敷安常　キャパになれなかったカメラマン (上)(下)〈ベトナム戦争の語り部たち〉
樋口明雄　ミッドナイト・ラン！
樋口明雄　ドッグ・ラン！
平谷美樹　藪の奥〈眠る義経秘宝〉
平谷美樹　小倫敦の幽霊　居留地同心・凌之介秘帳
蛭田亜紗子　人肌ショコラリキュール

樋口卓治　ボクの妻と結婚してください。
樋口卓治　続・ボクの妻と結婚してください。
樋口卓治　もう一度、お父さんと呼んでくれ。
樋口卓治　「ファミリーラブストーリー」
平山夢明　どたんばたん（土壇場譚）〈大江戸怪談〉
平山夢明　魂《たま》豆《どう》腐《ふ》〈大江戸怪談どたんばたん（土壇場譚）〉
東川篤哉　純喫茶「一服堂」の四季
東山彰良　流《りゅう》
樋口直哉　偏差値68の目玉焼き〈星ヶ丘高校料理部〉
藤沢周平　新装版 春秋の檻〈獄医立花登手控え㈠〉
藤沢周平　新装版 風雪の檻〈獄医立花登手控え㈡〉
藤沢周平　新装版 愛憎の檻〈獄医立花登手控え㈢〉
藤沢周平　新装版 人間の檻〈獄医立花登手控え㈣〉
藤沢周平　新装版 闇の歯車
藤沢周平　新装版 市塵(上)(下)
藤沢周平　新装版 決闘の辻
藤沢周平　新装版 雪明かり
藤沢周平　義民が駆ける〈レジェンド歴史時代小説〉
藤沢周平　喜多川歌麿女絵草紙

藤沢周平　闇の梯子
古井由吉　野川
船戸与一　夜来《イエライ》香《シャン》海峡
船戸与一　新装版 カルナヴァル戦記
藤田宜永　樹下の想い
藤田宜永　艶《つや》めき
藤田宜永　流砂
藤田宜永　子宮の記憶〈ここにあなたがいる〉
藤田宜永　乱調
藤田宜永　壁画修復師
藤田宜永　前夜のものがたり
藤田宜永　戦力外通告
藤田宜永　いつかは恋を
藤田宜永　喜の行列 悲の行列(上)(下)
藤田宜永　老猿
藤田宜永　女系の総督
藤 水名子　紅嵐記(上)(中)(下)
藤原伊織　テロリストのパラソル
藤原伊織　ひまわりの祝祭

藤原伊織　雪が降る
藤原伊織　蚊トンボ白鬚の冒険(上)(下)
藤原伊織　遊戯
藤田紘一郎　笑うカイチュウ
藤本ひとみ　新・三銃士 少年編・青年編〈ダルタニャンとミラディ〉
藤本ひとみ　皇妃エリザベート
藤木美奈子　傷つけ合う家族〈ドメスティック・バイオレンスを乗り越えて〉
福井晴敏　Twelve《トゥエルブ》 Y.O.《ワイオー》
福井晴敏　亡国のイージス(上)(下)
福井晴敏　川の深さは
福井晴敏　終戦のローレライ I～IV
福井晴敏　6ステイン
福井晴敏　平成関東大震災〈いつか来るとは知っていたが今日来るとは思わなかった〉
福井晴敏　人類資金 1～7
福井晴敏　限定版 人類資金 7
福井晴敏 作 霜月かよ子 画　C-blossom《シーブロッサム》〈case《ケース》 729〉
藤原緋沙子　遠花《はなび》火〈見届け人秋月伊織事件帖〉
藤原緋沙子　春《はや》疾《て》風〈見届け人秋月伊織事件帖〉
藤原緋沙子　暖《ぬく》め鳥《どり》〈見届け人秋月伊織事件帖〉

2018年9月15日現在